Contemporánea

Belén Gopegui (Madrid, 1963) publicó su primera novela, *La escala de los mapas*, en 1993. Le siguieron *Tocarnos la cara* (1995), *La conquista del aire* (1998) –adaptada al cine en 2000 con el título *Las razones de mis amigos*–, *Lo real* (2001), *El lado frío de la almohada* (2004), *El padre de Blancanieves* (2007), *Deseo de ser punk* (2009) y *Acceso no autorizado* (2011). En 2006, estrenó además la pieza teatral *Coloquio* escrita en colaboración con Unidad de Producción Alcores. Sus novelas han sido traducidas a numerosas lenguas.

Belén Gopegui

Acceso no autorizado

DEBOLS!LLO

Primera edición en Debolsillo: mayo, 2013

© 2011, Belén Gopegui
© 2011, de la presente edición en castellano para todo el mundo:
   Random House Mondadori, S. A.
   Travessera de Gràcia, 47-49. 08021 Barcelona

Printed in Spain – Impreso en España

ISBN: 978-84-9032-230-7
Depósito legal: B-3382-2013

Compuesto en La Nueva Edimac, S. L.

Impreso en Black Print CPI Ibérica
Sant Andreu de la Barca (Barcelona)

P 322307

A la memoria de Antonio Estevan, Javier Matía
y Mercedes Soriano.
A rebelion.org

Debo echar mi suerte con quienes,
siglo tras siglo, con astucia,
sin poder extraordinario alguno,
rehacen el mundo.

ADRIENNE RICH,
Recursos naturales
(Traducción de
Myriam Díaz-Diocaretz)

I

Enero

La luz de las farolas atravesaba las copas de los árboles y as-
cendía cada vez más débil. Los pisos altos quedaban sumidos
en la oscuridad componiendo un segundo Madrid, varado en
sombras, una extensa atalaya desde donde presenciar la intemperie de los cuerpos que aún y hasta el amanecer seguían des-
plazándose de un lado a otro por las calles encendidas.

En esos días el sistema integrado de interceptación de telecomunicaciones se encontraba operativo para un elevado porcentaje de las conversaciones telefónicas, mensajes cortos e
intercambio de datos electrónicos. Desde diferentes salas dis-
tribuidas por todo el país, usuarios autorizados de las fuerzas
y cuerpos de seguridad del Estado accedían a la información
almacenada en los dos centros de monitorización. Los bits viajaban por cables y por ondas. De cerebro a cerebro una suave
neblina de gotas pequeñas, imaginarias, se extendía por la ciudad, atravesaba rejillas y ventanas y entraba en los corazones.

En la terraza del piso nueve de un edificio de ladrillo situado en la zona norte de Madrid, una mujer vestida con blusa
marfil y pantalón negro dejaba vagar la mirada lejos de los centros comerciales y las zonas arboladas, por los campos de la
noche. El contacto del aire helado estremecía su ánimo. Como

el aguijón de una avispa pero más suave y duradero, la vice-presidenta del gobierno sentía en su pecho el dolor de algunas de las cosas que no hizo. Era cerca de la una. La vicepresiden-ta volvió enseguida al interior de la casa, a la pequeña mesa de madera de haya donde tenía su ordenador portátil.

Aunque nunca compraba nada por internet, ni siquiera una canción, a veces, para descansar la mente, miraba toda clase de catálogos. Casas en las islas Gambier. No tenía intención de al-quilar una, tampoco de visitar el archipiélago, pero durante, quizá, diez segundos se veía en aquellos porches al borde de la playa, sin furias ni penas.

Todo empezó en la tercera casa. La flecha se movió sin que ella hubiera tocado el ratón. Pensó que lo había imaginado. Cerró el portal de venta de casas. Adiós, islas. Luego cerró el navegador y se recostó en la silla.

En la penumbra del salón se permitió desmadejar el cuer-po, relajar los brazos, apoyar los talones en el suelo y que los pies girasen cada uno en dirección opuesta. Pero enseguida la flecha comenzó a danzar. La vicepresidenta se incorporó des-pacio, aproximó de nuevo el sillón a la mesa y sujetó el ratón con la mano. La flecha siguió moviéndose completamente fue-ra de su control. Exploraba carpetas y abría y cerraba documen-tos. Soltó el ratón. Ahora su mano izquierda reposaba en el brazo de la silla y la derecha tamborileaba con suavidad sobre el cristal frío de un vaso de limonada. No soy yo, seguro. Leyó la hora en el ordenador: 01.10. Dos o tres noches por semana, cuando el sueño tardaba en llegar, la vicepresidenta abría el portátil y navegaba sin rumbo.

—De manera que no conoce mis costumbres —se dijo en voz alta.

Quienquiera que estuviese controlando su ordenador en ese momento parecía hacerlo como si estuviera seguro, o se-gura, de que no había peligro de ser descubierto. Pero lo hay. ¿Aviso al jefe de gabinete? ¿Al servicio informático? Lo segundo le parecía más adecuado. Sin embargo, de momento no iba a llamarles; prefería seguir mirando la actividad de la flecha. Había abierto una ventana negra y escribía palabras en clave, códigos que ella desconocía. Anotó algunos en un post-it. Imaginó con toda nitidez el titular en la prensa, el vídeo de YouTube, los comentarios en los blogs sobre lo fácil que había sido hackear el ordenador personal de la vicepresidenta. Y se encogió de hombros. Soportaría un escandalito más, como sus fotos en bañador circulando por todo el mundo, como el día en que la filmaron de espaldas paseando cogida de la mano con una vieja amiga. Es mi ordenador privado, no contiene datos que puedan comprometer al gobierno, ni a mí, así que no pienso montar un número ahora llamando a nadie. No tengo documentos de trabajo, fotos extrañas, he borrado los escritos personales. El historial, quizá, la lista de las páginas que he visitado en los últimos veinte días.

La vicepresidenta trató de recordar si en esa lista había algo impropio. Estuvo tentada de abrir el navegador y repasarla, o quizá borrarla de una sola vez. Pero si lo hago, sabrán que estoy mirando. Como si la hubiera oído pensar, la flecha cerró una última carpeta y se detuvo.

¿La persona que ha estado moviéndola seguirá ahí, agazapada, o se habrá levantado para asomarse a la ventana y fumarse un cigarrillo? Puede que haya apagado su ordenador y cortado toda comunicación.

La vicepresidenta bebió un poco de limonada, despacio. Luego se echó una gruesa chaqueta de lana por los hombros y, con el vaso en la mano, salió de nuevo a la terraza. Una mesa de madera y seis sillas con anchos brazos evocaban la presencia de amigos, noches bulliciosas de copas y charla hasta el amanecer. La vicepresidenta se sentó y puso la limonada sobre la mesa. Oía un duelo de ladridos. Mientras contemplaba algunas estrellas de luz muy débil, añoró el leve olor del jazmín que en primavera crecía a su izquierda.

El cielo parecía expandirse en todas direcciones; la vicepresidenta se sintió ligeramente conmovida, como si esa vasta extensión la protegiera. Dedicó un par de minutos a pensar en la flecha. Su presencia debería ofenderla, o enfadarla, inquietarla cuando menos: alguien vulneraba su intimidad cometiendo un delito. Pero no estoy ofendida, ni enfadada. Un golpe de viento helado envolvió su cuerpo. Notó cómo el frío recorría su piel, quebrada ya por los años, parecida a la corteza del pan y, sin embargo, afinada, precisa. El rumor sordo de los coches le trajo brazos cogidos al volante, chaquetas con el olor de la jornada, tal vez el sonido de un bajo acariciando la tapicería. Pensó en las vidas que podían resultar modificadas por una decisión suya. Quiso restar importancia a esa idea, la alejó. Con los ojos cerrados, Julia Montes empezó a repasar su agenda del día siguiente.

Cuando regresó al interior de la casa vio el salvapantallas negro. Movió el ratón. Sus carpetas, sus iconos, todo parecía estar quieto ahora, y la flecha le obedecía. La vicepresidenta se sentó. Iba a apagar el ordenador pero primero se dirigió a la flecha, o quizá a ella misma hacía muchos años, cuando leía novelas de aventuras, cuando soñó ser el capitán Tormenta, cuando todo estaba a punto de empezar:

—¿Quién eres?

Junio del año anterior

Siete meses antes, a las siete y media de la mañana:
—Hola, abogado. ¿Te acuerdas de daemon05, aka Crisma?
—¿Qué pasa?
—Me han detenido.
—Yo ya no me ocupo de estas cosas, lo sabéis.
—Por favor.
—Te doy el teléfono de Juan. O le llamo yo.

—Quiero que seas tú. Por favor.

De pie, con el teléfono inalámbrico en la mano, el abogado miraba por la ventana del dormitorio. Había un deje imperativo en la voz del chico, una urgencia que el abogado no recordaba. Sintió curiosidad y al mismo tiempo cansancio.

—Iré. ¿En qué comisaría estás?

Abajo, en la calle, un gato corrió a esconderse debajo de un coche. ¿De qué huía? Calentar el agua, camisa, café, periódico de ayer, lavado de dientes. En el ascensor le saludó su imagen, un cuerpo recio bajo el traje claro, el pelo a punto de estar largo, la mirada en stand-by, un mínimo destello al fondo, un piloto de luz que mantenía vigilante.

Tenía que resolver algunos asuntos y no llegó a la comisaría hasta pasadas las diez. Como conocía al oficial de policía, bajó con él a los calabozos. Cuatro detenidos más acompañaban al chico en una habitación de paredes anaranjadas. En lugar de camas o sillas, unos salientes en los muros a modo de bancos; al fondo, lavabo y retrete apenas protegidos por un tabique de media altura. Un hedor tenue pero penetrante parecía brotar del suelo. La luz fluorescente, muy débil; en la puerta, un ventanuco. Demasiado calor.

Le dejaron a solas con el chico en la sala de interrogatorios.

—Tú dirás.

—Fue una estupidez. Había entrado en Red Eléctrica y probé a mandar órdenes de generación de corriente, midiendo la tensión en las tomas del cuarto con un multímetro. Funcionaba. Tenía que haberlo dejado ahí pero al día siguiente volví a probar.

—¿Por qué? ¿Qué buscabas?

—Mi multímetro indicaba que no había habido ninguna bajada de tensión sobre el valor inicial. Me confié. Si desde control nadie compensaba esa subida momentánea significaba que no habían reparado en ella.

El chico levantó los hombros muy deprisa.

—No me has contestado.

—No buscaba nada, ejercitar los dedos. Tú sabes cómo es esto.

—¿Qué te han dicho? —preguntó el abogado.

—Hay una denuncia de Red Eléctrica. Según ellos, el fiscal podría pedir siete años de cárcel. ¿Es verdad?

—No, no. ¿Dónde estabas cuando entraste?

—En casa. El multímetro estaba averiado, si no nunca habría cometido este error.

El chico volvió a levantar los hombros, levemente, no parecía un tic sino una seña, como las treinta al punto del mus. Luego miró hacia la puerta.

—¿Estás cansado? —le preguntó.

—Sí, bastante.

—Hablaremos cuando salgas, entonces. Espero conseguir que te dejen en libertad con cargos.

—Gracias.

—No te hagas ilusiones. Pasarán varias horas hasta que puedas irte. ¿Quieres que llame a alguien?

—No.

—¿A tu trabajo? ¿A tus padres?

—No, gracias.

Soltaron al chico a las nueve de la noche. El abogado salía de su trabajo en ese momento. Habló con él por el móvil, parecía sereno. El juicio no sería hasta dentro de varias semanas o quizá meses, quedaron en verse pasados unos días.

Luego el abogado buscó un locutorio en un barrio lejos del suyo. El dueño estaba mirando una película en la pantalla. El abogado sacó del bolsillo de la chaqueta un live cedé hecho a medida. Aquél era su mejor momento. Desde que conoció al chico no había dejado de saltar vallas electrónicas, fronteras que él imaginaba negras con el código escrito en luz verde. Disponía de tiempo y esfuerzo, y eso le había permitido ir subiendo de nivel sin detenerse. Nadie sabía que le gustaba. Nadie esperaba nada de él, los dueños de esos locutorios no retenían su cara porque nunca volvía.

El chico había sido su mentor. Llegó a él tras haber entrado en varios foros pidiendo ayuda. Para defender a un cliente acusado de un delito informático necesitaba entender qué había hecho exactamente. Le enseñaron, logró que el cliente fuera absuelto y ya no quiso dejar ese mundo. Empezó desde cero, siguiendo paso a paso las indicaciones del libro *El entorno de programación UNIX*. Después vinieron los ezines y luego los retos que le proponía el chaval. No buscaba trucos sino hacer las cosas entendiendo cómo se hacían. A pesar de ser de letras, aprendió a encontrar la vulnerabilidad, a atravesarla como una puerta disimulada en la pared. Aunque nunca dejó de sentirse un extraño en la escena. Esos chicos, los demás, habían cruzado la adolescencia jugando en máquinas que ahora parecían prehistóricas pero que tenían el encanto de haber sido pioneras. Encerrados tras la puerta de su cuarto, de noche, oyendo de vez en cuando el módem como un sónar submarino, llegaron a sentirse pequeños dioses con acceso a centrales remotas donde se controlaba el poder, el ejército, el conocimiento. Él les sacaba casi quince años. En su casa nunca hubo ordenadores, ni unos padres que supieran lo que eran, ni un cuarto propio. Y además él era un simulador, no pertenecía a ningún sitio; por eso fingió abandonar.

El abogado salió del locutorio pasadas las dos. Ya habían cerrado el metro, pero no buscó un taxi sino que anduvo por las calles, conocía la oscuridad. Vigilantes jurados, guardias, escoltas, él trabajaba en el filo de la violencia física legal. Defender a esos hombres era su aportación al furioso mundo incomprensible. En cambio, la llamada del chico se le antojaba una interrupción, un tajo inoportuno dentro del tiempo. Aquella filosofía blanda que él mismo llegó a usar en sus alegatos, según la cual los hackers no eran sino chicos estudiosos aprendiendo a programar en sus habitaciones, nunca le convenció. Existían esos tipos, hackers modelo Heidi o hermana de la caridad que penetraban en un sistema informático sin permiso de acceso y dejaban un mensaje al administrador, explicándole los defectos de configuración y la forma en que habían conseguido entrar. Pero no eran hackers por dejar ese mensaje, sino por haber entrado sin autorización. Eso era también lo que él hacía cuando iba a los locutorios, entrar sin permiso en los sistemas, ser el intruso durante unas horas. En cambio, el chaval y sus amigos le recordaban demasiado a los universitarios de Yomango que decían robar como «protesta al sistema», y cuando desmagnetizaban una alarma se creían diferentes. ¿Por qué vuelves ahora, chico? ¿Ya no recuerdas que yo defiendo al segurata, al que te lleva al rellano de unas escaleras por donde no pasa nadie y te acojona y te registra y se juega su puesto si no te encuentra nada? No lo recuerdas o quizá no lo sabes. Tampoco os dije nunca que mi padre era un poli, como el que habrá tenido que lidiar con Red Eléctrica y con su superior y quemarse las pestañas leyendo la telemetría para saber quién coño eras tú.

El abogado atravesaba las calles recalentadas por los motores de aire acondicionado. Vio pasar a una mujer sola, andaba deprisa, el vestido ceñido, el ruido suave de unas sandalias planas contra el suelo. Pensó en su casa con dos cuartos vacíos, para invitados, para sus otras vidas. Cuartos disponibles como él mismo. Yo no soy nadie, chico, supongo que por eso me has llamado.

Enero

Después de tres reuniones, la vicepresidenta dispuso de media hora tranquila en su despacho, necesitaba leer multitud de papeles y documentos. Le pasó por la cabeza buscar en Google el código que había copiado la noche anterior, o algo de información acerca de esos ordenadores llamados zombis, pero lo descartó. Si lo hacía quedaría constancia de su búsqueda y no deseaba compartir con nadie lo ocurrido, por el momento.

El ejercicio del poder se caracteriza, entre otras cosas, por un continuo ir y venir de secretos que hay que administrar. Secretos retenidos, secretos para ir soltando muy lentamente, secretos compartidos por un núcleo mayor o más pequeño, secretos troceados. Hay que tenerlos en la cabeza recordando cuál es su radio de acción, quiénes saben, quiénes pueden llegar a saber, quiénes no deben conocerlos bajo ningún concepto.

En cuanto a su flecha, se trataba, por ahora, de un secreto sólo suyo, y así quería mantenerlo. No tenía tantos. Por motivos de su cargo, tanto su salud como sus relaciones personales, gastos, negociaciones, viajes, indumentaria, planes, eran puestos en conocimiento de otras personas.

Durante la comida con algunos miembros de su equipo, la vicepresidenta se las ingenió para llevar la conversación al terreno de los ordenadores zombis sin llamar la atención. Pronto una persona hizo la pregunta que ella necesitaba:

—Cuando se apoderan de tu ordenador y lo convierten en un zombi, ¿hay alguna manera de darse cuenta de ello? —dijo Carmen, la directora de comunicación.

—Sí y no —contestó la mano derecha de su anterior jefe de gabinete, un treintañero aficionado a la informática quien pronto la abandonaría, pues había sido reclamado por el presidente—. Los ordenadores son capaces de ejecutar más de una cosa a la vez. Mientras estás escribiendo en tu procesador de textos tienes otra aplicación abierta que, de vez en cuando, mira a ver si tienes correo o si alguien te ha escrito por el chat, etcétera. A esos otros procesos, que se ejecutan en el trasfondo, se les llama «demonios».

—¿Por qué «demonios»?

—Todo empezó con un experimento con gases. Un tipo imaginó que, si hubiera una pequeña criatura, y la llamó «demonio», capaz de seleccionar las moléculas en movimiento según su velocidad, podríamos llegar a romper el segundo principio de la termodinámica, ese que prohíbe que entre dos cuerpos de diferente temperatura se transfiera calor del cuerpo frío al caliente. A los programadores les gustó la imagen de la criatura que trabaja en el trasfondo.

—¿Y un zombi es un demonio? —preguntó el jefe de gabinete.

—Para decirlo más exactamente, un zombi es un ordenador que ejecuta un demonio ajeno a su sistema, colocado por un tercero, por lo general vía virus o al cargar una página web que explota vulnerabilidades. Aunque el nombre hace pensar lo contrario, el ordenador zombi se presenta como perfectamente normal a su usuario. En corto: que tu ordenador o el mío pueden ser ahora mismo zombis y nosotros no saberlo...

—Pero... ¿se nota algo? —preguntó la directora de comunicación.

—Depende del nivel de información del usuario, y de lo discreto y camuflado que sea el demonio, cosa en la que su creador habrá puesto el suficiente empeño si quiere que su red de zombis perdure. Teniendo en cuenta el sorprendentemente alto número de redes de zombis conocidas y, en consecuencia, de ordenadores infectados..., un usuario normal no lo nota a no ser que su antivirus lo delate. Lo que no siempre ocurre, o más bien casi nunca.

—Hay una combinación de teclas para ver esos demonios, ¿no? —dijo el jefe de gabinete.

—Sí y no. En Windows, si tecleas a la vez Control-Alt-Del, te sale el Administrador de Tareas. Pinchas en la pestaña de procesos y verás decenas de demonios legítimos, propios de tu sistema. Pero puede que haya alguno invitado, que no se llamará «zombi1.exe» sino algo del tipo «syscmd.exe», idéntico o muy parecido a otros varios demonios que sí son propios.

—Habrá formas de comprobar a qué corresponde cada proceso —dijo la vicepresidenta.

—Las hay, sólo que requieren más conocimientos de los que suele poseer un usuario no experto. Y también hay herramientas para enmascarar un proceso haciéndolo casi invisible.

La vicepresidenta miraba los chipirones como si fueran aves o pequeños cuerpos de alienígenas. Depositó los cubiertos juntos, dando el plato por terminado. En su cabeza, problemas aún sin resolver y tareas pendientes se desplazaban con dificultad en medio del cansancio. Uno de esos demonios trabaja pero no para tener un programa de ordenador abierto sino para ir gastando mi cuerpo, mi resistencia, mi capacidad de concentración.

Pidieron los postres, ella eligió fresas con zumo de naranja. La conversación giraba ahora en torno a los usos habituales de una red de zombis. Mil ordenadores, decían, con un demonio que te obedece y al que mandas instrucciones del tipo: «A lo largo de las próximas veinticuatro horas envía este mensaje spam a estas cien personas». Hecho así, la operadora de cada uno de esos ordenadores no lo nota, mientras que sí lo haría si enviases cien mil mensajes desde un único ordenador.

La vicepresidenta pensó en su flecha: ha abandonado el trasfondo, como buscando que yo la vea.

La hora del café era su tiempo libre. Todos sabían que ella no tomaba y la dispensaban de estar presente en la sobremesa hasta el final. Sin dar ninguna explicación, siguiendo la rutina convenida, abandonó el pequeño comedor privado y se retiró a su despacho. Una vez allí, cerró los ojos unos minutos, un sueño breve que renovó sus fuerzas.

Al despertar, se dirigió al vestidor. Debía cambiarse de ropa para asistir a la inauguración del Cuarto Congreso Europeo de Personas con Discapacidad. Eligió una chaqueta azul prusia de corte recto, con cuello de chimenea para disimular la edad, implacable detrás de la tela. El pantalón, del mismo tejido que la chaqueta y de un azul algo más fuerte; ambas prendas lisas, pensadas para afianzar su imagen de figura cerrada, sin fisuras. Algunos modistos insistían en recomendarle telas estampadas, pero ella siempre las rechazaba con un ademán discreto y firme. Los estampados poseían connotaciones relacionadas, bien con la intención de aportar un toque de fantasía al mundo, bien con la voluntad de plasmar la propia personalidad o intereses. Somos mucho más vulnerables con estampados, pues contamos más historias, voluntariamente o no. Colores lisos, superficies sin agujeros. La vicepresidenta no quería contar ninguna historia sino aparecer ante las cámaras de televisión, los fotógrafos y el público, como una figura compacta, capaz de proteger.

Mientras se ponía unos pendientes en perfecta combinación con la sombra de ojos y la indumentaria, se preguntaba hasta qué punto esa flecha podría abrirse camino como un dibujo: un rombo o un tallo con hojas, el comienzo de una grieta horadada en su armadura de azules impenetrables.

Inauguró el congreso, luego tuvo que asistir a un acto en el que una asociación de periodistas le entregaba un premio y, por último, a una cena con una delegación de empresarios ucranianos. Ya de regreso, se sintió inesperadamente contrariada al comprobar que era más de la una. No llegaré a tiempo. A no ser que la flecha me esté esperando.

Junio del año anterior

La figura del abogado con la chaqueta hinchada por el viento parecía proceder de otro mundo más antiguo y solitario mientras, bajo la lluvia, descendía por la cuesta del parque del Oeste. El chico había insistido en quedar en aquella hondonada rodeada de árboles. Cierto que habían hablado la noche anterior, cuando nada parecía presagiar esa tormenta con un vendaval que habría inutilizado cualquier paraguas. No obstante, a juicio del abogado, el chico mostraba síntomas de paranoia. No había querido encontrarse con él en un café porque la mayoría tenían cámaras, y no le había dado un número de móvil porque ya no usaba móvil, es como llevar un cascabel puesto, le dijo, y aunque el abogado preguntó: «¿Quién es el gato?», el chico no contestó, ya había colgado o quizá lo hizo al oír la pregunta.

Le encontró allí, empapado, el pelo oscuro y corto con trasquilones, la nariz ganchuda y la expresión vagamente atónita, como si no acertara a explicarse por qué había gotas en los cristales de sus gafas y un vapor que nublaba el mundo.

—¿Dejarás ahora que vayamos a un bar? —casi gritó el abogado en medio del viento.

—Sí, sí, pero hablamos por el camino.

Y así fue, a voces, batidos sus cuerpos por una lluvia fina y constante, el chico le fue contando que lo de Red Eléctrica no había sido exactamente un error.

—No quiero que me preguntes mucho durante el juicio. Lo prefiero, aunque al final tenga que pagar una multa o me caiga una condena de unos meses.

—¿Estás diciéndome que querías que te descubrieran?

—Tengo problemas, Eduardo.

El chico se quitó las gafas para limpiárselas con el borde de la camiseta. Le brillaban los ojos como si tuviera fiebre, pero no transmitía sensación alguna de debilidad.

—¿Por qué quieres que te defienda yo?

—Confío en ti. Tenemos que resultar creíbles. El multímetro no estaba averiado, lo estropeé luego.

Avanzaban entre viejos árboles a los que la pendiente hacía parecer aún mayores. El abogado obligó al chico a detenerse bajo uno de ellos y encendió un cigarrillo.

—Puede caerte mucho más que unos meses. Acceso no autorizado a sistemas informáticos, fraude de suministro eléctrico y lo que encuentren. Quizá tengas que entrar en prisión.

—Por eso te necesito. No quiero ir a la cárcel, creí que cuando me procesaran me despedirían. Pero no lo han hecho.

—Repite.

—Intentaba que me dejaran en paz, pero fallé.

El chico miró a su alrededor. ¿Busca perseguidores, un espacio seco para sentarse, qué le pasa ahora?

—Joder, te has ido a parar en el árbol.

El abogado reaccionó con brusquedad, estaba cansado de esa intemperie absurda y también de no entender.

—Si no dejas de hablar en clave y me cuentas lo que pasa, yo no te defiendo.

Crisma le miró desconcertado.

—Perdona, no tiene nada que ver. Es de otra época. Una chica, ya sabes, era nuestro árbol. Me parece que hace mil años.

Mil años, el chico rondaría los treinta, o ni siquiera. ¿Qué sabía él de otra época? Ocho años atrás, cuando le conoció, combinaba el hacking con esos juegos de poderes, enemigos y territorios mágicos. Por momentos hablaba como si aún siguiera en esos mundos. Sin embargo, algo dentro de su voz era estridente y temblaba. El abogado conocía bien el punto más temido, el que precede a la pérdida del control, cuando los obstáculos se agolpan y el pánico está demasiado cerca.

—¿Quiénes tienen que dejarte en paz?

En vez de responder, el chico volvió al camino, en silencio. El abogado presagiaba uno de sus habituales catarros de verano al día siguiente.

—Basta.

Habían llegado a la entrada del parque, se oía con claridad el ruido de motores, bocinas y gente hablando. El chico se detuvo.

—Dime de qué va esto o búscate otro abogado, los hay bastante mejores que yo.

Los ojos del chico le esquivaron al decir:

—Son indios. Están en Mysore. Me llevaron a verles una vez. No sé para quién trabajan.

—Tenemos que buscar un sitio donde no llueva —dijo el abogado.

El chico se acercó a él y susurró:

—Hoy no. No creo que me sigan, no creo que estén aquí físicamente. Pero juegan muy fuerte, Eduardo. Antes de que nos veamos otra vez necesito hacer unos ajustes en tu móvil, y revisar tu ordenador. También tenemos que encontrar un sitio que no sea público, ni sea una de nuestras casas.

—Estás paranoico —dijo el abogado.

—Te juro que no.

Entonces el chico echó a andar muy rápido, como si ya hubiera calculado que llegaría a tiempo de cruzar el semáforo a la salida del parque. El abogado no intentó seguirle. Con delicadeza, apagó el pitillo y lo guardó en el celofán que protegía la cajetilla de la humedad y que él había extraído porque detestaba tirar colillas al suelo.

Enero

La vicepresidenta saludó al escolta de guardia en el portal toda la noche. Mientras subía en el ascensor se propuso no acudir enseguida a su portátil al llegar a casa. Fue primero al dormitorio, cambió su ropa oficial por un pantalón negro algo gastado y un jersey de algodón blanco, grueso y confortable.

¿Esa flecha? Un chaval de catorce años jugando a ser espía, o un hacker ruso tratando de adueñarse de cuantos más ordenadores mejor. Esa flecha no conoce otra cosa de mí que no sea mi ip, unos cuantos números tan carentes de significado como los de cualquier teléfono.

Eran casi las dos cuando la vicepresidenta se sentó frente al portátil. Le sorprendió encontrarlo encendido. Siempre lo apagaba, precisamente para no facilitar la tarea a hipotéticos intrusos.

—A lo mejor esta vez se me olvidó —murmuró en voz baja, sin poder evitar sentirse expectante.

Movió el ratón para recuperar la pantalla: la flecha saltaba de un lado a otro trazando medios círculos. La vicepresidenta separó las manos del ratón y del teclado para estar segura. La flecha siguió saludando.

Su portátil tenía desactivada la cámara, ella se había ocupado de hacerlo. Pasaba el día bajo la luz de los focos, en el punto de mira de los objetivos, y lo último que quería era ser vista también cuando chateaba con un amigo o navegaba. Así pues, se relajó y se dio permiso para experimentar.

Cuando ella tomaba el control del ratón, la flecha le obedecía como si fuera un simple cursor no dominado por una presencia ajena. Pero si lo soltaba o simplemente dejaba de moverlo, la flecha volaba, sola de nuevo, de un lado a otro de la pantalla.

Bueno, veamos si sabes mi idioma.

La vicepresidenta abrió un documento de texto y escribió:

—Hola.

Inmediatamente, la respuesta se escribió sola en el documento:

—hola.

—¿Qué quieres? —preguntó la vicepresidenta.

—mmm...

La vicepresidenta sonrió sin querer. Después, como si despertara, se vio a sí misma ahí, aguardando las palabras de un intruso, y se puso en guardia. Ni siquiera sabía el nombre de su interlocutor, si era uno, o una, o varios. Estuvo a punto de preguntárselo pero prefirió no hacerlo. Se encontraba en clara desventaja. Quizá sí sabe cosas de mí, más que yo de ella, seguro. Puede ser un chino que conozca mi biografía, mi cargo. «En internet nadie sabe que eres un perro.» Puede ser una periodista, un diputado, pueden ser colaboradores míos.

La vicepresidenta se levantó. Desde el primer momento había fantaseado con un desconocido por completo ajeno a su mundo, un friki de los ordenadores. Al pensar en alguien de su entorno, percibió por vez primera la magnitud de la intrusión. Qué imprudente había sido. Ella, la hermética, la que nunca, o casi nunca, perdía la calma, la que lograba sacar tiempo para considerar cada hipótesis y preverlo todo, jugando a los marcianos con un desconocido. La flecha podría incluso estar siendo movida por los responsables de seguridad informática de la Moncloa. Quizá sea una prueba y nunca me lo digan, pero el rumor acabará extendiéndose: la vicepresidenta se deja embaucar por un intruso, enreda sin avisar a seguridad.

Paseaba por la habitación imaginando la reacción de sus escoltas si un extraño entrara en su piso abriendo la puerta con una ganzúa y ella no les dijese nada. No era igual, su integridad física estaba a salvo. Además, la flecha había llegado a un ordenador que sólo contenía información irrelevante. Y si me da la gana de compartirla, allá películas. Es mi vida, mi vida privada, las pocas briznas que todavía me quedan.

Volvió a la silla, estaba dispuesta a mantener su relación con el intruso siempre que éste le ofreciera una garantía, tal vez una prueba de su identidad. Pero ¿cómo?

Un movimiento de letras la sacó de su cavilación.

—tenías desactivada la asistencia remota —decía la flecha.

—Por seguridad —respondió—. Me dijeron que lo hiciese.

—la he activado.

—Sigues sin decirme lo que quieres.

—prestarte ayuda.

El orgullo centelleó en los ojos de la vicepresidenta. ¿Ayuda? No necesito ayuda, quiso decir, aunque sabía que era una frase estúpida. No necesito la ayuda de quien ni siquiera me ha dicho su nombre, hubiera sido una réplica adecuada. Pero si quería quejarse podía apagar el ordenador. La flecha sabía eso tanto como ella. Decidió ocultar su orgullo, aplazarlo y seguir el juego. Dijo:

—¿Qué me pedirías a cambio?

—te pediré «el mayor defecto».

La vicepresidenta reparó en las comillas con un ligero temblor. Parecían indicar una cita, y había una novela que trataba del «mayor defecto». Esa novela era su libro de cabecera pero, precisamente por ello, nunca la había mencionado cuando le preguntaban por sus gustos literarios o le pedían que recomendase un título para el verano. Vino a su imaginación la ciudad de Moscú vista desde la altura de un edificio que la domina entera. El sol butano enciende con reflejos las ventanas de los pisos orientados al oeste. Luego se desata la tormenta y una extraña comitiva abandona volando la ciudad. La vicepresidenta escribió:

—«¡Dioses, dioses míos! ¡Qué triste es la tierra al atardecer! ¡Qué misteriosa la niebla sobre los pantanos! El que haya errado mucho entre estas nieblas...».

La flecha le arrebató el control de las teclas para continuar:

—«... el que haya volado por encima de esta tierra, llevando un peso superior a sus fuerzas, lo sabe muy bien».

Tengo razón, se refiere a esa novela. Puede ser casualidad. Aunque hubiera entrado en mi casa, aunque además de mi contraseña la flecha dispusiera de una copia de mis llaves y hubiera logrado sortear a los escoltas, no podría haberlo averiguado. En mi ejemplar de la novela no hay notas, ni subrayados, ni una dedicatoria. Pero todo era absurdo, nadie había entrado en su casa, simplemente esa novela era un clásico, millones de personas la habían leído y algunas conservarían, como ella misma, frases en la memoria. Se preguntó para qué querría nadie un defecto ajeno, y la respuesta apareció con incómoda nitidez: para no tener que sufrirlo. Sintió cansancio y sueño. Tomó el ratón y condujo la flecha hacia el botón de apagado.

—¿te vas? —se escribió en el documento.

La vicepresidenta suspiró. Había sido huraña y algo desconcertante en su juventud. Sin embargo, su dedicación a la política la enseñó a imprimir cortesía en casi todos sus gestos. No quiso, pues, desconectar sin despedirse.

—Sí. Buenas noches.

En la cama, se sumergió en un sueño inquieto y desordenado. A las cuatro de la mañana despertó desvelada. Trató de volver a dormirse, pero los ojos se le abrían limpiamente. Se levantó a buscar un vaso de agua de la nevera, un poco de frío la ayudaba a conciliar el sueño.

Cuando volvía con el vaso en la mano camino del dormitorio, vio la puerta entreabierta del salón y entró. Se sentó en el sofá. Dormía con un viejo pijama de patos dibujados que compró en Amsterdam hacía bastantes años. Llevaba tiempo guardado en el armario y siempre le daba pena tirarlo. Ahora lo había recuperado, ya sin nostalgia. Nunca volvería a ser la mujer que viajó a Holanda con un subsecretario siendo ella secretaria de Estado. No volvería a asomarse a la ventana de un hotel escondido temblando de deseo, erguidos los pezones, alta la nuca y firme el pulso rojo de los labios, segura de su desnudez. Llevaba mucho tiempo sin verle cuando se enteró de que había muerto. Era un profesor universitario. A las pocas semanas de aquel viaje, él abandonó la política para volver a sus clases. Aquella decisión me dolió más que si se hubiera ido con otra mujer. Poco después le dejé, sin rabia, sin miedo al futuro, sin haberlo lamentado nunca. Pero ojalá estuviera vivo, sólo eso, saber que en algún sitio seguía su voz llenando un aula, me acompañaría.

Miró sus manos largas recortándose sobre la tela verdiazul, las imaginó peinando los rizos de una cabeza joven y sintió una añoranza suave, no quemante ni triste. Bebió el agua y al ir a dejar el vaso sobre la mesa advirtió al mismo tiempo un rumor y un soplo de luz. Su ordenador estaba funcionando. Se aproximó con sigilo, como si esperase encontrar detrás de la pantalla a la persona que lo había puesto en marcha. Buscó la ventana negra de la otra vez, pero el monitor permanecía apagado, sólo el sonido del aire y dos o tres pilotos de luz indicaban que algo estaba funcionando dentro. La vicepresidenta pensó en ese diablo en el trasfondo, pensó en el disco duro como un lugar ignoto donde sucedían cosas desconocidas y sintió ganas de dormir y supo que esta vez descansaría con un sueño no agitado sino en calma.

Julio del año anterior

El abogado y el chico se dirigían a un local medio abandonado cerca de la estación de metro de Buenos Aires. Un conocido del abogado había tenido una tienda allí. Ahora el negocio se traspasaba y el dueño le había dejado una llave del local autorizándole a usarlo hasta que apareciera un comprador.

Cuando salieron a la calle, llegó una vaharada de basura pasada de fecha, mondas de naranja podridas, bolsas que no había recogido nadie. Cruzaron la avenida de la Albufera, un autobús chirrió al parar ante el semáforo. Doblaron por la esquina de una tienda de ropa. Había un tramo sin luz por causa de dos farolas fundidas; dentro, la noche parecía albergar túneles rotos. Los atravesaron. De nuevo bajo la luz, el abogado vio en el suelo un paquete vacío de galletas. Aquel celofán azul brillante con una estrella dorada y el dibujo de una enorme galleta rellena de chocolate también indicaba desorden pero no le inquietó, parecía venir de otro universo. El paquete quedó atrás, rebuscó las llaves en el bolsillo.

Encendió la luz, un fluorescente quemado por los bordes. Cables en el suelo, dos mesas viejas, una silla, una estantería, un ventilador, un sillón en harapos rescatado de la calle. Por suerte, el dueño, confiado en traspasar pronto el local, mantenía la electricidad y el agua.

El chico se sentó en la silla cediéndole el sillón al abogado.

—He traído latas frías, cerveza y Coca-Cola. También tengo whisky —dijo señalando el último estante.

—Coca-Cola —dijo el chico—. Yo estaba trabajando para

una filial de Aastra Technologies. Creí que iban a echarme. Hay... cosas que no aguanto, me han echado otras veces. Tendrías que ver cómo son esos sitios, sin horario, sin derechos, vale todo porque se supone que eres tú quien tiene que agradecer que te hayan contratado. Pues me dicen que hable con uno de los directores y el tipo me sugiere que me apunte a un curso remunerado de interceptación en ATL. Por lo visto les interesaba mi perfil. Había veinticinco candidatos y sólo escogerían a seis.

—Te eligieron —dijo el abogado de pie, con una lata en cada mano.

—Sí. El curso no se me dio mal. Es lo mío, me gusta. El concepto de interceptación de Ericsson es parecido a un gran «man in the middle», un sistema de control que no está en las operadoras ni en los centros legalmente autorizados. Está en el hardware de ambos; sin embargo, el software sólo puede ser manejado por quien conozca la herramienta de monitorización. Otras personas acceden a él mediante claves, pero muy pocas pueden interactuar con ella. Yo aprendí a hacerlo. Luego me pusieron a trabajar en la división de redes. Tenía que ver los logs de todos los que usaban ese software, y adelantarme a los problemas. Soy muy bueno en eso. Todos lo dicen. Me pasé un año esperando un poco de reconocimiento que no fuera sólo palabras; no sé, menos horario, más salario, más capacidad de maniobra. Para nada: sólo querían quemarme, tú sabes cómo es esto.

—No tengo ni idea.

El chico aleteó con las manos.

—Hay una edad, igual que en el fútbol, supongo. El cerebro funciona al ciento veinte por ciento, pasas los ojos por páginas enteras de código y ves dónde hay un error, lo ves a la primera. Pero eso no dura. Como la agudeza visual, no sé, se pierde y no hay gafas que lo arreglen. Yo quería seguir aprendiendo. Si no lo haces te gastas y luego ya no sirves.

—¿Ahí entran los indios?

—Sí, en un IRC alguien se me acercó, un tal orpheus37, me hizo preguntas muy concretas sobre mis conocimientos y me dio una dirección para entrar en contacto. Vale, yo suponía que el tipo no era del todo legal. Pero me dijo que no, que trabajaba para una empresa, que incluso me harían una factura. La cosa iba de hacer un troyano para un test de seguridad. Era bastante fácil. Yo tengo mi arsenal, lo que el tipo me pedía no era más de dos o tres noches de trabajo. Lo pagaban bien. Y lo hice.

—¿Te dieron la factura?

—«Networking Start SL», el nombre tenía gracia.

—Entonces te pidieron otra cosa más turbia...

—No fue exactamente así. Mi hermana tuvo una historia chunga. Estaba viviendo con un tipo y él se largó, se llevó pasta, la dejó sin nada. Mi hermana me pidió dinero. Jo, hasta me hizo ilusión que me lo pidiera, a mí, que me paso en paro más tiempo del que trabajo, que nunca tengo nada.

El chico aplastó su lata de Coca-Cola vacía. Parecía estar detrás de un cristal. Parece un pájaro en una pecera.

—Y buscaste a orpheus otra vez —dijo el abogado.

—Apareció él.

—En el momento oportuno.

—Yo también lo pensé, sí. Que el tío podía haber leído los correos de mi hermana. Pero yo vigilo, te aseguro que no es fácil entrar en mis ordenadores.

—¿Casualidad, entonces?

—Mira, ya no lo sé. En aquel momento lo vi así, casualidad. Ahora, hasta he pensado que esos tipos conocían al que dejó colgada a mi hermana. Ya sé que flipas. No digo que fuera así. Pero lo he pensado.

—Vale, sigue.

—Querían un trabajo especial. Tendría que haberme mosqueado que hablase maravillas de mi troyano. No era nada del otro mundo, yo lo sabía, pero se lo oía decir y pensaba: ¿y si tiene razón?, ¿y si soy mejor de lo que yo mismo me creo? Entonces va y me dice que me pagan un viaje a la India, a Mysore, vía Londres. Tres días, había un puente, ni siquiera tendría que faltar al trabajo. Y me ofrece un adelanto.

—¿También con factura?

—Era un adelanto..., yo tragué. Me ofreció justo el doble de lo que me había pedido mi hermana. Pensé: le doy a Silvia, guardo la mitad sin tocarlo, y si luego no me convence la historia, lo devuelvo pidiendo prestada la otra mitad.

El abogado no dejaba de observar al chico, sus manos sujetas ahora bajo los muslos, sus dos pies moviéndose como aletas de goma.

—Así que fuiste.

—Sí, en primera clase. Me esperaron en el aeropuerto y me llevaron a un hotel moderno, en un barrio muy lejos de la zona turística de los palacios. Al día siguiente me invitaron a comer, un tipo alemán y uno indio. El indio tenía más o menos mi edad, el alemán sería como tú o un poco mayor.

—Querían a ATL, claro, información interna.

—Sí, sí. Desde antes de aceptar el billete de avión lo suponía. Hacer troyanos, para eso no necesitan llevarse a nadie de viaje. No era lo que yo hiciera, era donde yo estaba.

—Y aceptaste.

—Acepté el viaje. Pensaba que según lo que me pidieran podría negarme o no. Ya sé que suena ingenuo. Pero nunca pasa nada, y a mí me estaba pasando algo. Orpheus era agradable, tenía sentido del humor, no parecía un mafioso para nada. Vale, todo tenía una pinta preocupante, pero cuando estás dentro... Qué más da, fui.

El abogado se había terminado el café. Yo no habría ido, ni siquiera con veinte años, pero no soy mejor por eso.

—¿Qué te pidieron exactamente?

—Bueno, no querían claves. No fueron burdos. Les interesaba controlar el sistema de actualizaciones. Me dieron a entender que mi empresa se había apropiado de algo suyo y ahora ellos querían ese software para usarlo en otro lugar. Yo no les creí y ellos sabían que no les estaba creyendo. Mira, sé que está el dinero, pero lo que más me enganchó es que me pedían algo bastante difícil. Me halagó que me creyesen capaz de hacerlo. Dije que lo tenía que pensar. Eso fue por la noche, durante la cena. Al día siguiente vinieron a buscarme bastante temprano y me llevaron a una especie de casa de campo. Por fuera parecía un chalet como los de aquí, bastante hortera. Por dentro tampoco había nada raro hasta que llegabas a una sala helada, llena de servidores. Detrás había un pequeño pasillo y luego una habitación silenciosa con unas diez personas trabajando, casi todas de mi edad, dos chicas, el resto tíos, algunos no eran indios, todos me saludaron, fueron amables, de pronto sientes que formas parte de algo. Que siempre has formado parte pero no lo sabías.

El abogado se revolvió en el viejo sillón. Empezaba a tener claustrofobia por causa del calor y los cristales tapados con papel de embalar. Trató de representarse la calle al otro lado, oscura, vacía. El ventilador apenas refrescaba y en cambio su ruido parecía arrastrarles al interior de un vehículo. Aun considerándole un completo desastre, el chico le seguía cayendo bien. Ahora se había levantado y señalaba a una puerta.

—Sí, ahí hay un baño, funciona.

El abogado recordó el día del parque, el árbol bajo el cual se detuvo a fumar y que para el chico había estado ligado a una historia. Se preguntó cómo sería hoy la chica del árbol. Durante la carrera él no había sido de los que se saltaban las clases tumbados en la hierba. Tampoco fue luego el hacker de película, no entró en contacto con ningún sistema por azar, nadie le buscó como habían buscado al chico. Hubo en medio un tiempo en que pareció que todo iba a ser distinto, él lo llamaba sus años de acción. No es que hubiera perseguido coches ni saltado desde un puente encima de un tren en marcha, pero sí había gritado por los megáfonos, saltado verjas para poner silicona en las cerraduras, se la había jugado. Fue sólo una temporada, nunca se lo había contado al chico, porque aquello quedó lejos y ya no supo estar a la altura nunca más. Ahora el chico había venido a él, y se acordaba.

El chico salió del baño poniéndose las gafas. Debía de haberse lavado la cara.

—Como ya has supuesto, acepté. Logré hacerlo, me salió de puta madre. Creí que todo había terminado, pero no. Cada dos meses vuelven a pedirme la misma operación con algunas variaciones. Por eso inventé lo de Red Eléctrica. Y no ha servido de nada. Están en todas partes. Seguro que han movido algo para evitar que me despidan —dijo.

—No te han despedido porque la empresa ha invertido en ti. Y todavía existe la presunción de inocencia.

—Puede que tengas razón. Pero da igual.

—¿Cómo puedo ayudarte? —El abogado no estaba seguro de haber querido preguntarlo, pero lo hizo y era sincero.

—No puedes. Sería peligroso para ti y también para mí. Tengo que mantener la calma y confiar en que esto acabe lo más pronto posible.

—Pero me gustaría...

El chico se puso de pie y le interrumpió, se había quitado las gafas, sus ojos parecían muy grandes.

—Por lo menos he podido contárselo a alguien. Eso es un alivio. Pero no debes hacer nada. De verdad. Tengo que aguantar. No hay otra.

Siguieron hablando hasta la madrugada, en aquel recinto desmarcado del mundo. No habían traído los móviles. Habían buscado deliberadamente un sitio que no estuviera en el entramado general de los bits. El zumbido del ventilador volaba por el cuarto como un insecto. La luz fluorescente se apagaba durante unos segundos. Entonces se miraban sin verse. Cuando la luz regresaba, los colores de sus ropas adquirían volumen y ambos parecían figuras de un juego.

Enero

A primera hora, la vicepresidenta se reunió con el ministro de Defensa y su homóloga de un país latinoamericano. El ministro podría ser su hijo. La ministra tal vez sólo fuera seis o quizá ocho años más joven que ella, pero la vicepresidenta se sentía muy lejos de los dos. La reunión era una farsa. Todo había sido decidido tres días antes, entre el embajador de Estados Unidos, el presidente del país latinoamericano y ella misma. Ahora estaban ahí para que ambos ministros tuvieran la impresión de haber sido invitados. No era una impresión baladí, pues les permitiría mostrarse convincentes ante la prensa y la oposición. La vicepresidenta repartía cartas, colocaba balones, depositaba el principio de una frase que ellos deberían completar como si la frase entera les perteneciese. Sólo cuando ambos, seducidos por su propio papel, se salían de lo pactado, tomaba abiertamente cartas en el asunto.

—Un contingente de cien especialistas sería lo ideal. Bajar la cifra podría interpretarse mal por nuestros aliados, ¿no es así? —decía con voz suave pero inflexible.

Esa mañana debía hacerse pública la cantidad y calidad —ingeniería militar, labores de desminado y operaciones especiales— de la ayuda que el país latinoamericano prestaría a la base española en un país oriental. En cuanto a la contraprestación, el alma, ironizó consigo misma la vicepresidenta, eso también había sido negociado antes. A cambio de los cien especialistas y la consiguiente impopularidad del gesto, entregarían al país latinoamericano varios gramos de seguridad jurídica de algunos ciudadanos españoles, no muchos, sólo aquellos que directa o, también, indirectísimamente, pudieran tener vínculos con los grupos armados que operaban en ese país.

Los dos ministros hablaban y gesticulaban sentados en amplios sillones de un tapizado claro, del color de un melón por dentro. La vicepresidenta les miraba sin verles. Si algo anima una nación, si en algo reside su sustancia, su núcleo esencial, es en la certeza que tienen los ciudadanos de que sólo serán perseguidos por lo que previamente se acordó que podrían serlo. Y yo voy y lo vendo. Y además me parece lo mejor entre lo malo. La reunión se demoró treinta y cinco minutos.

Faltaba media hora hasta la siguiente pero sabía que en ese lapso de tiempo sería interrumpida sin cesar con preguntas y notificaciones. Renunció a usarlo para sí, ocupándose en resolver los mil pequeños incidentes. Sólo cuando faltaban ocho minutos para su nueva reunión, entró en el vestidor. Allí no la molestaban a no ser que hubiera algo muy urgente. En realidad, no necesitaba cambiarse de ropa sino silencio. Debía comunicar a un ex ministro cuál iba a ser su próximo destino y debía tener tacto, pues se consideraba responsable de que ese hombre hubiera perdido su puesto. La idea de suprimirlo partió del presidente, pero ella no había movido un dedo para defenderle y muchos conocían su desacuerdo con las sucesivas propuestas del ex ministro.

Eligió unos pantalones color magenta, igual que la chaqueta; mantuvo la blusa blanca de la reunión anterior y se perfumó las muñecas con gesto automático.

El ex ministro llegó puntual. Notó enseguida que buscaba sus ojos. No le sorprendió. Había tenido años para darse cuenta de que, en contra de lo que muchos pensaban, la derrota producía seguridad. El derrotado cayó de las alturas, de acuerdo, pero eso significa que ya ha tocado tierra. Pronto, también había podido comprobarlo, descubre que se puede seguir cayendo y el miedo vuelve a su rostro. La vicepresidenta no tuvo empacho en conceder al ex ministro su momento de audacia, de gloria. Esquivó la mirada, interpretó el papel de alguien como ella que sintiera cierto temor ante el hombre a quien había vencido en un combate desigual.

Después dio por terminada la actuación y empezó a estirar el silencio para mostrar que había un más abajo: le estaba ofreciendo un regalo y, al margen del punto en que sus intereses habían chocado, ambos tenían un horizonte que compartir. Minutos más tarde, el ex ministro aceptaba el nuevo cargo; con la dignidad herida, pero lo aceptaba. Por otro lado, el ex ministro no era un recién llegado y sabía que el concepto de un partido bien jugado y, sin embargo, perdido, en política no servía. Ganar o no existir era la regla madre, de ella nacían las demás.

—¿y los principios?

La vicepresidenta se sometía a veces a preguntas de periodistas imaginarios. Pero ahora, sin querer, había imaginado la flecha, sus caracteres en minúsculas dibujándose sobre la pantalla.

—Los principios vienen luego —replicó.

—¿significa que apruebas la afirmación de que en política el fin justifica los medios?

—No, quienquiera que seas. Significa que en política sólo hay medios.

—entonces, la política sería un hacer sin ton ni son.

—Es un hacer con música, que ponen otros.

Hacía dos minutos que el ex ministro había abandonado la habitación. Ganar las elecciones para cambiar algunas cosas, no había otro camino. El ex ministro había pensado que con sus decisiones correctas lograría el apoyo de la mayoría. Pero no lo había hecho y en determinadas comunidades autónomas eso iba a suponer retrocesos, abusos, más ventaja del Partido Popular. La vicepresidenta argüía que cada mal resultado electoral dejaba un rastro de medidas sociales abandonadas, propiedades públicas vendidas y negocios sin freno cuyas consecuencias recaerían en cuerpos vivos, con sus nombres y su desolación.

Cuando Julia Montes volvió a su despacho, pidió a su secretaria personal que sondeara si era posible suspender la comida con el ministro del Interior. Y lo era, ambos tenían un hueco a las ocho de la tarde.

—Entonces, a las ocho.

—¿Dónde comerás?

—En casa, a ver si desconecto un poco.

Logró llegar a las tres y cuarto. Se calentó un redondo de carne con salsa. Luego fue al ordenador. Había resuelto terminar con la flecha. Era un riesgo ridículo que no podía permitirse. Ni mucho menos podía seguir trabajando si en el trasfondo de cuanto decía o pensaba una pequeña puerta falsa permanecía abierta.

Llevaría el ordenador a la Moncloa. Por eso había querido volver a casa, para librarse del desliz, de su posible error. Eliminaría la conversación que mantuvieron y, por la tarde, pediría que formatearan de nuevo el disco duro. Exigiré confidencialidad: no deben analizar lo que hay dentro, deben borrarlo todo. Podría tirarlo y comprar otro, pero cada vez que viera el nuevo sentiría que la flecha me había vencido en algo. ¿Y si sabe cómo entrar en mi red? Diré que me aumenten la protección ante posibles intrusos, usaré más a menudo una terminal móvil de esas que odio.

Disponía sólo de veinte minutos antes de que pasaran a recogerla. En el ordenador encendido, buscó el documento con la conversación de la noche anterior. Debe de ser éste: documento 1. Botón derecho, eliminar. Enseguida un nuevo documento apareció ante ella:

—hola.

La vicepresidenta no respondió.

—¿vas a entregarme?

También esta vez guardó silencio.

—los votantes quieren secretos. sueñan que sarkozy, zapatero o condoleezza rice tienen perversiones ocultas, una pasión devoradora o un plan. descubrir que son planos, que en esas vidas no hay más misterio que un ir y venir de reuniones y cenas y cansancio cuando cae la noche, los decepciona. yo soy tu secreto, ¿me expulsarás?

La vicepresidenta levantó los ojos por encima de la pantalla. Buscaba la mirada sin rostro de la flecha.

—Crees saberlo todo —escribió dejándose llevar, como si patinara—. Has visto las páginas que visito, las palabras que he buscado y, supongo, una carta empezada que nunca envié. Qué poco. ¿Me has oído gritar en sueños? ¿Te has fijado en cómo tiemblan mis manos después de una comparecencia? ¿Y las heladerías? ¿Qué sabes de las heladerías?

—:)... ¿las heladerías?

La vicepresidenta no pudo evitar sonreír. Le agradaba estar sola, en casa, sin nadie que pudiera verla ni entrar de repente. Sacudió la cabeza y escribió despacio:

—Todos imaginan mi cansancio, mi rictus de soledad, algunos llegan a imaginar el momento en que la resistencia cede y vestida, tumbada boca abajo, escondo los sollozos en la almohada. Pero di si has observado mi cara mientras leo los nombres de los sabores de los helados en el mostrador. Hablemos de la nata de la leche. ¿Soy capaz de tomármela cuando flota partida en trozos pequeños o la separo siempre con la cucharilla? ¿Y el arrepentimiento? A veces hago un gesto..., pongo mi mano sobre los ojos a modo de visera como si la luz del sol me molestase. No es la luz, es el arrepentimiento. ¿De qué? ¿Crees que mi ambición se mide con un compás? ¿Crees que soy vieja y que a menudo recuerdo los días de infancia, el mar, las manos de mi madre? ¿Piensas que compraría juguetes sexuales en la red si pudiera no usar mi propia tarjeta de crédito?

—sé muy pocas cosas, vicepresidenta.

—Mi cargo, ya lo veo. El tono de mi voz. Las fotos publicadas. Las últimas medidas que aprobé.

—eso lo sabe cualquiera que lea la prensa y busque vídeos tuyos.

—¿Te conozco? —preguntó la vicepresidenta.

—no —dijo la flecha.

—¿Me lo juras?

—sí.

—Pero qué importa, tu juramento no vale nada. Menos que nada. ¿Crees que soy una exhibicionista?

—no.

—Sin embargo, cualquier otra persona sentiría tu intromisión como una agresión impúdica, estás violando mi intimidad.

—he corrido un riesgo —dijo la flecha.

—Así es. Al menos no eres el responsable de la seguridad electrónica de la Moncloa. Si lo fueras no me habrías dejado llegar hasta aquí. Sería demasiado violento tener que encontrarte luego conmigo. Te habrías retirado antes.

—y si fuera tu enemigo político, no me habría dado a conocer, te espiaría en silencio —dijo la flecha.

—¿Cómo puedo estar segura de que no eres un periodista? —preguntó la vicepresidenta.

Pasó un largo minuto sin respuesta, y otro más. Después la flecha escribió:

—dime un periodista que conozcas y a quien no respetes, el que sea. dame veinticuatro horas y te llevaré dentro de su ordenador. podrás entrar a través del mío, sin dejar rastro. si yo fuera periodista y luego hiciera pública nuestra conversación, contarías que para convencerte violé la intimidad de uno de mis colegas: nadie me lo perdonaría.

—¿Tan fácil es entrar en otro ordenador?

—habrá que ver el que escojas. quizá deba pedirte una ampliación del plazo, treinta y seis horas, no creo que necesite más.

—Me tiendes una trampa, sabes que no puedo aceptar eso. Me ofreces algo pero en realidad no me lo ofreces. Yo quedaría más comprometida que tú.

—¿quieres que sea yo quien elija al periodista?

—No he dicho eso.

—lo elegiré de todos modos.

La vicepresidenta se miró las manos. Como la huella de un pájaro, tres venas las atravesaban, pero sus dedos seguían siendo largos y ágiles sobre el teclado.

—Me esperan, debo irme.

Había callado. ¿Había otorgado? ¿De verdad quería jugar con ese fuego?

Tomó, no sin cansancio, su fardo, su carga de sensatez y soledad. Y escribió demorándose en la superficie levemente hundida de las teclas:

—No.

Salió de la habitación acompañada por el rumor de su portátil, aún encendido.

Julio del año anterior

Aquel día, el chico llegó a su casa un poco antes de lo habitual. Un compañero se había ofrecido a acercarle en coche. Pese a ello, junto al portal un indio le estaba esperando.

—Hola, soy Prajwal. Tengo que hablar contigo.

—No te conozco.

—Pero sabes quién me envía. ¿Cómo llevas tu trabajo?

—Bien.

—¿Vamos a tu casa?

—Mejor vamos a un bar.

—No son cosas para hablar en un bar.

—No te conozco. No quiero que subas a mi casa.

—¿Tienes miedo?

—Sí.

—Mírame. —El indio parecía más joven que el chico, era flaco como él y algo más bajo—. He venido solo.

—Prefiero que andemos.

Pasaron por delante de una tienda de segunda mano, una

44

mujer estaba bajando la persiana metálica. Llegaron a la calle Fuencarral.

—Está tranquilo —dijo el indio señalando un Starbucks—. Si quieres entramos.

El aire acondicionado hizo estremecerse al chico. Pidieron dos cafés.

El indio eligió una mesa del fondo, muy cerca de la puerta de los servicios.

—¿Quieres dejar el trabajo? —preguntó el indio.

—No, no.

—Algunos en Mysore no se han creído lo de Red Eléctrica. Piensan que lo hiciste para que te despidiesen.

El chico se encogió de hombros.

—¿Por qué lo hiciste entonces?

—Porque era divertido. Porque podía. Todos lo hacemos. ¿O tú no?

—No tuviste cuidado.

—Sí que lo tuve. El multímetro estaba roto. Y no me han despedido.

Vocearon un nombre y el chico se levantó a por los cafés.

—El miércoles harán la próxima actualización. Si perdemos el software que tenemos dentro, también perderemos el contrato. Es mucho dinero. Mucha gente trabajando.

—Hasta ahora nunca os he fallado. ¿Por qué has venido?

—A lo mejor necesitas ayuda.

—No. Lo tengo todo hecho. Sólo espero el pretexto para acceder. Lo normal es que el lunes tenga que ir a la sala central.

—¿Y si este lunes no tuvieras que ir?

—Entonces me inventaría algo. Pero voy todos los lunes. No tiene por qué haber problemas.

—Has hecho un buen trabajo con el código.

—Gracias.

—Esto es una cadena, ¿sabes? Todos dependemos unos de otros.

El indio se levantó.

—Yo me quedo un rato más —dijo el chico.

El indio no le oyó, sigiloso y rápido ya estaba junto a la puerta. El chico sacó una libreta y un lápiz del bolsillo. Las manos le olían a café.

Los indios habían logrado introducir un software ilegal en el sistema general de interceptación telefónica español. Habían aislado una parte de la memoria del conmutador y dotado a su software no sólo de la capacidad de mantenerse fuera de los registros, sino también de alterar los comandos que le habrían delatado. Pero temían tanto el momento de su propia actualización como la del sistema, pues ambas podían producir interferencias que llamasen la atención. Por indicación de los indios, el chico había estudiado con detalle el llamado caso griego. En Atenas, en 2004, se había llevado a cabo una operación parecida. Durante varios meses, los teléfonos de más de cien personas, altos cargos, diplomáticos, activistas, estuvieron intervenidos a espaldas de la ley con un software semejante. Lo que hizo que se descubriera fue precisamente un fallo en la entrega de mensajes de texto, ocasionado por la actualización del software ilegal. En cuanto los ingenieros se pusieron a investigar la razón del fallo, no les fue difícil llegar al software escondido. Porque resulta casi imposible esconder algo en un sistema ajeno una vez que ha comenzado la investigación. En aquel asunto de Atenas había habido un técnico implicado, un ingeniero de treinta y ocho años quien, al parecer, había descubierto lo que pasaba y que justo un día antes de que se hiciera público se suicidó. O le suicidaron, según insistía su familia, pues estaba a punto de casarse, no dejó nota ni era depresivo y las autoridades no habían permitido realizar una segunda autopsia. Se llamaba Costas Tsalikidis, le gustaba coleccionar juguetes antiguos, el chico buscó más datos y estuvo mirando su fotografía, pensaba que se habrían caído bien.

Ahora los indios querían un nuevo paso, bastante más comprometedor y concreto: montar un sistema de teléfonos sombra que recogieran las llamadas de los números elegidos, una copia reducida del sistema de interceptación legal. Insistían en que se trataba sólo de una guerra de empresas. Esperaban demostrar que ATL no había resuelto sus problemas después del caso griego, y querían hacerlo porque ATL y una corporación israelí se habían apropiado del software de interceptación que ellos estaban desarrollando. No era creíble, pero el chico aceptó la respuesta.

Y ahí estaba ahora, intentando resolver un problema de código en un café, asustado. En su empresa le vigilaban todo el tiempo. Antes también, pero tras el asunto de Red Eléctrica, más.

Consiguió concentrarse, durante cuarenta minutos sólo existió el código y al terminar estaba casi seguro de haber resuelto más de un treinta por ciento del problema. Respiró hondo mientras regresaba al café y otra vez el mundo físico se le vino encima. Quiso saber si a todas las personas que tomaban café en otras mesas, la mayoría acompañadas, también les perseguía un indio, su indio. Se preguntó si su vida iba a ser siempre ese montón de platos rotos, trabajos que no encajaban, la amistad como la pasta de dientes que un día estuvo ahí pero, una vez fuera, ya no puede volver. Nunca había esperado que todo fuera perfecto, pero sí la mitad. ¿Era mucho la mitad?, ¿la cuarta parte, la quinta, cuánto tendría que seguir bajando?, ¿eran así todas las vidas si uno las miraba desde dentro, o había huesos que se partían con mayor facilidad? Y sin embargo, también con los huesos partidos algunas personas lo volvían a intentar y confiaban en sus propias fuerzas.

Enero

La vicepresidenta estaba a sólo cinco minutos de la Moncloa cuando recibió una llamada de su jefe de gabinete: reunión de urgencia con el presidente, un avión que volaba de Madrid a Santander se había estrellado al aterrizar, por el momento no había supervivientes. Las víctimas mortales rondaban la cincuentena. La línea aérea era española y, en principio, parecía haber pasado todos los controles de seguridad.

Madrid-Santander, un miércoles de enero: la vicepresidenta repasó mentalmente los planes de sus amigos y conocidos. Pensó luego en todas las cosas que esa tarde se quedarían sin hacer. Vio una procesión de dolor interminable. Trataba de sopesar los posibles errores, el protocolo de actuación, los flancos débiles mientras una y otra vez reaparecía la sucesión de caras demacradas. Conocía esas caras, siempre distintas pero siempre la misma mezcla de soledad, rabia y desesperación. En los funerales, en los entierros, en las reuniones con las víctimas. Y, de nuevo, ella no tenía consuelo ninguno que ofrecer: atención eficiente a los familiares, explicaciones, apoyo psicológico y económico, desde el gobierno iban a hacer un despliegue. Pero consuelo, la palabra que bastaría para sanarles, no tenía.

El presidente y la ministra de Fomento acababan de llegar. Ningún superviviente. En el avión viajaban dos niños y un bebé. También un conocido catedrático de biología. Distribuyeron el trabajo con prisa. Aún no había sido descartada una eventual negligencia de la administración: errores en el sistema de inspecciones, compras corruptas, tolerancia excesiva con determinados incumplimientos de la ley. Detrás de cada palabra se agazapaba un miedo punzante a la responsabilidad, una angustia que se superponía a la nube de dolor y de lágrimas en la que deberían transitar a partir de ahora durante semanas.

Les ofrecieron café y la vicepresidenta, en contra de su costumbre, aceptó. Sabía que esa noche la pasaría trabajando. Entre las diversas tareas que le habían correspondido estaba tratar con los directivos de la compañía, pero antes debería contar con toda la documentación posible y, en esas circunstancias, no podía delegar su busca por completo, ni mucho menos.

Acabada la reunión, se encerró en su despacho. Solicitaba los papeles por teléfono, hacía listas, enviaba preguntas por correo electrónico, y todo a puerta cerrada porque necesitaba rodearse de silencio y de vacío antes de ser absorbida por la multitud. Deseaba que la culpa de ese accidente la hubiera tenido el destino, fuera eso lo que fuera, seguramente azar. No podía preferir que fuese culpa de la administración, ni error ni dejadez, omisión, insuficiencia. Ni culpa de la compañía, pues esa culpa podía acabar desembocando también en el gobierno. Se preguntó si llegado el caso negociaría con la aerolínea, y no quiso responderse.

La jornada fue dura pero no por las horas de trabajo sin un minuto de descanso. Lo fue porque, como siempre cuando se trataba de llegar al fondo de un asunto, la chapuza hizo su aparición adueñándose de todo. Sacudió la cabeza, le costaba quitarse de encima la opresión de las cosas a medias, lo emborronado, lo sucio. La administración había hecho, por ejemplo, las suficientes inspecciones, pero al estudiar los datos con detalle enseguida se descubría que la frecuencia distaba de ser la adecuada. Había demasiadas muescas, cicatrices que no comportaban incumplimiento del deber sino pereza, quizá cansancio, falta de medios y de organización.

Como todos los perfeccionistas, la vicepresidenta no solía ser demasiado exigente con sus subordinados más próximos: disculpaba el error y no pedía rendición de cuentas; no le hacía falta. Sabía que la medida real era su propio perfeccionismo, todos se medían con respecto a él y no a sus palabras. Pero su radio de influencia no iba mucho más allá de su gabinete y de algunos altos cargos. El resto permanecía en los dominios de lo mediano tirando a lo mal hecho. Si hubiera habido un perfeccionista como yo en cada tramo de las diversas administraciones implicadas quizá el avión no hubiese explotado al aterrizar. Aunque esto no lo sabré hasta que se conozca el desencadenante del accidente. Lo que sí sé es que al final algo siempre se parte en dos o más pedazos.

Cualquier intento de mantener la vida sin enmiendas ni tachones, simétrica, fracasaba. Su propio nivel de exigencia había tenido a veces consecuencias perjudiciales, como quien logra una jugada perfecta y con ella pierde la partida. No quiero justificar los errores. Pero ¿dónde los dejo?, están aquí, me rodean por todas partes.

Llegó a casa a las tres de la madrugada. Se duchó y se metió en la cama sin mirar el portátil. Durmió bien pero, aunque había puesto el despertador a las siete, a las seis y media se despertó desasosegada. Preparó una taza de café con dos pastas y se dirigió al ordenador. Analistas, asesores, compañeros y enemigos en numerosas ocasiones le habían dicho que su imagen pública transmitía serenidad. Si ellos supieran cuánto deseaba ahora abrir un abanico de su estatura y cruzar al otro lado, porque todo abanico es un espejo y todo espejo una puerta y toda puerta un agujero por donde huir vestida de carnaval. Ella y su pijama de patos salvajes, ella y su loco deseo de bailar a las siete de la mañana con su taza alta de café caliente mientras fuera esperaban el frío de la destrucción y la desgracia. No podía escapar, y una parte de ella, pero sólo una parte, ni siquiera quería hacerlo sino que tenía verdadera fe en su personaje, confiaba en que al aparecer ante las cámaras como una madre sabia, la hechicera de la tribu, ayudaría a encontrar un cauce para el dolor y tal vez un bálsamo y explicaciones.

Cuando el ordenador terminó su proceso de hibernación, escribió las contraseñas y entró en su escritorio. La flecha no se movía, nada parecía haber cambiado a no ser..., sí, allí, en la esquina superior izquierda, había un documento nuevo llamado Regalo.

La vicepresidenta lo abrió. Era consciente de que el mero

clic del ratón podría desencadenar un ataque que acabase en pocos minutos con todo su disco duro. Pero supuso que la flecha podía haber hecho eso antes y, además, su disco duro era su menor preocupación en aquel momento. Esperaba una carta, frases frías como agujas de hielo o quizá torbellinos de hojas. Esperaba, no le importó confesárselo, una declaración de amor insurrecto y adolescente. Encontró en cambio un documento con fecha, firma y lo que parecía ser un sello.

Report number: AZ /25/ 11. La fecha era anterior en tres semanas al día del accidente aéreo. En la cuadrícula «Answer from RSE requested» había una X en la casilla del Yes. Sin embargo, no había respuesta alguna en la cuadrícula correspondiente. En el apartado rotulado «Description» se relataba la falta de personal en la aerolínea, debido a la cual ése había sido el cuarto vuelo realizado por un comandante a punto de jubilarse y un copiloto inexperto. Quien lo había escrito consideraba que esta combinación podía ser buena en otras profesiones pero no precisamente al frente de un avión cargado de pasajeros y hablaba de las posibles consecuencias, «effects on safety». Por último, señalaba que ésta era la segunda vez que emitía el informe sin que nadie se hubiera dignado responderlo la primera. En la cuadrícula «Originator» aparecía una firma bastante difícil de interpretar. No obstante, en la página siguiente se adjuntaba un informe acerca de un fallo en el asiento del piloto-copiloto donde aparecía la misma firma algo más nítida. La vicepresidenta reconoció el nombre: ambos documentos parecían haber sido escritos por el piloto del avión siniestrado. Por otro lado, en el segundo informe sí había una respuesta a cargo de un ingeniero, fechada y firmada apenas nueve días después.

La vicepresidenta previó mentalmente las consultas que debería hacer al llegar a Moncloa para confirmar si los documentos eran auténticos. Y si lo eran, ¿hasta qué punto podía utilizarlos? Pero se dijo que no valía la pena responder a esa pregunta todavía. Los imprimió y los guardó en su cartera. Quiso decir algo a la flecha, darle las gracias aunque sabía que no podía hacerlo, ni debía; la situación era absurda e inquietante. Aun así estuvo a punto de escribir algo, una palabra cualquiera, por ejemplo: quédate. Pero no lo hizo.

Julio del año anterior

El día del juicio, el chico le pareció más flaco, más desamparado. Vestido con chaqueta y camisa de cuello blanco tenía aspecto de empleado de una agencia de viajes, un hombre joven pero ya vencido. El abogado constató una vez más el desconocimiento del juez y el fiscal sobre el funcionamiento de las redes. Durante un tiempo él también había sido así, cuando sólo miraba iconos y palabras pulsando el ratón como un interruptor, sin preguntarse nunca por los programas que había detrás, esas copias de un trozo de mente en un estado preciso, esos protocolos de actuación capaces de alimentarse con energía eléctrica y funcionar, dentro de sus reglas, a una velocidad insólita, inalcanzable para la mente original.

Mediante peritos y una aparatosa demostración con efectos especiales, alegó que el acceso podía haberse realizado de forma remota desde cualquier otro número del que no hubiera constancia. También cuestionó la validez del registro de comunicaciones y apeló a la ruptura de la cadena de custodia, insistiendo en que no había ningún otro vínculo entre su defendido y los cargos.

Cuando terminó la vista, el abogado se empeñó en acompañar al chico al metro.

—¿Ha pasado algo nuevo?

El chico metió la mano en los bolsillos del abogado hasta encontrar su móvil. Comprobó que estaba desconectado y aun así sacó la batería.

—Me dijeron que sólo faltaba una actualización, pero ahora quieren montar una red de teléfonos sombra y me han dado varios números. No sé si voy a aguantar.

—Podrías hacer una denuncia anónima. Si te descubren, esa denuncia te protegería.

—De la ley. Pero ¿y de ellos? Ya te conté la historia del griego, Costas Tsalikidis, me acuerdo de él todos los días.

—Déjame ayudarte.

—¿Cómo? No se puede hacer nada. Aguantar.

La mujer sentada a su lado se había dormido. Enfrente, una chica llevaba su cachorro de perro como si fuera un bebé. Su mano extendida era más grande que el cuerpo del cachorro, que la miraba aunque quizá no pudiera verla. Las orejas del cachorro se desplegaban por completo con cada ruido violento y distinto. La chica no cabía en sí de orgullo.

—Puedes venir a vivir a mi casa. Las semanas se te pasarían más rápido.

—Y cuando pasen, ¿crees que van a olvidarse de mí?

—Si ya no te necesitan...

—Pero les conozco.

—No vas a denunciarles, ellos lo saben.

—Recuerda al griego, le suicidaron.

—A lo mejor no pudo soportar la presión de lo que se le venía encima. Matar a alguien siempre trae complicaciones, no es tan fácil.

—Yo creo que cada vez trae menos complicaciones.

La chica del cachorro seguía estática en su felicidad. A su lado, un hombre de brazo grueso miraba con recelo los movimientos del cachorro.

—Vente a vivir unos días conmigo, estarás más seguro, por favor.

—Lo pensaré. De verdad, no lo digo por decir, lo pensaré.

Cuando el abogado llegó a su casa, el ascensor olía a Amaya. ¿Sueño? La encontró en el balcón, fumando.

—Amaya, ¿qué haces aquí?

—El verano pasado me diste tus llaves, cuando presté mi casa a mi hermana y su novio, ¿te acuerdas? Luego no quisiste que te las devolviera. Y como hoy tenía algo muy urgente...

—¿Por qué no me has llamado?

—Estoy un poco preocupada, pensé que era mejor contártelo en persona.

El abogado se mantenía a medio metro de distancia. Ella apagó el cigarrillo en la barandilla oxidada y tiró la colilla lejos. Luego pasó por delante de él, rozándole.

La camisa blanca, la falda negra, no lleva sujetador. Te deseo tanto que si lo supieras no querrías volver a verme.

—Sólo venía por unos papeles —dijo el abogado—. Dime qué ha pasado, no tengo mucho tiempo.

Sin ninguna fe en sí mismo procuraba crear distancia por su parte, indiferencia. Conocía a Amaya desde la facultad, había militado con ella, y en cada momento había soñado con tenerla sabiendo que era imposible. Ella no le veía, eso era todo. Le trataba con camaradería, alguna vez le había hecho confidencias pero jamás habría pasado por su cabeza follar con él, y menos aún vivir con él. Como si hubiera listas y él perteneciera a otra, le hubieran sido asignadas otras mujeres pero no ella. Era guapa, aunque no tanto como para despreciarle, y no le despreciaba sino que no recibía ni una sola señal de deseo ni la emitía cuando estaba con él.

—Tienes que ayudarme. ¿Sigues sabiendo de ordenadores? ¿O conoces a alguien que pueda saber?

El abogado se vio diciendo: «Quiero abrazarte».

Dijo:

—Siéntate y me cuentas.

—Hay un tipo que está haciéndome luz de gas. Tenemos el mismo rango, aunque nuestros trabajos no se cruzan. Él se dedica a colgar fotos mías manipuladas en un Facebook que tiene que ser suyo. Es sutil. Me saca en sitios donde no he estado, me cambia los trajes, me pone al lado de tíos a los que no conozco.

—¿Por qué dices que es suyo?

—No puedo probarlo, pero lo sé.

—¿Piensas en denunciarle?

—Sí, pero ese tipo es el hombre orquesta, ¿sabes?, conoce a todo el mundo, es encantador. Necesito pruebas antes de hacerlo. Si no, seguro que acabaría quedando en nada y yo estoy en el comité de empresa del banco, no puedo permitirme cometer un error así.

—Hablaré con alguien de confianza. Busca los correos que te haya mandado, su dirección y número de teléfono si los tienes. Apúntame la página donde cuelga esas fotos. No me lo envíes por correo. Imprime el material y me lo acercas otro día.

—Te lo he traído ya —dijo ella—. Todo. —Y le dio una carpeta.

—Amaya...

—Dime.

—¿Te has enrollado con ese tipo?

—No. Hubo una fiesta el año pasado, estaba todo el mundo muy borracho, yo también. Nos besamos y nada más. Y no es que no me acuerde.

—No quería interrogarte, pero necesito todos los datos.

—Claro.

—No creo que él tenga acceso a tu cuenta de correo, pero por si acaso cambia la contraseña, y cuando nos escribamos sobre esto usa cualquier tema, pregúntame por la película que me pasaste.

—La película, bien.

Bajaron juntos en el ascensor. El abogado apretó su mano y dijo:

—No te preocupes, seguro que tiene arreglo.

Ella asintió.

—Gracias.

Al salir a la calle vieron un taxi y ella lo paró.

—Voy al banco, ¿te acerco a algún sitio?

—No.

El abogado siguió su camino, cansado como si hubiera andado durante horas. Podía vivir sin Amaya, llevaba años haciéndolo. Cuando él dejó de militar decidió también dejar de verla, y estuvo así cinco años. Pero luego se encontraron y reanudaron una amistad vivida por él como un dolor intenso intermitente y al acecho. Desde la barrera la había visto emparejarse, tener un hijo, separarse y volver a emparejarse y a quedarse sola y... En esos años él había tenido historias; alguna vez había pensado que se prolongarían en el tiempo, que acaso él tendría una hija, que saldría quizá de su guarida para ir a comprar pañales y triciclos. Nunca funcionaba. No era por Amaya, ¿o sí? Cuando hackeaba procuraba prescindir del ratón, le gustaba la línea de comandos, el modo texto, y quizá también era eso lo que esperaba de la vida. Una instrucción que se cumple o no se cumple y no la confusión de procesos interrumpidos, mezclados, fallidos. No quería verse forzado a acudir al modo gráfico del ordenador, ni a la intimidad gráfica de la vida diaria, y cuando lo hacía procuraba conservar la conciencia de que un movimiento de ratón sobre un icono era siempre una línea de texto. En el modo texto, cada comando correspondía a una solicitud para llevar a cabo una acción y por eso incluso cuando se tecleaba de forma inadvertida el nombre correcto de un comando, éste se ejecutaba. En el modo gráfico, los ordenadores se colgaban, las órdenes tropezaban entre sí. En la intimidad gráfica de la vida real, el relato desaparecía por exceso de información, yo no quiero saber todo lo que te gusta si no estás conmigo porque duele, yo necesito un poco de oscuridad. Desde su guarida se había acostumbrado a querer a Amaya sin preguntar demasiado, sin volver a las reuniones para buscarla ni abrir esos mensajes que ella dirigía a varias personas a la vez. Ahora tendría que hacerlo.

Enero

Dos asesores de la vicepresidenta comprobaron los datos del documento. No sólo la edad del piloto, aparecida en todos los periódicos, sino también la escasa experiencia del copiloto, hecho en el que ningún medio de comunicación había reparado, seguramente por tratarse de un hombre no demasiado joven; también eran exactos los datos referidos a la escasez de personal y a los vuelos realizados por parejas de pilotos poco adecuadas. Cuando se distribuyeron las copias, Julia Montes se vio en la tesitura de explicar cómo había obtenido esa información; se limitó a decir que la fuente era confidencial.

Apremiada por lo inmediato, olvidó el asunto hasta la llegada de los tres representantes de la aerolínea. La reunión fue más tensa de lo que esperaba. Atribuían la causa última del accidente a la orografía del aeropuerto; si se hubieran construido las pistas lejos de los desniveles de terreno, como por otra parte recomendaban diversas instituciones aeronáuticas internacionales, el avión habría tenido un aterrizaje de emergencia pero sin que se produjera ninguna explosión. La vicepresidenta citó otras instituciones que aprobaban la ubicación e insistió en la necesidad de saber qué había fallado. La discusión encallaba en cada tramo, los representantes de la aerolínea daban por supuesto que el gobierno, ya fuera por omisión, ya por insuficiencia en las infraestructuras, aceptaría compartir la culpa. La vicepresidenta interrumpió el tira y afloja para ofrecerles un café.

Hubo un par de minutos de titubeo, asentimiento y espera.
—Solo.
—Con leche, por favor.

—Yo también solo, gracias.

Entretanto la vicepresidenta abrió un cajón, sacó el documento de la flecha y tiró una imaginaria moneda al aire. Como era imaginaria, le dijo a la moneda: que salga cara, y salió. La vicepresidenta tomó de nuevo la palabra.

—Hemos sabido —dijo acariciando el papel— que el piloto del avión siniestrado había presentado dos escritos de queja a la compañía. Nos sorprende que este hecho no se haya dado a conocer.

Los representantes de la compañía se miraron con desorden en el rostro. Después, la reunión se suavizó. Sólo al final, cuando ya se despedían, el representante de mayor rango se acercó a la vicepresidenta.

—Me ayudaría mucho conocer de dónde procede esa filtración.

—Es un dato que no puedo darle —contestó la vicepresidenta con un rastro de preocupación que el representante no llegó a advertir.

Aquella noche al llegar a casa, Julia Montes sintió, como no le ocurría desde hacía meses, la prisión de su cargo. Deseaba bajar a la calle y entrar en el cibercafé de la siguiente manzana. Pero no podía hacerlo sola; menos aún, con escolta. En momentos complicados de su vida había logrado mantener lejos de la prensa algunos acontecimientos: una enfermedad, una relación personal. Entonces no fue difícil pedir la colaboración de quienes la rodeaban. Pero ¿por una flecha, por un capricho absurdo e imprudente? Ni siquiera podía contárselo a sus amigos más cercanos, porque le habrían reprochado el riesgo que estaba corriendo y ella habría sabido que el reproche era justo.

Ah, dejar de ser vicepresidenta una hora. Iría al cibercafé, escribiría en un buscador los códigos y palabras que había copiado la primera vez que vio a la flecha en acción. Aunque seguramente no eran más que fragmentos de programas, a lo mejor le daban una pista sobre el tipo de persona que estaba al otro lado. Podía llamar a su hermana en Zaragoza, pero qué iba a decirle ella a no ser que jugaba con fuego. Se acordó entonces de Max, su sobrino de veintidós años. Por suerte no vivía con sus padres sino en un piso de estudiantes en Madrid. Max estaba terminando una ingeniería informática y, además, si prometía no contar nada, lo cumpliría.

—Hola, ¿está Máximo?

—Soy yo, ¿quién eres?

—Hola Max, soy Julia, tu tía.

—¡La vice!

—La vice. ¿Estás ocupado?

—No. Tengo una película puesta, pero la paro ahora mismo.

—¿Es buena? —Y la vice deseó que sí, que fuera buena, y dar marcha atrás en todo.

—No mucho.

De acuerdo, le digo que venga.

—¿Podrías venir un rato a casa?

Max aceptó. Veinte minutos después, el escolta, avisado, le abría el portal. La vice le esperaba arriba, con la puerta abierta.

—Ven, pasa. ¿Quieres tomar algo?

Melena corta, de perfil a veces podía parecer una chica. No era alto y su cara lampiña le aniñaba. Julia temió haber cometido un error llamándole, pero apenas se encogió de hombros. De perdidos al río. Y entró en materia:

—Tengo un intruso en mi ordenador.

—¿Un virus?

—No. Es un intruso, alguien que me habla.

—¿Una persona?

—Sí, eso parece.

—Ya, ¿quieres que te reinstale el sistema operativo?

—Pues no, por ahora. Pero quiero precaverme. Si llega un momento en que necesito quitarlo, saber qué tendría que hacer.

—El hacha. En el mundo anglosajón lo llaman scram, el apagado de emergencia de un reactor nuclear, pero también sirve para cuando hay que hacer algo de forma expeditiva, cerrar todas las puertas y ventanas muy rápido. Son tres pasos, ¿te los apunto?

—Sí..., apúntalos. De todas formas, no se trata de cerrar puertas y ventanas. Eso me dejaría incomunicada. Lo que quiero es poder borrarlo, que no vuelva.

—Borrarlo, menuda cosa. —Max bebió cerveza y la miró—. Eso nunca es fácil, ¿no? Te cansas de un amigo y no puedes hacer que se desmaterialice. Ahí sigue. Puedes dejar de coger el teléfono cuando llame, o eliminar algunos archivos, pero él sigue existiendo, si quiere irá a buscarte, o no hará nada.

La vice escondió las manos dentro de las mangas largas del jersey. Era un gesto de repliegue que había abandonado deliberadamente en la vida pública. De hecho, el largo de manga de la mayor parte de sus blusas y chaquetas se quedaba en el antebrazo, como si quisiera dar la sensación de estar siempre remangada, dispuesta a hacer frente a cualquier tarea. Sólo en su casa, o a veces reunida con sus colaboradores más cercanos, aún regresaba a aquella costumbre adolescente de meter las manos en el caparazón.

—¿Tú eres un hacker? —preguntó.

—No. Aunque también te digo que una de las primeras normas de un hacker es no ir por la vida presumiendo de serlo.

—Háblame de ellos. ¿Qué buscan en los ordenadores de los demás?

—Más que en ordenadores, los hackers penetran en sistemas. No suelen buscar a la persona que hay detrás de la máquina, sino sólo la máquina. Buscan agujeros, fallos.

—Pues visto así, es un poco siniestro, cenizo, vaya. Una especie de gusto por lo mal hecho.

—Depende —dijo Max—. A veces los fallos de un monstruo ayudan a librarse de él. Buscan los fallos porque les permiten rebasar límites que, según piensan, no tendrían que estar ahí.

—Se aprovechan de los errores ajenos.

—Puede ser. Pero tienen sus reglas. No actuar por venganza ni por intereses personales o económicos. No dañar un sistema intencionadamente. No hackear sistemas pobres que no puedan reponerse de un ataque fuerte.

—¿Y las cumplen?

—Los que yo conozco, sí. De todas formas, cada vez hay menos. Antes, ya sabes, era distinto. Internet empezaba. Era una red de caminos y los caminos son libres. Ahora las empresas y los Estados quieren controlar no sólo adónde vas sino por dónde pasas y en qué medio de transporte. Qué te voy a contar.

Hablaron durante más de una hora. La vicepresidenta mostró a Max los códigos que había copiado.

—Son trozos de una herramienta para encubrir procesos —dijo Max—. No parece un chaval inexperto cortando y pegando órdenes que no entiende.

Max guardó silencio. La vicepresidenta pensó que estaba observando su pelo, tenía penachos como crestas de un pájaro tropical, no se había ocupado de peinarlo en todo el día. Pero Max la estaba mirando a ella.

—Ten cuidado —le dijo—. Si tienes un intruso, sabrá muchas cosas de ti.

—Es sólo mi ordenador personal.

—¿No te conectas desde aquí a tu trabajo, desde esta misma red?

—No, son líneas distintas.

—Menos mal. Otra cosa: ¿tu ordenador tiene cámara?

—Sí, pero la he desactivado, ya veo demasiadas cámaras a lo largo del día.

—Pero si alguien ha entrado en tu ordenador, puede haberla activado haciendo que en la interfaz gráfica te siga pareciendo que está desactivada.

—¿Podrías comprobar eso?

—Sí, aunque puede que la active y desactive cada vez.

—¿Y si tapo la cámara con un trozo de cinta aislante?

—Perfecto. Tu intruso, que sepamos, sólo tiene acceso virtual. Y en todo caso, si alguien quita la cinta, te darás cuenta.

—Claro que sólo tiene acceso virtual. Vivo rodeada de escoltas. No te preocupes.

—¿Por qué dejas que se quede?

—Cansancio, supongo. Es largo de contar.

Max empezó a ponerse la chaqueta y escribió algo en un papel.

—Toma, es una dirección de correo que uso sólo con algunas personas. Si pasa algo raro me escribes ahí desde otro ordenador. Ah, cuando tapes la cámara, procura tapar también el micrófono, si no está integrado suele estar cerca.

Max se fue y la vicepresidenta volvió al ordenador. Aquella máquina se había convertido en algo vivo, algo que podía sorprenderla, acompañarla. ¿Cómo renunciar a eso? ¿Podía explicar a un chaval de veintipocos años que esperaría de su tía madurez, resignación, trajes de chaqueta, inteligencia, astucia, silencio y el dulce desprenderse de la vida hacia la muerte, que estaba temblando como si le hubiera sido concedido un don, una presencia excitante y capaz, al mismo tiempo, de aquietarla? Al principio sólo parecía un juego, pero el documento del piloto no obedecía a un plan, los accidentes no se preparan y en cambio alguien había pensado en lo que ella necesitaba y se lo había dado sin que mediaran órdenes ni un sueldo. Dime que es así, que nadie está pagándote al otro lado y diciendo lo que debes hacer. Dime que si un día te pido ayuda para algo que no sea fruto de la inercia, me ayudarás.

Intrigada, Julia miró hacia el punto de cristal en la parte superior de la pantalla. Ningún destello, pero no recordaba si en su cámara se encendía una luz cuando estaba grabando. Se dirigió con decisión al armario donde guardaba la caja de herramientas. Cortó un trozo de cinta aislante negra, volvió con él al salón y sin dudar, en un gesto rápido, lo puso sobre la lente de la cámara. Tapó también el pequeño círculo del micrófono.

Después movió el ratón para que el negro liso del salvapantallas desapareciera. Y lo vio, esta vez no era un documento sino un archivo de vídeo o un mp3. Eso la descolocó, sintió de nuevo que estaba yendo demasiado lejos, que no se lo podía permitir. Se imaginó pulsando y encontrando un vídeo con imágenes desagradables. Pese a todo, sin comprobar siquiera de qué tipo de archivo se trataba, pulsó el icono. Música. Unos acordes obscenos como armas, disparos con ritmo, pensó. Y luego aquella voz: «Mother, tell your children not to walk my way, tell your children not to hear my words [...] Mother, can you keep them in the dark for life, can you hide them from the waiting world». Di a tus hijos que no sigan mi ejemplo, que no oigan mis palabras. ¿Puedes mantenerlos en la oscuridad por siempre, esconderles del mundo al acecho? La vicepresidenta miró el pequeño pedazo negro de cinta aislante, le daba seguridad saber que no la estaban viendo, y unió su voz a la que ahora decía: «Mother, tell your children not to hold my hand». Aquello no era rock sino algo más oscuro y denso. Sin embargo, le gustaba la voz, parecía estar llamándola.

Septiembre del año anterior

El abogado abandonó la ensenada y se dirigió a un bar pequeño no lejos de allí. El ruido de las olas le seguía como una respiración. Era martes, el bar estaba casi vacío. Bufandas. El dueño las coleccionaba, bufandas de fútbol. Los dueños de bares con cierta frecuencia coleccionan cosas. Supuso que no tanto para ellos como para los clientes, que quizá se acordaran de traerles algo cuando estuvieran lejos. El abogado había acudido a un congreso sobre empresas de seguridad en Málaga. Y después se había tomado un día libre. Quería estar solo.

—¿Caña? —dijo un hombre de su edad al otro lado de la barra.

—Sí, gracias.

El bar era oscuro, podría haber estado en cualquier parte y no a menos de cinco minutos de esa esquina del mar. Se sentó en la última mesa, la que estaba más lejos de la puerta. Ver el cuadro, verse minúsculo en aquel pueblo. En su cabeza oyó a Amaya con nitidez, imitaba uno de esos discos de relajación: «Disipa la gravedad, siéntete como una de esas motas difusas en un cuadro impresionista: de lejos forman el dibujo, son un trozo concreto de sombrero, de agua, pero de cerca no significan nada, un manchurrón. Imagina el cuadro entero, quítate importancia, eres un manchurrón, eres un manchurrón...».

El abogado se metió en sus recuerdos. Amaya y él pegaban carteles comunistas a las tres de la madrugada.

—Ahí —señalaba ella el centro de una pared con un rótulo escrito: «Prohibido fijar carteles».

—Pero eso es provocar.

—Eso es enseñar. Marcar el territorio. Si cedes te acorralan.

—Soy demasiado precavido —se disculpaba él.

—Yo creo que nadie es nada. O que somos programas abiertos, los hechos nos van cambiando.

Y entretanto, ya estaban pasando la escoba untada de cola sobre la palabra «prohibido». Eso a él le producía una euforia nerviosa y no paraba de hablar.

—¿Te has fijado en esas películas con escena de un incendio en un pueblo? Siempre aparece alguien que organiza la extinción del fuego para que ningún cubo se quede sin usar. Hace que no se agolpen todos en la boca de agua ni ataquen el fuego a lo loco sino por las zonas críticas. A lo mejor yo estoy hecho para eso.

—Dale con tu vocación cristiana. Puedes ser un rato uno de esos tipos, pero no hay fuegos todos los días. Algo más tendrás que hacer, ¿no?

El abogado terminó su cerveza y volvió a la barra. El hombre estaba ocupado con la caja registradora.

—¿Puedo invitarle a una caña?

—Puede.

—¿Usted tiene sentido del humor?

El hombre rió.

—¿A cuánto me lo paga?

—¿No le vale con una caña?

—Joder, que soy camarero.

—¿El bar es suyo?

—A medias con alguien.

—Usted sabe lo del cuadro, ¿no?

—No.

—Sí, hombre, tomar distancia, ver que sólo somos manchurrones, que, como dijo aquel escritor: «Todo es terrible, pero nada es serio». Antes yo veía el cuadro; pero desde hace unos días la cámara desciende, continente, país, ciudad, pueblo: ahí, en un punto exacto estoy yo, y soy una pieza clave, como en esos puzzles de cinco mil en los que basta con que se pierda una para que el resto carezca de sentido.

—No le creo.

—Exagero, pero usted sabe de qué hablo.

—¿Qué ha pasado?

—Eduardo —dijo, y tendió la mano.

—Juan —replicó el hombre, que le sacaba casi dos cabezas.

—Hay un chico —dijo el abogado—. Tiene problemas, no quiere que le ayude. Y yo ni siquiera sé cómo hacerlo.

—¿Por qué no quiere que le ayude? ¿Orgullo?

—No, si fuera por orgullo, no le haría caso. Es por miedo.

—¿Y usted no tiene miedo?

—Sí, mucho. Por él y por mí.

—A veces no intervenir es una forma de intervenir.

—¿Una forma buena o mala? ¿Y por qué a veces? ¿Qué veces?

El hombre no contestó.

El abogado pensó en todas las historias que habría escuchado ese hombre, principios sin final, desenlaces distorsionados por la angustia. Sintió una gratitud redonda como una canica, sin melladuras ni cabos sueltos.

—Dígame una cosa: las bufandas, ¿las colecciona por usted, o por las personas que cuando viajan se acuerdan de usted y se las traen?

—¿Usted quiere traerme una bufanda? —dijo el hombre.

—Sí, me gustaría.

—Pues hazlo —dijo.

El abogado rió.

—¿Tienes una tarjeta de este bar, o un número de teléfono?

El hombre se lo apuntó en el reverso de un posavasos de cerveza. El abogado se marchó hacia la parte alta del pueblo. Recordaba un mirador desde donde podía verse el perfil de la costa durante varias decenas de kilómetros. Junto a esa perspectiva esperaba encontrar una visión más ajustada de sí mismo.

Se sentó en uno de los dos bancos de piedra de la plaza semicircular. El mar debía de estar picado, aunque desde la altura apenas percibía las pequeñas muescas blancas. No le preocupaba el juicio, esperaba que absolvieran al chico. Pero la historia de las escuchas y los hindúes, o los indios, era diferente. Llevaba demasiado tiempo manteniéndose alejado del lugar donde empieza el peligro, donde ya no se hace pie y el agua está oscura. En sus años de acción, una vez saltó la valla de una empresa periodística para poner pegamento en las cerraduras porque al día siguiente había huelga. Iba, de nuevo, con Amaya, sabían que habría vigilantes de seguridad y acordaron dividirse el trabajo. Ella, más experta, rellenaría las cerraduras mientras él les vigilaba de cerca y, llegado el caso, les distraía. Todo fue más o menos bien hasta que le atacó un perro y él no supo reaccionar. Entonces vio cómo zarandeaban a Amaya. Cuando logró zafarse del perro corrió hacia ellos, les detuvieron. Amaya pasó dos noches en comisaría porque tenía antecedentes. Él salió antes. Fue a recoger a Amaya cuando la soltaron, parecía estar mordisqueando un trozo de hierba seca con la esquina de la boca a punto de sonreír. Poco después, él abandonó la organización comunista y también dejó de verla. Quizá su orgullo no había podido soportar la impotencia, no haber sabido qué hacer. También estaba el paso del tiempo, el agotamiento del impulso y la temeridad juvenil. Junto con Amaya, había otros compañeros que siguieron y él los dejó atrás, se dio muchas razones, sí: políticas, por desacuerdos; el tiempo, sentimentales, porque ya no resistía seguir siendo el confidente de Amaya, su camarada y nada más. Pero también lo había dejado como a veces uno se abandona y deja de llevar los hombros estirados, la espalda erguida.

Durante toda la carrera había intentado demostrar a su entorno que podía ser abogado, que no iba con los polis sino con los ladrones. Su padre había muerto en un accidente estúpido poco antes de que él entrara en la organización. Cuando la dejó, con lentitud, los escasos días en que su padre había hablado del trabajo comenzaron a rebobinarse en su cabeza. Aunque su padre no había sido uno de esos hombres que con orgullo aconsejaban a sus hijos seguir sus pasos y entrar en el cuerpo, tampoco era de los que se avergonzaban, de los que se proponían invertir cada euro sobrante en lograr que los hijos rebasaran su propio horizonte profesional. No se avergonzaba de su profesión sino de cómo le obligaban a ejercerla. «No quiero ser el mamporrero de nadie. No estamos aquí para barrer la basura.» Sin embargo, nunca se enfrentó, no había encontrado el modo. Malas experiencias en el sindicato le habían llevado a abandonar las reivindicaciones corporativas. «Un animal herido que se aparta», así se había descrito su padre. No herido por un arma concreta sino por el ejercicio cotidiano de una profesión traicionada. En una discusión donde el adolescente cargado de ideales recriminó a su padre la resignación y cierta complicidad con las partes más negras del sistema, se limitó a responder: «Ya no», para luego añadir: «¿Dónde están los que se rebelan? No están. O ceden o se largan».

A los veinticinco años, el abogado empezó a asistir a clases de kárate, aunque no era bueno, ni siquiera mediano. Si había decidido estar solo, al menos quería ser capaz de defenderse y defender a otros no sólo con las leyes, también con el cuerpo. Después se inscribió en un club de tiro y aprendió a disparar. Allí conoció a un vigilante acusado de agredir a dos chicos que habían salido de un comercio con bolsas llenas y preparadas para eludir los sistemas de alarma. El vigilante les había perseguido y forcejeó con ellos, pero negaba que eso fuera una agresión. El abogado escuchó la historia receloso. No podía sacar de su cabeza la prepotencia, la agresividad gratuita, con que los dos vigilantes se cebaron con Amaya cuando él forcejeaba con el perro. Sin embargo, también recordaba la mueca a punto de sonreír de Amaya mientras les decía: «¿Por esto os pagan?». Aquello le había emocionado, porque su padre no era sólo el uniforme como muchos pretendían, y ella se había dirigido a esos tipos considerándoles más allá de su función. El abogado aceptó defender al vigilante y no sólo no se sintió mal sino que le gustó. Llevaban armas, la prepotencia les caracterizaba, pero no eran más que tipos ganándose la vida. Son tan pocos los que eligen lo que quieren ser. Y de esos, hay tan pocos que puedan comportarse profesionalmente como una vez creyeron que se comportarían. Empezaron a llegarle nuevos casos. En las oficinas de empleo, las puertas de las tiendas, las urbanizaciones, los pasillos del metro, había unos tipos que servían de barrera, cuya única función era mostrarse, ejercer de muro de contención para defender algo que no les pertenecía. Y aunque a veces, cuando entraban en su despacho exhibiendo chulería y corpulencia, les odiaba, no era la mayoría de las veces. Se corrió la voz. Terminó convertido en el abogado de los seguratas de poca monta. Los otros tenían servicios jurídicos detrás, a menudo de grandes despachos. Al final, su red de clientes le había proporcionado una especie de protección informal añadida, y se había acostumbrado a ella.

Si bien no aprobaba la ingenuidad del chico, su imprudencia al aceptar la oferta de los indios, en cierto modo la envidiaba. Estar arriba, en el tobogán, y dejarse caer. Dar el paso que nos colocará allí donde nuestras reglas del juego no sirven. ¿Por qué lo había dado el chico? La deuda de su hermana no era más que un pretexto, igual que su cansancio en la empresa. ¿Por qué se juega alguien su expectativa de una vida razonable y no sobresaltada? Pensó en la intensidad del deseo, cuando toda prudencia quiere desaparecer. Pero ése no era el carácter del chico. En cambio, seguro que suscribiría aquello que Amaya citaba a menudo: «No hay fortaleza inexpugnable ni prisión que no contenga un defecto».

Tenía ganas de fumar. Miró la hora y comprobó sobresaltado que quizá no llegase a tomar el tren. Salió corriendo. Se preguntaba si le devolverían al menos una parte del dinero del billete. Pensaba en las llamadas que debería hacer. Podía perjudicar a uno de los defendidos no presentando el recurso a tiempo. ¿Podría localizar al procurador? Sentía el aire de septiembre en las manos y en la cara.

Enero

Cada semana durante años ver los mismos sillones de tapizado gris y armazón negro, los periodistas que aguardan en sus puestos, los fotógrafos al pie de la mesa buscando un primer plano para ese día. Aunque había ruedas de prensa mejores y peores, en esa segunda legislatura todas estaban siendo difíciles. Muy pocas veces habían logrado adelantarse con propuestas y a menudo sus actuaciones daban la impresión de estar hechas para paliar un problema que no supieron resolver a tiempo.

La vicepresidenta habló con serenidad. No le gustaba demasiado la nueva reforma penal, pero era un campo en el que se sentía cómoda debido a sus conocimientos jurídicos. Después, como siempre ocurría y como, a pesar de los años transcurridos, seguía pareciéndole penoso que ocurriera, no hubo ninguna pregunta de alguien que se hubiera leído la reforma o que siquiera hubiese atendido a las palabras de la ministra o a las suyas. Los periodistas se interesaron sólo por el par de temas polémicos que habían ocupado la prensa durante la semana. Y así llegó la pregunta inevitable para ese día.

—¿Qué le parece la valoración obtenida por el ministro de Sanidad en el barómetro del Centro de Investigaciones Sociológicas?

La vicepresidenta había ensayado la respuesta minutos antes.

—Es admirable que alguien tan nuevo en el ejecutivo se haya ganado la confianza de los ciudadanos. Y un lujo para este gobierno contar con personas como él entre sus miembros.

Todos sabían que el ministro de Sanidad la había destronado como miembro mejor valorado del ejecutivo. Todos aguardaban su actuación y tal vez una grieta, una mueca inesperada o una ironía mal medida. Nada de eso ocurrió, tenía tablas suficientes y, además, acaso su pérdida del primer puesto la había inquietado menos de lo esperable.

—entonces, ¿no te ha sentado como una patada en el estómago? —imaginó que le preguntaba la flecha.

—Desde luego que sí. Ha herido mi vanidad. Me ha molestado.

—¿qué es lo que te molesta?

—El ministro es tan maleable. Dicen que la inteligencia consiste en responder con flexibilidad a las situaciones. Ese mérito, sin embargo, en ciertas situaciones se convierte en demérito, aunque no lo parezca.

—el ministro también es más joven que tú.

—Diez años, sí. Pero no es su juventud lo que me ha vencido sino su rapidez para adaptarse. Él ha..., cómo decir, automatizado la maquinaria y eso le permite ser rápido. Sin embargo, todo tiene un precio. «Lo contrario de hablar no es escuchar, es esperar», él hace eso. Lo preocupante es que acaba resultando un mérito, parece que no necesitas saber más.

—y pese a todo dices que la noticia te ha inquietado menos de lo esperado.

—Lo pienso por dentro, en público no lo afirmaré porque no me creerán.

—¿por qué lo piensas?

—Hace tiempo que perdí esta carrera. Otra cosa es que algunos, incluso alguna versión de mí misma, lo advierta ahora. Por otro lado, dejar de ser el favorito es un descanso. Los rivales ya no se ocupan tanto de ti, luego puedes sorprender.

—¿podrías ser más explícita?

—Ahora no.

La ministra de Justicia, que la había acompañado durante la rueda de prensa, le estaba diciendo algo. Un treinta por ciento de la atención de la vicepresidenta se mantuvo pendiente de sus palabras mientras que el setenta por ciento restante se preguntaba qué pensaba la ministra cuando no hacía de ministra. A lo mejor no hay un solo minuto en que eso le ocurra. Los jóvenes afortunados siempre creen que van a cuadrar el círculo. Es más tarde cuando los fragmentos que no encajaron se te quedan mirando con ojos de perro callejero, y luego te muerden.

Al anochecer, ya en casa, leyó que la flecha le decía:

—no me ha gustado tu intervención de hoy.

Calla, ya he hablando contigo esta mañana, quiso contestar. Pero pensó: ella se mueve aunque yo no la mueva, no es un invento mío.

—Era un acto convencional, intrascendente —escribió—. Nadie esperaba que dijese nada.

—yo sí.

—Tú, ¿y quién eres tú? Ni siquiera te atreves a decírmelo. Te supongo uno de esos resentidos con el partido socialista, uno de los que piensa que pudimos haber convertido España en una república bananera no alineada, fuera de la Unión Europea. Os traicionamos, decís, ¿a quién traicionamos? ¿No recuerdas la frase de González?: la gente votaba no a la OTAN queriendo que saliera el sí. Es lo mismo con todo: se abstuvieron de votar a favor de la Constitución Europea pero querían que se aprobara, desean vivir en un país moderno, que funcione.

—¿has hablado con esas personas?

—Yo con quienes tengo que discutir es con los diez millones que votan al PP. Y en eso no me ayudas.

—puedo hacerlo, si quieres.

La vicepresidenta soltó el ratón y se levantó. La convicción, cada vez más fuerte, de que su carrera política estaba llegando a un callejón sin salida le pesaba. Más vale una renuncia a tiempo que estropear mi trayectoria justo al final. La vicepresidenta contempló con extrañeza unos años en que nada la urgiría a levantarse, reunirse con personalidades, sonreír y reír ante las cámaras. Renunciar al término de la legislatura, aceptar un trabajo en segundo plano. La política era la organización de la vida. Ella tenía algo que decir acerca de esa organización, quería que la siguieran teniendo en cuenta. Vio con tristeza la vida fantasma de los otros: ahí hay veinte cuerpos, y llega quien puede y dice: tú, tú y tú, sólo le salen tres, los demás son fantasmas. Ella trabajaba para aumentar el número de los tenidos en cuenta, los no fantasmas. Y tenía dudas razonables de que quienes vinieran detrás quisiesen hacer lo mismo.

Giró la cabeza en la dirección de las agujas del reloj y después en sentido contrario. Debía hacer ese ejercicio y otros más porque tenía las vértebras del cuello anquilosadas. Solamente los locos hacen su destino. Volvió al ordenador.

—Dime qué tienes —tecleó despacio la vicepresidenta.

—treinta casos de residencias de ancianos que utilizan los fondos de la ley de dependencia de forma fraudulenta.

—¿En qué comunidades?

—en tres del PP y dos del PSOE.

—¿Qué hacen exactamente?

—declaran ancianos, habitaciones y plazas que no existen. También despiden a trabajadoras y adjudican el servicio sin pliego de condiciones ni concurso a empresas que se embolsan más de la mitad del dinero correspondiente.

—Pero ¿qué pruebas tienes tú de que las plazas no existen? ¿Has ido allí?, ¿has hecho fotografías? ¿Yo ni siquiera tengo medios para lograr que otros inspeccionen esos centros y resulta que tú si los tienes? ¿Puedes demostrar el fraude de esas empresas?

—la gente es descuidada. tengo cartas, listas de nombres de muertos, solicitudes de plazas denegadas con fecha. también tengo los sueldos que cobran las mujeres contratadas y el dinero que reciben las empresas. no hace falta mandar a un inspector, sólo hay que contar con los dedos.

—Está bien.

—¿qué es lo que está bien?

—Ya veo, quieres que te lo pida.

—...

—¿Tendrías la amabilidad de hacerme llegar esos documentos?

—tus deseos son órdenes. hasta luego.

Todo seguía igual en la pantalla. El cursor latía sobre la página y, sin embargo, si la flecha había dicho la verdad, ahora la vicepresidenta estaba sola. Es un suicidio político. Detrás de esa flecha hay alguien que quiere acabar conmigo. Abandonó el ordenador y se dirigió al sofá fabricado en Dinamarca. Un capricho. Tenía algunos. Sabía que eran objeto de escarnio desde la derecha y también desde la izquierda. No la habían educado en la austeridad. Amaba el placer. El tejido del sofá, los colores, la forma, le gustaban y disfrutaba mirándolos o tendiendo su cuerpo ahí. Si tuviera que privarse de ello, lo haría. Pero disponía del dinero suficiente. Se había preocupado por asegurar su nivel de ingresos. Tampoco incurría en lujos desmesurados. Pasar la mano y sentir el tacto de un tejido que no es eléctrico ni pegajoso ni demasiado suave. Se tendió de costado, la mejilla sobre sus dos manos y éstas sobre el sofá.

La vicepresidenta vio una fábrica mortecina con trabajadoras maduras, gordas de no moverse, rostros abotargados con ojos que ya no alcanzan a distinguir el hilo bajo la máquina de coser. Ellas han hecho esta tela. No, en Dinamarca las fábricas no son así. No puedo pensarlo todo. Entonces vio una fila de abetos en una ladera junto al mar. Y oyó algunas voces, cantaban: «Álzate, carácter mío, desde la grieta; sube, pecado mío, desde el regazo de la tierra, duendecito, desde debajo del álamo». Un día iba a llevar esa música a su despacho, Hedningarna. Carmen la entendería.

Prefería no hablar en el trabajo de las cosas que le gustaban de verdad. Había construido una zona intermedia, un falso techo de melodías, novelas, paisajes que le agradaban pero sin trastornarla. Los otros libros, la otra música, los lugares donde se refugiaba, no se los dijo a nadie. Eran lo privado, el sitio para estar sola o acompañada por alguien diferente, y no habría querido coincidir allí con multitudes, igual que no iba contando por ahí cómo eran los paseos con su padre a lo largo de la playa. Imaginó, sin embargo, un momento robado a la vorágine: a solas con Carmen en su despacho, sin teléfonos, poniendo al mundo en pausa le diría: «Escucha esto», y le traduciría la letra: «Cuando me ponga a cantar mi conjuro, transformaré los mares...». Carmen era tan fuerte como ella, o quizá más: los ojos duros; el valor para arriesgarse a perder la estima y la sonrisa de los otros; el arte de preparar una batería no sólo de respuestas verbales sino de acciones y de aliados que las lleven a cabo, que cumplan lo pactado y luego exijan algo a cambio y ella se lo dé sin dejarse arrastrar nunca ni un palmo más allá. «Cuando me ponga a cantar mi conjuro...» No, no puedo llevar nunca esta música a Moncloa, Carmen, porque forma parte de mi debilidad y no puedo permitir que la conozcas, ni siquiera tú. «Cálmate, caballo de espumosa crin, tranquilízate y avanza al paso. Resiste y no te canses, sigue despierto y activo hasta que amanezca.»

Octubre del año anterior

Cuando el abogado vio que el chico le rehuía, que no tenía forma de quedar con él siquiera un rato, decidió usar la petición de Amaya. El chico no aceptaba recibir ayuda, pero quizá aceptase dársela. De sus años de comunismo organizado le había quedado una predisposición a la guerrilla, a no luchar en espacios abiertos y mantener campamentos ocultos, saberes no contados, así el hablante de una lengua extranjera que finge no conocerla, no entender. Por eso no quiso contar al chico ni a nadie que durante esos años ni una sola semana dejó de hackear. Ahora el haber callado sobre sus habilidades le era útil y pudo decir al chico que le necesitaba para ayudar a Amaya.

Primero estuvieron de caza. Con dos buenas antenas y los ordenadores detectaban una red inalámbrica con clave WEP desde el coche, lanzaban un ataque y en menos de una hora tenían la contraseña, además de las wifis abiertas que aparecían de vez en cuando. Llevaban dos portátiles con las Mac cambiadas. A las diez de la noche, tenían las claves suficientes y empezaron a trabajar. Se conectaban a una wifi ajena durante una hora y luego a otra. La ip desde donde se había creado el usuario de Facebook y colgado las fotos manipuladas pertenecía, según averiguaron, a un café con wifi cercano al domicilio del hombre del banco. Cuando obtuvieron la ip de su casa, el chico habló con una botnet para saber si la tenían comprometida.

—¿Cuánto te van a cobrar por eso?

—A los amigos no se les paga. Se les piden las cosas por favor y ya está.

Esperaron hasta que el chico recibió el mensaje:

—La tienen. Oye, estoy muy cansado. Te paso la ip y el kit, me voy a casa. Puedes hacerlo sin mí, veo que estás al día.

—Te llevo, otro día seguimos.

—No, no. Esto conviene hacerlo pronto. Quédate, yo estoy al lado. Tu amiga te lo agradecerá.

—Te llevo. Yo también estoy cansado.

El abogado condujo en silencio. Temía presionar al chico y alejarle o romperle. Se acordó de la chica del metro con el cachorro bajo su mano, tan débil, una presión excesiva lo habría matado sin que nadie reparase en ello. Tengo que pensar una solución. Tengo que ofrecerle una salida y no sólo mis ganas de ayudar.

Se fijó en que el chico miraba a los lados, y luego hacia su piso como temiendo encontrar una luz encendida.

—Te llamo mañana y te cuento —dijo el abogado.

—Vale.

El chico salió del Mini.

—¡Oye! ¿No quieres...?

No le dejó terminar.

—No necesito nada, hazme caso, por favor.

Bastante flaco, no demasiado alto, con la camiseta roja asomándole bajo el jersey, habría podido tener diez años menos. De espaldas era, en realidad, idéntico a cuando lo conoció por primera vez, le pareció que incluso reconocía ese jersey con un número tatuado en la espalda. Esperó a que entrase. Luego volvió a la calle de las wifis, apenas había tráfico, algún taxi vacío, algún coche demasiado veloz, las luces rojas del freno huyendo.

Encontró pronto sitio para aparcar. La calle estaba iluminada con luz blanca, la preferida de los vigilantes de seguridad;

la luz amarilla no permitía distinguir bien los contornos y producía impresión de abandono además de volver borrosas las grabaciones. Comprendió que él se habría sentido mejor bajo una luz así, lo que acaso le ponía del lado de los malhechores. Su viejo Mini verde botella era una habitación ahora, un lugar conectado entre millones. Tecleó la ip y lanzó la aplicación. Le maravilló la rapidez. Ya tenía acceso al sistema. El kit del chico incluía una herramienta que se autodestruiría en un par de horas para no dejar rastro. Entrar en ordenadores personales no era algo que soliera hacer, pero necesitaba comprobar la identidad del sujeto y decidió curiosear un poco. Listó los archivos y abrió uno de ellos, una imagen. Le sorprendió encontrarse con una fotografía de la vicepresidenta del gobierno. Además, no parecía una foto de ningún acto oficial. La vicepresidenta vestía un pantalón, quizá de pana, azul marino, un jersey grueso, de color crema, y zapatillas de deporte. Al fondo había dos cordilleras de montañas, levemente cubiertas de nieve. Una sombra y un ruido le sobresaltaron, cerró la imagen de golpe. Un adolescente se deslizó a su lado en un skate, eran las dos de la madugrada.

El código malicioso que había introducido mediante el exploit debía ejecutarse cuando detectase que el ordenador estaba conectado pero con poca o ninguna actividad. En esos momentos visitaría una página de un foro donde él habría dejado instrucciones. Una vez cumplidas, los datos obtenidos pasarían a otra página del foro. El abogado recibiría el aviso, se descargaría la información y depositaría nuevas instrucciones en el foro. Cerró el ordenador: notaba los efectos de la adrenalina, se sentía vivo poniéndose en peligro a pesar del miedo. Ahora ya tenía una puerta secreta abierta en el ordenador atacado.

Volvió a casa. El hallazgo había cambiado su humor. Aún seguía habiendo lugares a cubierto, madrigueras conectadas entre sí. Mientras tarareaba una canción, se propuso ver el cuadro: el techo de su Mini verde botella como una ficha solitaria que avanza por la calzada, las otras fichas quietas a los dos lados; dentro del viejo Mini, el murmullo del motor y su voz que tararea y se desvanece o quizá no, quizá su propio móvil hackeado, intervenido, hace las veces de micrófono reenviando ese canto alegre y desafinado a algún circuito de teléfonos sombra como el que debe mantener el chico. Y alguien escucha la grabación en algún momento, y quizá entonces esa persona tararee también el estribillo, «fish swim, birds fly, lovers go, by and by...», en una sincronía no autorizada.

Enero

La vicepresidenta, pensativa, reclinaba la cabeza en el cristal tintado del coche oficial. Se dirigía a casa de quien fue uno de los personajes clave en la trayectoria del partido socialista. Luciano Gómez Rubio, quince años mayor que ella, había escrito parte de la resolución a la que se enfrentó Felipe a finales de los setenta, en el 28.º Congreso del partido. En oposición, precisamente, a esa resolución, empezó a gestarse el abandono del marxismo. Si bien la resolución obtuvo una victoria numérica, fue derrotada de facto por la retirada de Felipe. «El PSOE —se decía en ella— reafirma su carácter de partido de clase, de masas, marxista, democrático y federal.» El que más del sesenta por ciento de los delegados votara a favor de esas ideas provocó la decisión de Felipe González de no presentarse a la reelección en una nueva ejecutiva: «Hay que ser socialista antes que marxista», afirmó de entrada. El resultado ya era historia, un congreso extraordinario donde las tesis de González obtuvieron una victoria aplastante. Luciano dimitió de sus cargos y eligió el silencio. Aunque pocos se acordaban, el actual presidente había estado entonces del lado de aquel hombre y, tal vez por justicia poética, ahora le había encomendado tareas de asesoría, si bien mínimas, en materias relacionadas con el ministerio de Trabajo. De este modo, la vicepresidenta entró en contacto con él y nació entre ellos una amistad política.

La vicepresidenta temía haberse precipitado al llamarle, pero a la vez estaba contenta de haberlo hecho, pues no imaginaba mejor interlocutor para el caso. Su relación con la flecha era ya asidua. Gracias a los documentos sobre las residencias de ancianos, el proyecto de crear una comisión que investigara el uso de los fondos de la Ley de Dependencia había salido adelante sin obstáculos. Desde entonces la flecha le había proporcionado varios documentos a menudo poco trascendentes pero siempre oportunos. Con ellos la vicepresidenta se anticipó a la oposición en el debate parlamentario, sorprendió a la prensa y actuó con audacia ante conflictos entre distintos ministerios. Hasta el momento, la flecha no le había pedido nada a cambio. Había formulado críticas a su labor, insinuaciones sobre la insuficiencia de su actuación, pero sin señalar ningún rumbo político.

Abrió la puerta Julia Martín, la esposa de Luciano, una conocida investigadora en su campo, la física del estado sólido. Julia había ocupado un puesto relevante en el ministerio de Educación durante los primeros años de gobierno del PSOE, y fue uno de los pocos altos cargos que dimitieron cuando el PSOE anunció su intención de hacer campaña en contra de su propio programa y a favor de la permanencia de España en la OTAN. Julia siempre se sentía algo cohibida ante ella, sabía hacer reír a las piedras y tenía cierto aspecto de hormiga atómica cuando se desplazaba de un lado para otro con su casco de moto a sus casi sesenta años. La acompañó al salón y se despidió, con su casco negro ensartado en el brazo, pues tenía compromisos fuera.

La abundancia de libros por todas las paredes hacía que el salón pareciese más pequeño de lo que ya era. La vicepresidenta habría preferido hablar con Luciano en su propia casa o en su despacho, pero aceptaba la ley de que quien pide ayuda es quien debe desplazarse. También atribuía importancia al hecho de hablar en un lugar con muebles de escaso valor y falta de espacio, donde no había ostentación de modestia sino treinta años sin ingresos extraordinarios y con actividades y preocupaciones de toda índole. Durante unos instantes comparó sus propias incursiones inmobiliarias con lo que aquella casa denotaba. Sacudió luego la cabeza, como para dejar de lado aquel conato de examen de conciencia.

Se miró la mano, extendida sobre el brazo del sillón de orejas, cuidadas las uñas pero sin pintar, como siempre las había llevado. Luciano estaba preparándose la pipa y parecía no tener prisa. La crisis económica había aflorado en todas las portadas de los periódicos y en todos los temas de conversación, quizá Luciano esperaba una consulta sobre ese asunto. Desde luego, no sobre una flecha que habla conmigo.

—Luciano, tengo un intruso en mi ordenador, en el de uso personal, privado. No es un virus ni nada de eso, sino alguien que me habla. Sé que no eres tú, desde luego, pero a veces he pensado que podrías serlo. Por las cosas que dice.

—Vaya, ¿y qué cosas dice, o digo?

—Me he explicado mal. En realidad no dice mucho. Pero, no sé, intuyo que, si diera sus opiniones más a menudo, se parecerían a las tuyas.

Con la pipa, Luciano Gómez le recordaba a un simenon menos corpulento. Los años, además, le habían empequeñecido. También a ella.

—Pero ¿qué hace exactamente el intruso? ¿Te escribe correos electrónicos?

—Está dentro de mi ordenador y tiene acceso a todo lo que hago cuando me conecto y..., ya sé, debería habérselo contado a los responsables de la unidad informática del gobierno. Pero te lo estoy contando a ti.

Luciano la miró con expresión divertida.

—Así que tienes a uno de esos adolescentes hackers en tu ordenador. Y parece que el chaval te cae bien.

El humo de la pipa se enroscaba hacia lo alto de las estanterías. Había una tibieza agradable en la habitación. La vicepresidenta se alegró de haberse cambiado antes de venir. Se sentía cómoda con su ropa y pronto se descalzó para subir los pies al asiento y reclinarse de lado, apoyando la cabeza en la oreja del sillón.

—No te lo he contado todo. Me envía documentos. Bien seleccionados. No es que sean alto secreto, pero tampoco son cosas que pueda conseguir cualquier chaval adolescente. O quizá sí; en todo caso, para que se le ocurra buscarlas y ofrecérmelas hace falta una cabeza política.

—¿Qué clase de documentos?

—Son, digamos, ambiguos. Nada sucio, desde luego, no hay chantaje ni espionaje barato. En principio, cualquiera debería poder acceder a ellos. Pero lo cierto es que cualquiera no puede. Y yo los he usado.

—Julia...

—Bueno, tampoco quiero exagerar. No los he utilizado para denunciar nada, ni siquiera he filtrado un asomo de noticia a la prensa. Digamos que me han servido para discutir, para argumentar mejor.

—Es una bomba de relojería.

—Podría serlo, lo sé.

Julia calló. Nunca se había atrevido a preguntar a Luciano por el congreso decisivo, por el momento, muchos años atrás, en que el partido socialista pudo haber mantenido la voluntad de transformar. Él rehuía el tema, lo había visto en diferentes situaciones, pero esta vez necesitaba su versión:

—Háblame de aquel congreso, Luciano —dijo, y le miró a los ojos, sin dureza pero sin parpadear, mucho tiempo.

Luciano suspiró.

—¿El congreso extraordinario, cuando Felipe González, y el partido con él, abandonó el marxismo?

—No, el anterior, el veintiocho congreso. Cuando ganasteis.

—Supongo que no vas a contárselo a tu intruso.

—Por favor...

—Todos quieren que les hable de eso, olvidan que yo sigo en el partido, y en el sindicato. Nunca me fui. —El rostro alargado de Luciano salió de la sombra.

—Que yo no tenga el carnet del partido no me impide entender tu sentido de la lealtad. Mira dónde estoy. Nosotros lo hicimos, lo bueno y lo malo. Nos manchamos las manos. Nunca pretenderé que es posible estar dentro y fuera al mismo tiempo.

—Pero si no hay nada que contar. Dices que ganamos: «Otra victoria como ésta y volveré solo a Epiro», cuánto nos recordaron esa frase. La nuestra fue la victoria más pírrica que se conoce tras la del propio rey Pirro. ¿Qué más da que ganásemos con el sesenta y dos por ciento si los mismos que habían votado el mantenimiento de nuestra línea política aclamaron después a Felipe, que se marchaba por estar en desacuerdo con ella?

—Pudisteis haber presentado otra candidatura. No me refiero al congreso extraordinario que siguió sino a ése, aunque Felipe se hubiera ido.

—Recuerda que se fue entre las lágrimas de quienes habían criticado su exceso de moderación y su aparente giro a la socialdemocracia. Hubo mucha lágrima en aquel congreso.

—El hecho es que no la presentasteis. Yo creo que habríais ganado.

—Alfonso Guerra había dado la consigna de la abstención a un buen número de delegados si se nos ocurría hacerlo. Habríamos obtenido, todo lo más, un respaldo del treinta por ciento, y así no se puede formar una ejecutiva.

—Sin embargo, la comisión gestora que quedó encargada de organizar el congreso extraordinario no era imparcial. Su labor fue decisiva. Yo no debería decir esto, aunque al fin y al cabo, ya es algo sabido. Con otra comisión gestora, los delegados y los votos se habrían repartido de distinta manera.

—Había pocas probabilidades.

—No creo que fuera por eso —dijo Julia—. Teníais que responder ante los cien mil militantes, estaban las presiones externas, los fondos, los ataques desde *El País*. Os esperaba un fracaso estrepitoso, el desmembramiento del partido, el desastre. Pero no llegasteis a intentarlo. Si os hubierais lanzado...

—... por el desbarrancadero. Quizá. Durante los primeros años sí lo pensé. Hace tiempo que lo he olvidado.

Luciano miró a la vicepresidenta y luego sus ojos se alejaron, tranquilos, más allá de las murallas de libros que les rodeaban. La vicepresidenta pensaba en un manifiesto que le había enviado su sobrino Max:

«Somos los hijos del electrón. Nuestro tiempo no se mide en días ni horas sino en los inalcanzables destellos de la luz. [...] Podéis comprar voluntades, influencias, favores y prebendas pero nosotros os seguiremos siendo esquivos. Y cuando menos lo esperéis... ya estaremos dentro». Poder ser ligera y volátil como un electrón.

—No te he dicho la verdad —dijo Luciano—. Han pasado treinta años y lo pienso todos los días. Si hubiéramos seguido adelante... Nos replegamos. Desde entonces seguimos replegados.

—También el PCE se replegó, eran tiempos confusos. Sin embargo, ahora...

—¿Ahora? Ahora no queda nada.

La vicepresidenta no contestó. Tal vez quería creerlo. El día a día, cumplir con él. ¿No es mucho?, ¿no es todo? Si desplegara sobre una pizarra lo que ella y su equipo hacían en una semana quedaría abrumadoramente cubierta por asuntos que habían afrontado. Nadie podría reprocharles un instante de dejadez. Pero a veces veo mi propia historia y creo, con violenta ingenuidad, con desesperación y con una energía que ni siquiera sé si me pertenece, creo que no soy narrada, que podría tomar impulso y dar comienzo a algo no previsto.

—Se está bien aquí —dijo al poco la vicepresidenta—. Con tus sesenta y tantos y mis cincuenta y tres, en esta habitación somos sólo dos preancianos. Y dos preancianos me parecen más capaces de hacer cualquier cosa que una vicepresidenta y un asesor del Ministerio de Trabajo.

—Te engañas.

—Puede. Sin embargo, cuando salgo, cuando hablo y sé que no estoy hablando sólo por mí, que soy la institución y como tal me escuchan y me tratan, siempre tengo la misma impresión: como si me dejaran proyectarme lejos pero sólo en el recinto de una línea que no se desvía ni puede mirar en otras direcciones.

—Bien, como preancianos prerretirados, conste que tú no lo eres en absoluto, podríamos mirar en todas direcciones, pero no avanzaríamos ni un par de metros.

—La flecha que está en mi ordenador ha avanzado algo más.

—¿No lo dirás en serio? Julia, sabes mejor que nadie que ese asunto es una locura. Se me ocurren cien personas con nombres y apellidos que podrían haberte tendido una trampa.

—Ten en cuenta el método. Yo también he pensado en personas que querrían hacerlo. Sin embargo, ¿sabrían cómo? No. Tendrían que haber contratado a alguien. Y en ese caso, el contratado sería experto en informática, pero no me hablaría.

—Debe de haber bastantes periodistas y políticos que sepan entrar en un ordenador.

—Alguno habrá. Sin embargo, esa flecha me ha dado documentos cuya obtención también le compromete.

—¿Se lo vas a decir al presidente?

—De momento, no. —La vicepresidenta estiró las piernas y volvió a sentarse con la espalda recta. Soy una cenicienta al revés. Dan las doce y debo abandonar mis pies descalzos y el viejo sillón para volver a los vestidos elegantes y la carroza fría—. Te he traído algunos de esos documentos y las conversaciones que hemos tenido. Te pido que los estudies.

La vicepresidenta abrió su cartera y le entregó las hojas. Él las cogió diciendo:

—Pero yo no sé nada de informática.

—No importa. Lo que quiero es que me digas qué clase de cabeza piensas tú que hay detrás de esos papeles. Y qué crees que está buscando.

La vicepresidenta se levantó. Habría querido quedarse allí, esperar a que llegara Julia, cenar con ellos y hablar del presente como de una piedra arrojada contra un muro. Pero no podía, no tenía tiempo, tenía que sostener el muro.

Noviembre del año anterior

En aquel tramo, el paseo de la Castellana producía el efecto de ser una autopista en medio de la ciudad. El abogado cruzó los ocho carriles y siguió andando por un barrio acomodado. Aunque hacía tiempo que había empezado el otoño, de los jardines aún llegaba un olor a verano y a riego. Encontró un bar discreto, algo cutre. El aviso de que tenía wifi estaba escrito en una cuartilla blanca y plastificada pegada al cristal. Dentro apenas había tres mesas y una barra. Su cuerpo, un poco demasiado ancho, puesto de perfil llenaba casi todo el espacio entre la barra y la pared. Un solo camarero atendía a una pareja de ancianos. Al tratarse de un local tan pequeño, no había forma de mantener la pantalla completamente a salvo de los ojos de los intrusos. Indeciso, el abogado miraba hacia todos lados cuando el camarero se dirigió a él:

—¿Quiere conectarse?

El abogado asintió.

El camarero salió de la barra y se dirigió al fondo del bar. Tras una puerta medio cerrada se entreveía un resplandor naranja. Al otro lado había un cuarto algo más amplio con varias mesas y poca luz. Dos chicos jugaban en el mismo monitor, y en una esquina una chica sola tecleaba.

—La contraseña de hoy es cuarenta y nueve huesos. «49» con número, «huesos» con minúscula y sin espacio. ¿Qué toma?

—Agua mineral —dijo el abogado.

Escogió una de las dos mesas del fondo y enchufó el portátil. Al cabo de media hora, los chicos se fueron. La chica que estaba sola tenía auriculares puestos y un vídeo en la pantalla del ordenador. El abogado se concentró en su tarea. Su mundo de escoltas le había confirmado la dirección física de la vicepresidenta y algún dato más que al contrastarlo ahora con los archivos del ordenador no dejaba lugar a dudas: tenía acceso al ordenador personal de la vicepresidenta. La ip que había tecleado el chico no era la del hombre del banco de Amaya. Había confundido un número y ambos vivían en la misma zona. ¿Cómo podía ser que el ordenador de un alto cargo hubiera sido víctima de una botnet? Hizo averiguaciones en torno a la seguridad informática de los altos cargos. Al parecer, también en internet sucedía lo que en la vida diaria con las personas escoltadas. En algún momento, éstas alteraban los horarios, disimulaban, trataban de conseguir, de cualquier modo, un tiempo propio, un momento de privacidad. Así, había ministros que recurrían al ordenador de un familiar, o a uno viejo, e incluso quien, según supo, había utilizado la red de un vecino para navegar sin sentirse controlado por los responsables de seguridad electrónica del servicio de inteligencia.

Cerró el portátil y llamó al chico desde una cabina. La última vez le había pasado una cuartilla con algunas frases en clave para el caso de que necesitaran verse.

—Hola, ¿te pillo en buen momento?

—Hola. No muy bueno. Me has despertado —contestó el chico.

—Lo siento. ¿Te llamo mañana, entonces? ¿A las nueve y media?

—Sí, vale. Buenas noches.

En teoría, si el abogado había entendido bien la letra del chico, eso significaba que se verían dentro de veinte minutos. Él debía esperarle en un bar previamente acordado.

Sí, allí estaba el chaval, junto a la puerta, las manos en los bolsillos, la nariz ganchuda apuntando al suelo.

—Mejor andamos —le dijo por todo saludo.

—He encontrado algo, por casualidad. Es bastante interesante —dijo el abogado.

—¿Algo como qué?

—Como el ordenador personal de la vicepresidenta del gobierno.

—¿Estás seguro?

—Lo he comprobado.

—Supongo que habrá sido un agujero provisional, no creo que puedas volver.

—Puedo. El troyano que habían introducido tus amigos de la botnet era francamente bueno.

—¿Volviste a hablar con ellos? ¿Cómo los localizaste?

—No lo he hecho: tú tecleaste mal la ip que te pedí.

—¿Y qué ha pasado con el hijoputa del banco?

—De momento, nada —dijo el abogado.

—Joder, te dejo solo y te pones a jugar con las ipes de la gente.

—No es un juego cualquiera. Pensé..., he pensado que podía sernos útil. Oye, hay un sitio que me gustaría enseñarte. Está a veinte minutos en coche. ¿Vamos?

El chico no dijo que no y, cuando llegaron al Mini, entró con naturalidad. Fueron callados hasta el cerro de los Ángeles. Cuando salieron del coche, el chico dijo:

—Has dicho ordenador personal, es imposible que sea tan imprudente como para tener documentos de interés ni siquiera en el del trabajo, pero menos en el personal.

—En efecto, no he visto nada de trabajo.

—¿Y cómo sabes que es suyo?

—Llevo dos días recorriéndolo por dentro. También sé que la ip se corresponde con su dirección física. Su casa está a tres manzanas del café con wifi que usó el tipo del banco, la misma subred.

—Vale, tienes su ordenador personal, ¿y...?

—Es una oportunidad.

—¿Una oportunidad de qué? El poder no lo tienen los vicepresidentes, ni los presidentes. Los tipos que han encargado las escuchas, ésos sí tienen poder.

—Si tienen tanto poder... ¿para qué las necesitan?

—No he dicho que lo tengan todo. De todas formas, estoy seguro de que podrían conseguir esa información presionando, sólo que prefieren pagar en vez de pedir favores.

—¿Qué tipo de información es?, ¿lo sabes?

—No; sólo sé que la mayoría de los teléfonos están relacionados con la banca. Los políticos trabajan para ella.

—A veces, no siempre.

—¿Quieres averiguar cuántas veces? Te llevarás una desilusión.

—Por favor, chico, lo sé, no me hables como si me sacaras veinte años. Y ahora, dime que no te tienta.

—Vale, me tienta.

Anochecía. Había otros coches aparcados, parejas diseminadas, niños gritando y numerosos coches que abandonaban el lugar. El chico y él eran los únicos que andaban por el último tramo de la carretera en dirección al mirador.

En el centro de la plataforma rectangular, en el primer escalón de unas escaleras más pequeñas coronadas por un grupo de estatuas, cinco adolescentes charlaban y fumaban. Algo más arriba, a la derecha, un hombre solo miraba el horizonte, los codos clavados en las rodillas, las manos sujetándole el rostro. Pasaron de largo y fueron a asomarse al muro de piedra. Un último resplandor rojo se ocultó, la mancha oscura de los pinares cubría el cerro. Más abajo, hasta donde la vista alcanzaba, la ciudad era el público visto desde el escenario de una sala de conciertos, luces de mecheros y de móviles, focos y humo.

—No está mal —dijo el chico—. ¿Vienes mucho?

—Antes sí. Demasiado. Con quince años esta vista te mete en el cuerpo delirios de grandeza, y luego cuesta sacarlos.

—¿Qué delirios?

—Ver todo, conocer todo. Y controlar casi todo.

—¿Nunca te ponías malo? ¿No vomitabas?, ¿no perdías la cabeza? Controlarlo todo. Yo no controlo ni mi estado de ánimo.

—No exageremos —dijo el abogado.

Detrás pasaron los adolescentes, de retirada. Luego el hombre solo bajó por las escaleras y se alejó. Quedaron ellos dos en la plataforma de piedra. A oscuras, bajo la neblina, Madrid temblaba a sus pies.

—Podríamos contactarla y, en un momento dado, hablarle de tu situación —dijo el abogado.

Una racha de viento desordenado barrió la nuca de las dos figuras acodadas en el muro.

El chico habló despacio, como si un frío venido de otra parte le impidiera sujetar bien la mandíbula, como si tiritara.

—Acércate a ella si quieres. Yo lo haría. Pero no le hables de mí. Tendrás que tener muchísimo cuidado para no espantarla, volver a practicar ingeniería inversa, ya sabes, averiguar de qué está hecho y cómo funciona algo que todo el mundo ve de tal forma que lo puedas llegar a comprender, modificar e incluso mejorar. En tu caso supongo que sería estudiar sus pautas de comportamiento: establecer las costumbres de una vicepresidenta sin oír lo que dice por teléfono ni lo que piensa, pero sí, a lo mejor, lo que escribe y lo que busca cuando está sola.

—¿Por qué no lo hacemos juntos? Yo soy un aprendiz, tú sabes mucho más que yo.

—No has dejado de practicar —dijo el chico—. Me di cuenta la otra noche. Me pediste ayuda con lo de tu amiga sólo para hacerme salir de casa. No creas que no me importa el que quieras ayudarme. Me importa mucho. No sé cómo darte las gracias. Pero ahora no puedes hacer nada. Han disparado al ala de mi avión, estoy cayendo, si tengo suerte y hay paracaídas, saltaré a tiempo o puede que el avión aterrice sin incendiarse. Pero hasta que no llegue al suelo, sólo podemos esperar.

—Si consigo que me conteste, ¿cuándo podré hablarle de ti? El chico le miró.

—No lo sé. Nunca. No puedes hacerlo hasta que yo no te avise. Si te adelantas, acabarán con nosotros. Tienes que esperar, júramelo.

—Lo juro —dijo el abogado.

Calles oscuras, carreteras, barrios iluminados, plazas vacías, más casas, más calles y carreteras, descampados, tierra sola, una ciudad de seis millones de habitantes y el peso de los días en cada espalda y acequias de tristeza. La noche no había cubierto la ciudad sino que parecía rodearla. Abajo, en la ladera, el fuego de una hilera de rastrojos levantó una humareda clara contra el cielo. Hasta las dos figuras llegó el olor a lumbre, a casa de labor. El abogado y el chico alzaron la cabeza y proyectaron la mirada allí donde la noche se precipitaba hacia llanuras solas y ríos sin reflejo.

Enero

Sobre el teclado negro unas manos protegidas con mitones de color lila. Las últimas falanges de los dedos permanecían quietas, sin decidirse a pulsar tecla alguna. La mano derecha se dirigió al ratón y lo agitó produciendo una emisión de luz en la pantalla. La vicepresidenta abrió un documento nuevo. Las manos comenzaron a escribir.

—¿Estás?
La flecha se movió.
—Oye...

—...

—He impreso copias de algunos documentos y algunas conversaciones, para un amigo. Nada oficial. Le pedí que no se lo contara a nadie.

—podrías haberme CONSULTADO.

—No sé qué hacer contigo. Tienes mucha información sobre mí, ¿y si la utilizas? Necesito consejo.

—¿utilizarla para qué? no quiero chantajearte. quiero tu mayor defecto, te lo dije al principio.

—Las instituciones no son valientes ni cobardes. Y yo no soy más que una pieza de una institución.

—por favor, dejemos la teoría. ¿cuánto confías en tu amigo? ¿es ésta la última charla que vamos a tener?

—Confío absolutamente.

—dime su nombre.

—Me parece justo. Luciano. Luciano Gómez.

—dame tu teléfono. por si acaso.

—Me extraña que no puedas conseguirlo.

—no tengo tiempo. me paso el día consiguiéndote cosas a ti.

—¿Para qué lo quieres?

—a lo mejor yo tengo problemas.

La vicepresidenta escribió unos números.

—háblame de la comodidad, de las sonrisas. ¿cómo es sentirse siempre arropada?

—No siempre lo estoy. Tengo enemigos.

—a lo que tienes, yo no lo llamo enemigos.

—Intentan acabar con mi carrera, reputación y propuestas, pero no son enemigos.

—ni siquiera podrían acabar con tu patrimonio.

—La angustia que sentimos en la vida no es sólo económica. Eso no le quita valor a la económica, pero no es lo único que hay.

—¿y...?

—Has dado por hecho que yo siempre estoy arropada.

—hay angustia bajo las sábanas. bajo el edredón nórdico de plumas de ganso hay carretadas de angustia. estar arropada no significa dejar de sentir. significa no estar en el bando de los ateridos.

—¿Tú lo estás?

—alguien que conozco, sí.

—¿Por qué no te basta lo que hago? La modernidad, conseguir que este país no le vaya a la zaga al resto del mundo.

—un mundo que se desmorona.

—Nosotros no hemos creado esta crisis, ha habido otras.

—cada una es peor que la anterior.

—Este mundo seguirá adelante. Si en los últimos tiempos hubiera gobernado el PP en lugar de los socialistas, habría aumentado el número de personas desprotegidas.

—es un número alto.

—Yo te aseguro que sería más alto.

—son demasiadas en cualquier caso. y van en aumento. ¿sería distinto si hubiera gobernado otra vicepresidenta?

—Habría hecho aproximadamente lo mismo que yo. Pero cuando se gobierna un país de cuarenta millones de personas, los matices pueden afectar a cientos de miles.

—¿estás orgullosa de tus matices?

—En parte sí.

—en qué parte.

—La mitad.

—es bastante. entonces no me necesitas.

—Puede que haya exagerado.

—no me lo parece. lo crees de verdad.

—De acuerdo. Lo creo. Pero te necesito. No te vayas.

—¿qué quieres tú de mí?

—He estado gravemente enferma, ¿sabes? La enfermedad no es sólo asomarse a la muerte. Es eso, pero también son inconvenientes y humillaciones. No poder ni levantarte sola. Supongo que es una forma de pobreza. De no estar arropada.

—mmm...

—Por supuesto, es peor estar gravemente enfermo y además ser pobre. Yo no tenía problemas de intendencia, y recibí atención médica especial. No pretendo hacer valer mi dolor sino contarte que, cuando estuve enferma, vi lo que significaría no poder actuar, vivir en el banquillo el resto de los días. Por fortuna, no llegó a ocurrir. Las cosas salieron bien y he vuelto con ansias de cumplir uno por uno los objetivos que me había propuesto para esta legislatura. Ahora se ha desatado la crisis, mis objetivos están siendo barridos... y apareces tú. ¿Sigues ahí?

La flecha se movió sola de izquierda a derecha.

—estás cansada.

—Tengo bastante frío. Dijeron que estaban haciendo pruebas con la calefacción, que la iban a encender. Pero no la encienden. Tú no notas la temperatura, ¿verdad? La que hace aquí.

—«noto» la temperatura del ordenador, los sensores lo hacen; la de tu casa, no. pero no creo que ahí haga TANTO frío.

—Es la segunda vez que usas mayúsculas hoy. Pensé que en tu teclado no había.

—venga, vete a dormir. arrópate para entrar en calor.

—¿No decías que siempre estoy arropada?

—pero no siempre te das cuenta.

A continuación, sin que la vicepresidenta pulsara tecla alguna, el ordenador se apagó. Ella se quitó los mitones morados. Un último resto de perfume pareció disiparse en el aire desde la piel delgada de sus muñecas. Soy como este perfume, al final del día no queda nada de mí.

Noviembre del año anterior

Los pies del chico, enfundados en unas deportivas blancas, no hacían ruido al desplazarse sobre la acera. Detrás de él, en cambio, unos zapatos de suela pertenecientes a un hombre alto resonaban como un latido apresurado, más cerca cada vez. El chico se detuvo de golpe. Sin mirar atrás ni tampoco simular atarse los cordones de las deportivas. Los pasos también se habían detenido. El chico esperó dos, tres minutos. Entonces se volvió. No había nadie detrás de él. Alcanzó a ver junto al semáforo a un hombre alto que hablaba por el móvil. Sus zapatos parecían de suela.

En el trabajo el día transcurrió del mismo modo. La mirada recelosa del chico se demoraba un par de segundos más de lo necesario en cada rostro, en cada gesto, en unas manos que tecleaban o unos ojos que le seguían desde cualquier esquina.

Por la tarde visitó la sala de control y se demoró unos minutos más de lo habitual. Sin volver la cabeza a los lados, sin morderse las uñas, despacio, metódicamente, repitió los pasos que había practicado durante horas de tal modo que sólo estuvo dos minutos más de lo que solía.

Accedió al archivo donde se registraban las conversaciones de los teléfonos sombra, sacó una copia de lo que aún no había sido guardado y borró su rastro. Eran las cinco y media. Volvió a su puesto con la mirada levantada, sin cruzarla con nadie. Sobre el teclado sus manos temblaban, tenía que apoyarlas cada poco tiempo. Un compañero se le acercó. El chico contrajo los músculos del cuerpo mientras intentaba relajar la cara.

—Hoy he traído coche, ¿quieres que te acerque?

—No, gracias. Hoy no voy a casa.

—Ok.

Su compañero ya se iba pero se detuvo un instante, como si estuviera a punto de añadir algo. No lo hizo. El chico volvió la cara hacia la pantalla. Cerró los ojos. Teclados, respiraciones, nadie hablaba. Volvió a abrirlos concentrado en oír: una tos, las ruedas de las sillas, pitidos, golpes de objetos. Ya estaban recogiendo. En el ascensor alguien daba golpes rítmicos, suaves, con la mano sobre la pared.

Se bajó del autobús a mitad de trayecto. Demasiados estímulos, pasos, caras, coches, demasiados ojos al acecho. Entró en un locutorio y adelantó el asunto de Amaya, la amiga del abogado: como no quería pedir otra ip, hizo varios escaneos hasta descubrir un fichero password de base de datos que no estaba protegido por la extensión .php, un backup de configuración, supuso. Pudo, por tanto, leer la información en claro y con ella acceder a la administración de la página en la que estaban las fotos trucadas. No hizo nada que fuera visible, se limitó a subir una aplicación que permitiría al abogado navegar por el sistema de archivos. El pendrive con las conversaciones grabadas en el centro de monitorización le quemaba dentro del bolsillo, le taladraba los huesos.

Cuando volvió a la calle anochecía. Anduvo un trecho; desde otro locutorio, llamó a su hermana:

—¿Sí?

Al poco tiempo:

—¿Sí? ¿Quién es?

El chico oía su silencio mientras veía pasar los números digitales con el precio de la llamada.

—Voy a colgar.

El chico asintió con la cabeza, como contestándole.

Cuando oyó el clic y el contador se puso en cero, el chico canturreó despacio:

—Estoy metido en un lío / y no sé cómo voy a salir, / me buscan unos amigos / por algo que no cumplí.

Podría haber hablado con su hermana, haberla saludado por lo menos. Pero entonces le habría preguntado que qué tal le iba y se le daba fatal disimular con ella. Llevaba muchos años interiorizando que no tenía que dar la lata. Nadie se lo había dicho pero él notaba que tenía otro ritmo. «Mi delito es juzgar a la gente por lo que dice y por lo que piensa, no por lo que parece», The Mentor, se sintió identificado cuando lo leyó. Aunque él no se consideraba más listo que los demás, como el

Mentor, ni más torpe. Era cuestión de foco, en algunas tareas enfocaba a la perfección, y en otras estaba todo borroso. Así que se acostumbró a pedir que nadie le esperara en lo borroso y a investigar por su cuenta los baudios y los bits, allí donde se sentía cómodo y ágil. Pero ahora todo se había mezclado, eso le mareaba.

Entró en el bar más cercano.

—¿Qué va a ser?

—Un gin-tonic.

—¿Ginebra?

—Bombay. —El chico rió para sí—. ¿Sabe qué es lo malo?

—Ni puta idea.

—Que puedes estar paranoico, pero eso no significa que no te persigan.

El hombre no contestó. El chico bebió el gin-tonic como si fuera leche. Volvió a la calle, la noche ahora amortiguaba las amenazas, las sombras se confundían con personas reales y las personas reales sólo parecían sombras. El chico silbaba muy bajo, miraba a los perros como si ellos pudieran oírle.

Enero

Sacó otro pitillo, aunque había rebasado con creces los dos cigarrillos diarios que se permitía. Fumó. Inhalaba el tabaco con la avidez con que sus sobrinos, cuando eran pequeños, inhalaban el aire una vez que el llanto de rabieta dejaba paso a los sollozos de pena. Ella se rebelaba contra la pena. Había cometido un error y fumaba como si cada calada pudiera borrarlo, aunque sabía que no era así.

Había levantado la voz a una directora general delante de cinco personas. No debió haberlo hecho. Años atrás llegó a dominar el arte de inhibirse, de conseguir no reaccionar conscientemente ante un estímulo cuando así lo creía necesario. Pero en los últimos tiempos dudaba. ¿Bastaba con la serenidad, siempre? ¿Podía lo correcto compensar no lo incorrecto sino el lento hundimiento de todo? La directora general no merecía que le hubiera levantado la voz. Su única justificación era la historia de la rana que al ser arrojada a una olla hirviendo salta, y en cambio si está en la olla y la temperatura sube lentamente, muere sin reaccionar a tiempo. Por supuesto que un grito no era el mejor modo de romper la inercia, pero no disponía de tiempo ni de la estructura necesaria para poner en práctica los mejores modos, lentos, serenos, estudiados. Todo aquello le resultaba fatigoso. Triste. Fumó asomada a la ventana, imaginando el viaje posible de la ceniza al suelo, quizá llegase disuelta, o podía quedarse en la cabeza de alguien, tierra a la tierra, ceniza a la ceniza.

Cerró la ventana y volvió a su mesa. Revisó su intervención sobre la designación de una localidad como sede de la nueva base de comunicaciones de la ONU en Europa. Leía deprisa y sentía cierta satisfacción por esa base que iba a traer actividad económica y puestos de trabajo a la región. Aunque poco mérito era ése, los llevaría a esa región y se los quitaría a otras regiones que también se habían postulado. Sonó el teléfono: Luciano Gómez Rubio, le dijeron, ya había entrado en la Moncloa. Me gustaría emprender algo nuevo, no llevar cosas de un sitio a otro sino plantar y ver crecer. La avisaron de que Luciano había llegado.

—Adelante.

—¿Qué haces aquí? —dijo Luciano.

—¿Cómo? ¿Ni buenos días?

—Ni buenos días, Julia. ¿Qué haces aquí? ¿No sabes que tú no eres tú? Estás aquí representándonos. Estás aquí porque perteneces a un partido aunque no tengas el carnet. No tienes derecho a ponernos en peligro.

—Espera...

—Conozco numerosos casos de corrupción en el partido. He denunciado algunos. He perdido amigos. Seguiré perdiéndolos. Un militante socialista no debe corromperse. Podrá parecerte antiguo, pero sabes que lo creo. No debe corromperse como militante. Si se sale del partido, allá él. Pero si está en mi partido y yo tengo pruebas, lo denunciaré.

—¿Corrupción? ¿Por la flecha? Por Dios, Luciano.

El móvil de Luciano sonó muy bajo. Luciano lo sacó de su bolsillo, miró el número entrante y después de colgar lo dejó sobre la mesa.

—Es peor. Los corruptos tienen un motivo. En cambio, tú ¿qué has hecho?, ¿vender la vicepresidencia por un plato de lentejas?, ¿porque un día te apeteció dejarte cortejar por el hombre invisible?

—Retira la palabra «cortejar».

—No. No me refiero al galanteo masculino. Ese individuo te acompaña, hace cosas de tu agrado. Te asiste, él mismo lo dice.

—No sabes si es un hombre.

—Ni lo sé ni me importa. No cambies de tema.

—Yo no he vendido nada. No puede hacernos nada.

—«Hacernos», todo un detalle ese plural. Entonces, ¿te das cuenta de que comprometes al gobierno, al presidente, a mí, a cualquier militante, con esa estupidez?

Luciano era bastante más bajo que la vicepresidenta, pero ahora, frente a frente, no lo parecía.

—¿Vamos a los sillones?

—Aquí estoy bien.

—Por favor —dijo Julia—. Estoy algo cansada.

Luciano aceptó.

El color crudo del suéter de la vicepresidenta no se distinguía del de la tapicería. Sólo sus manos destacaban, y el grito fucsia de los pantalones.

—Luciano, ¿no hemos criticado siempre la rigidez? ¿No dijimos que en nuestro sistema político tendría que haber un sitio para el factor humano?

—El factor humano no puede consistir en jugar con granadas a ver si estalla una.

—No exageres. ¿Crees que es alguien del Partido Popular? ¿Tal vez un periodista? Sinceramente, yo lo descarto.

—De acuerdo, descartado. ¿Qué importancia tiene? Sea quien sea, un lobbysta extranjero, un infiltrado en nuestro partido, un chaval de quince años, es gravísimo.

—¿Para qué lo harían?

—Para tenerte en sus manos. De hecho, ya estás en ellas.

—No lo estoy. Y si alguien me chantajea, os ofreceré mi cabeza sin dudarlo. Lo sabes. No voy a aferrarme a la vicepresidencia si os pongo en peligro.

—Pero ya sería tarde.

—Sé que no me equivoco. Nada en esos papeles serviría para comprometer al gobierno. Otros debieron haberlos custodiado. No hay extorsión. No hay escuchas ni violación de la intimidad.

—Tú sabes mejor que yo que ahora todo ha cambiado, hay un Wikileaks a la vuelta de cada esquina, si esa flecha ha entrado en tu ordenador, otros pueden hacerlo y colgar luego vuestras conversaciones en la red.

—No lo hará; de todos modos, borraré las conversaciones, las haré desaparecer.

—En un ordenador nada desaparece. Es mentira la frase de que si no guardas los cambios se perderán: los cambios siempre quedan registrados.

—No exageres, Luciano. Desde luego, si esa flecha quiere, puede guardarlo todo. Pero no lo colgará. He decidido creer en ella.

—Un juego intolerable para alguien en tu puesto. ¿Por qué lo haces, Julia? Es una chiquillada.

—La flecha quiere algo de mí. Pero yo también quiero algo de ella.

El frío parecía laminar el aire en capas. No nevaba, aunque hacía días que se anunciaba esa posibilidad.

—Estoy esperando —dijo Luciano.

—No, ahora no. En otro momento, en otro sitio, te lo contaré.

—No creo que haya otro momento. Con mucho esfuerzo y porque, aunque me lo hayas puesto difícil, confío en que vas a rectificar, olvidaré esta historia. Pero no me pidas más —dijo, y le devolvió la carpeta que contenía las conversaciones impresas diciendo—: Quédatela, no quiero tener nada que ver.

Julia miró sus zapatos puntiagudos de tacones finos. Los tacones son un invento del diablo. Era consciente de la gravedad de las palabras de Luciano pero, por una vez, no estaba dispuesta a asumir esa gravedad.

—Como quieras. Tu confianza es muy importante para mí.

La figura de Luciano hundida en la tapicería también parecía perder gravedad.

—Me voy, Julia. Tienes mucho que hacer.

Se levantó.

—Mucho y casi nada.

La vicepresidenta, ya de pie, se inclinó levemente para besar a Luciano en la mejilla.

—No estés lejos —le dijo.

—No me lo pidas —contestó él.

Sacó la pipa del bolsillo y se dirigió a la puerta.

La vicepresidenta volvió a su mesa. El móvil de Luciano seguía allí. Durante un instante tuvo la fantasía infantil de abrir sus carpetas, ver mensajes, llamadas perdidas. Enseguida, enfadada con ella misma, lo tomó y salió en busca de Luciano.

—¿Quieres...? —le preguntó su secretaria personal.

Julia debería habérselo dado a ella, las vicepresidentas no corren por los pasillos. Pasó, no obstante, de largo y encontró a Luciano junto al ascensor.

—Toma —dijo entregándole el móvil.

—Gracias.

Luciano miró a la vicepresidenta a los ojos. Ella no esquivó la mirada. La agradeció.

Cuando regresaba a su despacho, la llamaron:

—¡Julia!

La vicepresidenta se sobresaltó. Era el ministro del Interior.

—Álvaro, ¿qué haces por aquí?

—Ya ves, tengo audiencia y antes he querido pasar a saludarte. Perdona que no te haya avisado, ¿tendrás dos minutos?

—Dos.

Entraron en el despacho.

—Siempre me pregunto quién se ha sentado antes que yo en un sillón, y quién lo hará luego.

—Creí que eras un hombre de acción.

—Por supuesto. Todo es acción. ¿Qué quería mi viejo enemigo Luciano?

—Espero que le hayas saludado.

—Le vi de lejos, una lástima.

—Tú dirás.

—¿Cuándo puedes comer conmigo?

—¿Has venido a mi despacho para preguntármelo?

—¿Por qué no?

—¿Qué quieres, Álvaro?

—Una tregua. Te lo digo en serio. Tengamos esa comida lo antes posible.

—De acuerdo —dijo Julia, y se levantó.

—Perfecto. Nos vemos, Julia.

—Sí, nos vemos.

Diciembre del año anterior

El abogado aparcó el Mini pasadas las once. Llevaba un termo de café y galletas, estaba dispuesto a pasar allí varias horas. Antes de entrar en contacto con la vicepresidenta, necesitaba ser capaz de moverse entre los miedos y deseos de esa mujer como ya lo hacía entre sus scripts y sus archivos. El abogado había pasado algunos días husmeando en documentos borrados y huellas de navegación. Tenía demasiado material: incluso un ordenador intrascendente, usado para buscar páginas, ver catálogos, vídeos y tomar alguna nota, acumula latidos. Todo cuenta, las veces que ella ha visitado la misma página, el tiempo que tardó en escribir un documento, por qué no quiso guardarlo. Y luego había que contrastar con el material público, entrevistas, declaraciones, comparecencias.

Hizo una lista de las palabras y expresiones que ella más decía: tesón, esfuerzo, sin descanso, energía, determinación, ganas, ánimo, entrega y convicción, confianza, estoy segura, el futuro de España y de la gente, servidores públicos, ambición de país, ocho primeras economías del mundo, ilusión, gratitud, tengo que estar a la altura de las circunstancias, merece la pena, rectitud, rigor. Dios, parece la primera comunión, el decálogo de una niña aplicada, tal vez el de un abogado que dejó de mantener la espalda erguida y combatir. Sólo en el poder que acumulas eres distinta de mí; ahí te extralimitas, supongo, ahí te pierdes como yo aprendí a perderme entre los bits y la oscuridad.

¿Qué sabe un hombre de otro?, ¿qué sabe un hombre de una mujer? Pero saben. Conozco mi vulnerabilidad y pienso que la tuya será igual y diferente al mismo tiempo. El abogado terminó encontrando en los archivos trazos del sentimiento que buscaba, algo que definió como «yo no puedo ser sólo esto». Era una vía de acceso, un flanco débil presente en la mayoría de los seres humanos y más aún en los aplicados, los calvinistas. Por él penetran las intrusiones más peligrosas, aunque también sea origen de inexplicables hazañas.

Para dar con él, primero había separado los días cualesquiera de la vicepresidenta de los entenebrecidos. Los segundos, los del error, los días en que el control no lograba controlar y algo se rompía, resultaban esclarecedores. Su periodicidad variaba, y su intensidad y causa: a veces un error propio, otras un ejercicio de injusticia, chapuza o desmesura de los demás. Pero la reacción, tal como ella la contaba en documentos sin título que eliminaba a los tres o cuatro minutos de haberlos escrito, era siempre idéntica. Ni se mortificaba echándose la culpa ni, en el otro extremo, cargaba contra aquellos a quienes, en declaraciones públicas, solía juzgar con dureza extrema. No: en esos desahogos, cartas a nadie, lo que hacía era alejarse de sí misma como si tuviera un secreto. Como si su actividad de vicepresidenta fuera sólo un destino que le habían adjudicado, una prenda que no se entremezclaba con su cuerpo, sus átomos.

El abogado pensó en un abrigo verde, de lana. La vicepresidenta se lo ponía pero podía pararse, desabrochar los botones, dejarlo sobre el respaldo de cualquier silla y alejarse unos minutos con sus ojos verdes también y fijos. En esos fragmentos escritos al desgaire, la vicepresidenta parecía visitarse a sí misma, quizá como la responsable de una empresa acude a visitar sucursales en países feroces y lejanos. Una vez allí escucha las penalidades pero guardando siempre un poco de distancia. Luego escribía palabras que al abogado le hacían pensar en jirones de adolescencia: «Por una parte sucede el sentimiento, por otra, sin embargo, sucede lo que dura. Lo que dura no es una mujer con sus fantasmas sino una mujer a vueltas con la vida, en la ciudad que nos destierra de nosotros mismos. Y vagábamos». A veces también acudía a citas de libros. Había una en particular copiada en tres archivos diferentes: «¡Dioses, dioses míos! ¡Qué triste es la tierra al atardecer! ¡Qué misteriosa la niebla sobre los pantanos! El que haya errado mucho entre estas nieblas, el que haya volado por encima de esta tierra, llevando un peso superior a sus fuerzas, lo sabe muy bien».

Después de casi dos años de desahogos fugaces, según delataban los logs de acceso de los documentos, la vicepresidenta dejó de escribirse. No obstante, había más pruebas de inestabilidad. Días obsesivos de rastrear todo lo relacionado con una persona, otros en los que abría veinte veces la página de un hotel y después la imagen de una habitación, y esa página se quedaba abierta durante varios minutos, y luego la cerraba pero al instante se arrepentía y la abría de nuevo: ¿en quién estabas pensando, Julia? Un día, en una carpeta llamada 9, el abogado encontró varios archivos mp3 de un grupo sueco-finlandés llamado Hedningarna, «los paganos».

Había una dureza extraña en aquel sonido, una crueldad tierna que daba miedo, como lo da la naturaleza sin presencia humana. Aunque no se parecía en nada al sonido bestial de los grupos que acompañaron su propia juventud, algo le hizo pensar en ellos. Tenía potencia, reconoció, evocaba sátiros desnudos en el bosque, era excitante; del consuelo presente en esos sonidos emanaba fuerza, poder. Cada canción había sido reproducida decenas de veces, excepto una que rebasaba el centenar, «Neidon Laulu»: «Perdura en mis pensamientos, conservo en mis recuerdos, aquella hermosa época, ya pasada, cuando cantaba de niña... Estaba libre de preocupaciones; mecida por una calmante brisa, corría como una chispa diminuta, volaba como las hojas por los bosques... Nada me importunaba entonces ni me preocupaba al despertarme, como esta pena que ahora llevo dentro y este dolor de mi pecho».

Pena, un fardo de arpillera rodeando ropas y bultos muy pesados, arrepentimiento. ¿En qué pensaba la vicepresidenta? ¿Cuál era ese dolor? ¿De qué se arrepentía? Pero la vida no funcionaba con claves, nada se abría sólo con una contraseña. Cómo mentían los malditos terapeutas que lo cifraban todo en un desencadenante. Y los guionistas en las películas: aquel policía no resolvió un caso y desde entonces ya no es el mismo, aquel guardaespaldas no pudo salvar al presidente y por eso..., cómo mentían. No hay un dolor que todo lo explique, ni una infancia, ni una escena, qué fácil si fuera así.

El abogado miró a su alrededor, nadie en la calle, ningún ruido. Apagó el portátil, lo metió debajo del asiento y salió del coche. Echó a andar en busca de una calle más ancha donde poder proyectar la mirada lejos. Hacía frío, como si hubiera llegado el primer envite del invierno. Dobló la esquina y fue a dar a una avenida en pendiente. Abajo del todo, donde la calle se volvía llana, parecía distinguirse un resplandor más claro, aunque aún faltaban un par de horas para el amanecer. El abogado apoyó su espalda en un tronco de árbol y se quedó quieto, mirando el resplandor. Algo sonó detrás. Volvió la cabeza y vio un bajo con una ventana enrejada. Una mujer joven la había cerrado. Se miraron un segundo y ella se dio la vuelta.

Quizá sí hubiera, pensó el abogado, puntos de inflexión. Él tuvo uno, pero el temperamento, las circunstancias, las pequeñas vidas dentro de la vida lo fueron diluyendo. Había sido mucho tiempo atrás, en un hospital, una tarde con el mismo frío de madrugada que estaba sintiendo ahora. Mientras su madre estaba dentro de una máquina que averiguaría qué oscuro proceso se había desatado en su cuerpo, él miraba por una ventana de la planta baja del hospital la noche cerrada que lograban rasgar muy débilmente dos farolas encendidas. Su madre no había querido que él la acompañara, pero al final cedió. Y él había llegado hasta el umbral de la máquina, desde allí se permitía dar la mano al que estaba dentro de ese túnel. Pero cuando, ya semidesnuda, su madre entró, le pidió que esperase fuera. El abogado esperó cincuenta largos minutos de pie, junto a una ventana protegida por rejas. Sólo un par de veces se dio la vuelta para mirar a las otras personas que también esperaban, saludar a una que había dicho buenas tardes, despedir a un padre y una hija que salían. El resto del tiempo permaneció de espaldas a la gente, con la cara detrás de las rejas, imaginando a su madre dentro de la máquina, anticipando el diagnóstico que habría de ser un plazo de tres meses de vida.

En la planta baja de aquel hospital, asomado a una ventana

que después de tantos años aún podía reconstruir con precisión, juró no permitir que la vida pasara solamente: había demasiada oscuridad, dolor a carretadas; por eso, en las treguas, ya fueran de semanas o de años, él iba a perseguir la cola del cometa, un destello profundo como el del autobús que, iluminado por dentro, pasó a unos metros de distancia horadando la noche. Allí, el futuro abogado se soñó salvaje, sin aspirar a la heroicidad pero sí a la construcción de un carácter que fuera como una herramienta, resistente y útil para dirigir la energía. No había cumplido nada. Horarios, dinero, contratiempos, habían convertido su vida en una más, llena de transacciones y pequeños arrepentimientos. La tormenta ha hundido el barco, ya no me alcanzan los vasos para sacar el agua, le había dicho su madre en las ráfagas de conciencia de las últimas semanas. Y también, acariciándole el pelo, dijo: «Navega, velero mío, sin temor», los versos que él mismo le había enseñado cuando era niño.

Los puntos de inflexión que sucedieron, que recordamos, no nos cambian. Su delicada persistencia apenas nos hace revivir la ambición de ser mejores. El abogado encendió su último cigarrillo. Dobló la cajetilla como si fuera una caja de leche que debe entrar en el cubo de la basura y aún más. Jugueteó con ese cartón duro entre los dedos. Descubriré tu disparadero, vendrás conmigo a desatar los nudos que no hicimos. Has dicho: «Mi vida tiene pocos secretos. Eso de que no se sabe nada de mí no tiene sentido. Se sabe poco porque hay poco que saber». Pero no lo entiendes, queremos creer en los secretos. Cuando los hay necesitamos atribuirles más poder del que tienen, más significado, y cuando no los hay, pensamos que no es cierto, que están más ocultos pero están. Queremos creer en los secretos, ¿qué más da si son pocos? Uno solo basta porque el secreto, al cabo, es la posibilidad de otra ruta, y otro destino. Yo soy tu centinela.

Era viernes y, ante la ausencia del presidente, Julia Montes debía presidir el Consejo de Ministros. Aunque en la sala apenas llegaba a apreciarse, el ruido de la lluvia estaba ahí. La vicepresidenta lo amplificaba en su cabeza mientras oía a los ministros. La luz gris y tamizada del día no lograba difuminarse a través de los visillos gruesos de las ventanas. Además de las dos lámparas de pantalla encendieron las luces del techo, que se reflejaban con molesta nitidez en el tablero ovalado de la mesa.

La vicepresidenta conducía la reunión con agilidad. Las suyas solían ser más rápidas que las del presidente, y no sólo debido a su personal inclinación por la toma de medidas concretas frente al mero debate sin reflejo operativo, sino también como muestra de respeto al presidente. Alargar los consejos, incitar a la reflexión y la producción de ideas novedosas precisamente cuando él no estaba le habría parecido inadecuado, casi desleal. Pero se aburría. Tras la comisión de secretarios de Estado y subsecretarios de los miércoles todo estaba hablado, pactado. Las únicas novedades eran dos o tres minucias acordadas a última hora en el café previo a la sesión.

Cogió un caramelo de menta de la cajita de plata que cada ministro tenía delante de sí. Poco después sonó el móvil del ministro del Interior. Un mensaje, otro a los dos minutos; después, nada. Todavía no sabía para qué quería verla. Habían acordado un par de citas que hubo que suspender por imprevistos de él y de ella sucesivamente. No parecía que fuera algo urgente. Esos mensajes que Álvaro acaba de recibir tampoco son urgentes, por más que haya puesto cara de circunstancias al verlos. Lo hace para disimular. Si de verdad fuera algo serio, pondría cara de disculpa, fingiría que es una banalidad, todo con tal de sentir que va siempre dos minutos por delante del resto del gobierno.

La vicepresidenta se encogió de hombros. Llevaba demasiado tiempo en política. Había visto demasiado.

Escuchaba al ministro de Sanidad dejando vagar los ojos por los portátiles situados delante de cada ministro. Hacía poco más de un año que estaban. Y todavía el gesto habitual de los ministros seguía siendo empujarlo para despejar su trozo de mesa sobre el que luego desplegaban papeles y carpetas. Los portátiles sólo contenían los documentos que iban a tratarse durante la reunión. No eran los de uso personal de cada uno y estaban conectados a la intranet de la Comisión Virtual donde se colgaban documentos de los temas que se verían en el consejo. Hasta hacía poco los había considerado una mera herramienta, pero ahora los miraba como en el objetivo de una cámara se miran los ojos del fotógrafo. Tal vez la flecha también fuese capaz de acceder a ellos, aunque al mismo tiempo confiaba en que no, para eso estaba el Centro Criptológico Nacional y no podía desear que no funcionara bien.

La vicepresidenta sonrió. Minutos antes de que empezara el consejo le habían dado una buena noticia, personal, intrascendente, pero inesperadamente agradable. Su próximo viaje transoceánico había sido aplazado al menos seis semanas. Todavía saboreaba el alivio de no tener que precipitarse para resolver tantas cosas. Por lo demás, no había una sola luz en el horizonte. Algunos ministros se esforzaban por narrar pequeñas victorias, proyectos sacados adelante, hechos que sin duda tenían valor pero que en absoluto lograban penetrar, ni arañar siquiera el bloque negro de la crisis. Y debían seguir trabajando, firmando contratos, convenios, planes. Detrás de cada uno de esos proyectos había personas que verían afectada su vida. Parecido a correr en una carrera para lograr llegar en el puesto decimoséptimo en lugar de en el decimoctavo. Y hay que hacerlo.

Llegó un mensaje a su segundo móvil. Raro. Pensó en el presidente o en una verdadera tragedia familiar. Lo miró con disimulo. Era el ministro del Interior: «De hoy no pasa —decía—. Después de la prensa». La vicepresidenta no contestó. Desde niña había detestado la costumbre de pasarse papelitos y mensajes en la clase o en cualquier otro lugar. Álvaro no la miraba y ella siguió como si tal cosa.

Febrero

El apoderado llegó a las oficinas del banco en un taxi. Enseñó su carnet en la entrada con desidia. Estatura mediana, ojos verdes muy claros, traje oscuro y una corbata burdeos, el pelo desaliñado con algunas canas en las sienes.

—Puede subir. Planta nueve, segunda puerta a la izquierda.

El apoderado no llevaba maletín, ni siquiera una carpeta. En el ascensor jugueteó con un pendrive naranja y blanco que sacó del bolsillo.

—Hola, Irlandés. —Era el vicepresidente ejecutivo, delgado, alto, una calva perfecta y gafas de montura de acero.

El vicepresidente se había adelantado un poco para abrir la puerta.

—Nos reuniremos aquí.

—La sala de los secretos.

—Si quieres llamarla así. Digamos que se revisa con más frecuencia que las otras.

El vicepresidente se sentó a la cabecera de la mesa rectangular.

—Bien, ¿qué pasa? —dijo el apoderado, quien había dejado entre ambos una silla vacía y se había sentado en la siguiente.

—Tú sabrás.

—Yo no sé nada. Están haciendo el trabajo. Yo diría que bien. ¿Qué problema hay?

—Alguien hizo una copia de las conversaciones grabadas.

—No lo creo.

—Nuestros socios de Telefónica tienen las pruebas.

—¿Lo han hecho y además dejando rastro?

—Me dicen que fue un trabajo muy bueno, pero se olvidaron de lo elemental. Al parecer entraron, hicieron la copia y borraron el rastro. Sin embargo, no se les ocurrió comprobar si había alguien en el sistema en ese mismo momento. Y lo había. Mala suerte.

—No sólo mala suerte. Tenían un uno por ciento de posibilidades de que hubiera alguien, ¿cómo no lo comprobaron?

—No es asunto mío, pero tiene su lógica, es doble mala suerte que a quien estaba en ese momento en el sistema se le ocurriera mirar si había alguien más.

—Sé quién ha sido y por qué. No podemos permitirlo. Te presento mis disculpas.

El Irlandés imitó el gesto de descubrirse la cabeza y llevarse el sombrero al pecho.

—Quiero resultados. Pronto.

El Irlandés asintió.

—Bonita camisa —dijo el vicepresidente ejecutivo—. Siempre rompiendo las reglas con audacia.

—He dedicado mucho tiempo a conocerlas. Si no las conoces, no las puedes romper.

—¿Cómo las aprendéis... vosotros?

—¿Nosotros? —rió el Irlandés—. ¿Te refieres a... la gente? ¿Qué somos para vosotros, el relleno, abejas obreras, decorado?

—Evítame esta escena de rencor social. Sólo sentía curiosidad.

—Eso te honra. Verás, se escucha mucho y se pasa miedo a quedar mal en sociedad, agudiza la atención, y la tensión. Lleva su tiempo, claro. Y tienes que elegir. No puedes aprenderlo todo. Yo renuncié, por ejemplo, a las piscinas. No sé tirarme de cabeza.

—Ya... Quiero ese material, Irlandés.

—¿Había algo especial?

—Lo mismo que en los otros días. Datos útiles, pero nada singular.

—El chico busca un seguro de vida. Qué gilipollas.

—No me interesan los detalles.

—Supongo que te lo puedes permitir. ¿Cuántas horas ha grabado?

—Un día y una noche de cuatro de los siete teléfonos sombra.

—¿Qué día?

—Antes de ayer.

El vicepresidente se levantó.

Febrero

El ministro del Interior estaba ya en el restaurante. La vicepresidenta sabía que el baile había empezado, se esperaban cambios en el gobierno y ella había pasado de ser la reina de la fiesta a ser aquella a quien alguien recuerda con gesto distraído cuando la fiesta ha terminado, cuando los más íntimos y más amados prolongan la noche en algún lugar especial y entonces alguien dice: «¿Julia?», y los demás se miran entre sí y pronto olvidan tanto la pregunta como que Julia no está, nadie la avisó.

Mientras avanzaba entre las mesas se representó la comida entera, entrantes y primer plato, segundo, postre, café con tejas y dados de chocolate, y le pareció eterna:

—Me ha surgido un imprevisto, Álvaro, ¿te importa si prescindimos de los entrantes?

—Y del primero, si quieres. Parece que hay buen pescado. ¿Compartimos un rodaballo?

No me apetece mucho pero nos evitará el trámite de la carta. Compuso una sonrisa impecable y una mirada que no dejase traslucir el tedio.

—Perfecto —dijo—. Tú dirás.

—Han empezado los rumores, como sabes. Sinceramente, creo que estoy mejor colocado que tú en esta partida. Pero el presidente es imprevisible, le gusta serlo.

La vicepresidenta sonrió al camarero que le ofrecía el vino para catarlo. Es una hiena. Y se lo voy a decir.

—Está bien —se dirigió al camarero.

Y cuando éste hubo llenado las copas:

—Eres una hiena, Álvaro.

—¿O chacal? Mejor no pensemos en cadáveres. Es desagradable y no creo que sea la imagen apropiada. Nunca te consideraría un cadáver político, Julia. Puede que salgas del gobierno, pero no del poder.

Álvaro es imprudente, pero ¿tanto?

—Hemos evitado los entrantes, el primer plato. ¿Qué tal si nos saltamos los rodeos?

El ministro la miró despacio.

—Te has precipitado y yo diría que ahora no estás en la mejor situación para hacer este tipo de jugadas —dijo.

—No sé de qué me hablas. Y no estoy actuando, Álvaro, no tengo tiempo.

Las manos del ministro, aferradas a los cubiertos, concentraban toda la tensión que no había, en cambio, en su cara. Él pareció advertir la mirada y se revolvió incómodo. Entonces dijo:

—Por favor, Julia. Habéis filtrado el favor que Telefónica se disponía a hacer a mis amigos. Que también lo fueron tuyos, ¿te acuerdas?

Para qué juega a acusarme: o no juega y entonces qué está pasando. ¿Ha sido la flecha? La expresión severa y apenada de Luciano sobrevoló el rodaballo y las patatas cocidas.

—Te refieres, supongo, a nuestro grupo de comunicación

favorito: ¿qué gano yo filtrando una operación que, te recuerdo, no deja al gobierno en muy buen lugar?

—Venga..., les quieres débiles; les quieres comiendo de tu mano. Pero ¿pensabas que iba a quedarme quieto? No sueles ser tan... torpe.

—Gracias.

Aquella brizna de perejil tenía el contorno exacto de la península Ibérica. La vicepresidenta comió un trozo de rodaballo mientras iba atando cabos. El ministro sólo podía estar refiriéndose al artículo de prensa en donde se revelaba que Telefónica estaba dispuesta a comprar un elevado porcentaje del grupo de comunicación amigo pagando las acciones a un valor considerablemente más alto que el que tenían en el mercado. Julia conocía esos datos, aunque no había estado en la reunión donde se dio luz verde a la operación desde el gobierno. Pero no habían podido ocultárselo, Álvaro sabía que sus fuentes permanecían leales. Sin embargo, ella no había filtrado nada, y estaba segura de que Carmen, la única persona con quien lo comentó, tampoco lo había hecho.

—Álvaro, voy a ser sincera, espero poder pedirte lo mismo en breve. La filtración no proviene de mí ni de nadie de mi entorno. Sabes que en este momento jugar a la ambigüedad sería más fácil.

Fue ella ahora quien le miró, qué ojeras, duermes igual o menos que yo. Y no estás completamente atento. ¿En qué piensas?

—Espero que no se nos esté abriendo un flanco inesperado —añadió Julia.

—¿Qué flanco?

—El sistema de interceptación, Sitel. Nunca me gustó. Ni la comisión interministerial que montamos. Terminará saliéndonos caro haber evitado la Ley Orgánica.

—Vamos, Julia. Las leyes van detrás de los dispositivos. Todo va detrás de los dispositivos. Cuando algo se puede hacer, se hace, en biología, en informática, en armamento. Luego vienen los demás diciendo misa, y qué: no es así como funciona. Teníamos Sitel, no podíamos dejar de usarlo. Es verdad que una vez que abres una puerta trasera en un sistema, ahí queda y otros también la pueden usar si saben cómo. Hay que correr riesgos.

—Las escuchas de Grecia, Italia... ¿Crees que también aquí escuchan nuestras conversaciones?

El ministro se limpió la boca con la servilleta y bebió vino dejando la copa limpia, como si nadie la hubiera tocado.

—Creo muchas cosas y ninguna.

La mirada de la vicepresidenta descansó de nuevo en las manos del ministro, delgadas, nerviosas. Sintió las suyas sin mirarlas, debía evitar traslucir la menor inquietud y sin embargo algo le quemaba por dentro: de pronto la flecha podía ser el peón de una trama y ella una ingenua descomunal. ¿Y si Álvaro sabe algo de la flecha? Hablaré con ella.

—Estás tan cansado como yo —dijo—. Tampoco tienes hijos. ¿Por qué seguimos en esto? No necesitamos el sueldo, ni mantener nuestra capacidad de influencia.

—Me gusta, y sé que entiendes lo que quiero decir.

La vicepresidenta asintió. No compartía las ideas del ministro, tenían diferentes alianzas, propósitos, y a pesar de todo él se contaba entre sus allegados. Esa cercanía no le daba ninguna tranquilidad, más bien al contrario.

Bebió agua para aclararse la voz.

—Entonces, podrían estar escuchándonos. Álvaro, en este momento un escándalo así acabaría con el gobierno.

—Tú has hablado de eso. Yo creía que la filtración era vuestra. Es más, a lo mejor lo es y no lo sabes.

Así que ésta era tu frase. La vicepresidenta no contestó. Pensó en el final, estaba más cerca de lo que había previsto y antes de irse debía cumplir la misión que le había encomendado el presidente. Pensó también, con cierto agrado, que Álvaro no estaba informado acerca de esa misión, de lo contrario habría intentado sonsacarla de algún modo.

Terminaron sus platos en silencio. Renunciaron al postre. El ministro pidió un café solo y la vicepresidenta se disculpó, la esperaban.

Diciembre del año anterior

Curioseó en uno de los puestos que había delante del estadio, gorras, camisetas, banderines, bufandas. Por fin, el abogado pidió una bufanda de un equipo pequeño de segunda división que jugaba la Copa del Rey. Supongo que el hombre del bar no la tendrá. Se la dieron sin bolsa, él trató de meterla muy doblada en el bolsillo de la chaqueta pero no le cabía. Al final se la puso y llegó con ella puesta a su cita.

Había ya una taza de café sobre la mesa.

—¿Llego tarde?

—No, no, es que he bajado antes —dijo Amaya—. Voy a irme pronto. ¿Y eso? —Un apunte de sonrisa mirando a la bufanda.

—Es para un tipo que las colecciona, me la han vendido sin bolsa —dijo aún de pie.

El pelo corto de Amaya dejaba al descubierto su cuello. Se sentó enfrente para no mirarlo. Pese a todos sus propósitos de tratar a Amaya con simple camaradería, de no dejarse llevar por una historia que sólo estaba en su cabeza y nunca saldría de ahí, estaba ya excitado e inesperadamente triste.

—¿Qué te pasa?

—¿A mí?

—Sí, a quién va a ser. Traes cara de pena.

—Es que estaba probando a vernos a ti y a mí como parte de algo mucho mayor, el cuadro, ya sabes, un poco de indiferencia para hacerte reír, pero me entra una melancolía enorme de que seamos tan pequeños que un soplido nos pueda llevar.

—No funciona así —sonrió ella—. Si te da un ataque de melancolía es que sigues dando importancia a las cosas.

—Pero me da justo cuando se la quito.

—Se la quitas porque crees que la tiene. Si no la tiene no se la puedes quitar.

—¿Y la gente que se muere? ¿La gente a la que matan? Sí, sí, inocentes, niños decapitados, terremotos, todo eso ¿tampoco tiene importancia? No te querría yo a ti de médica: me tienes que cortar la pierna derecha y me cortas la izquierda, total, como no tiene importancia.

Amaya rió.

—Coño, ahora por qué te ríes si me estoy poniendo trágico.

—Niños asesinados, terremotos, tu pierna izquierda.

—No es lo mismo, pero también tiene su valor.

—Yo te operaría bien. Tu vida me parece muy seria, la que no me lo parece tanto es la mía. No tan seria como para tomarla en serio. Y eso no quiere decir que no me guste con locura. Al revés.

—¿Las de los demás sí?

—Las de los demás son de los demás.

—Puedo apuntarme a un curso, aprenda en dos semanas a tomarse la vida menos en serio. Mire este sobre de azúcar: ¿lo abre, no lo abre? ¿Es el hecho de abrirlo una decisión de vida o muerte? El problema es que lo es, Amaya, te juro que a veces lo es y no lo sabes.

—Lo que no entiendo es cómo disfrutas tanto bailando, deberías estar aterrorizado, si cada paso es decisivo.

—Pensemos, para bailar hay que elevarse, pero recordando la sangre, que marca el ritmo y es un liquiducho rojo, cinco litros de nada. Supongo que sí, notar el pulso de la sangre debería recordarnos que dentro de cien años todos calvos. Claro que la cuestión entonces es: si dentro de cien años todos calvos, ¿vale la pena comprarse crecepelo ahora?

Amaya rió de nuevo. El abogado la miraba pensativo.

—Sí vale la pena. Por eso estamos aquí, hay que pararle los pies al de mi banco ahora y no dentro de cien años. ¿Cómo va tu amigo?

—Bien, tenemos la ip desde donde subió los primeros datos, es de un cibercafé no lejos de su casa. Luego ha ido a otros. Seguramente bastaría con seguirlo, pero no sé si la policía tendrá tiempo para un operativo así. También tenemos acceso a su página. Podemos meter algo que reenvíe los logs a la policía directamente.

—¿Es fácil de hacer?

—De momento no, pero es cuestión de tiempo.

—Si lo ha hecho desde un cibercafé siempre puede decir que fue otra persona.

—A no ser que le pillen en ese momento.

—Pero lo que ha hecho, colgar fotos mías con vestidos que yo nunca me pondría, son chorradas. ¿Por eso van a seguir a una persona?

—Si sólo es un vestido distinto...

—No, no es sólo eso... Se lo ha hecho a más gente. He hablado con dos y se niegan a denunciarle. No quieren acabar amenazadas por un loco. Y la policía no tiene recursos para proteger a las mujeres. Esta sociedad crea mucha más gente desequilibrada de la que puede asumir.

El abogado miró a Amaya y por un momento creyó comprender a ese individuo loco que intentaba adueñarse de la Amaya digital ya que no podía tocar a la analógica. Descartó el pensamiento al ver la expresión cansada y al mismo tiempo herida en la cara de Amaya.

—No sé qué hacer, Eduardo. Es una pesadilla. A lo mejor podríamos asustarle, dejar algo en su página, una advertencia, que sepa que alguien tiene pruebas de que es él.

—Háblame del tipo.

—«¿... Y cómo es él?, ¿a qué dedica el tiempo libre?» Sólo le veo en el trabajo, y en los actos sociales del trabajo, casi nunca estamos en las mismas reuniones, a veces sí tomamos café con el mismo grupo de gente, pero nada más.

—¿Qué fama tiene? ¿Qué piensan de él las otras dos personas con que has hablado? ¿Por qué estáis tan seguras de que es él?

—Es muy sociable pero a veces se calla y se te queda mirando como si se riese por dentro. Yo tuve aquella historia de la fiesta. Y si los cíber están cerca de su casa... Además, da igual, sea quien sea hay que pararle.

—Podemos dejarle una advertencia, pero es arriesgado.

—Prefiero eso que seguir como ahora, con la sensación de que estás en sus manos, de que no hay nada que pueda hacer.

Amaya miró su móvil. ¿La hora? ¿Espera un mensaje? ¿Está con alguien?

—Debo irme.

Si le dijera que tengo un secreto, se quedaría. Si le dijera tu secreto. Pero no lo haré.

Ella buscaba al camarero con los ojos.

—Yo pago —dijo el abogado—, tienes prisa.

Febrero

Hacía años que Julia Montes y el Irlandés no se veían. Encontrarse con él en esa recepción adonde ni siquiera había pensado acudir la había puesto ligeramente nerviosa. La vicepresidenta entonces tenía treinta y dos, habían pasado veinte años desde que lo dejaron. Después se habían visto, sí, siempre rodeados de otras personas y sin que hubiera incomodidad alguna entre ambos, más bien al contrario, el trato cordial, las bromas, la amistad, resultaban evidentes para cualquiera y no obedecían a ninguna voluntad de representación. Al cabo de un tiempo, sin embargo, el hijo menor del Irlandés murió en un accidente de tráfico y él desapareció del mundo económico. Su presencia en la recepción no tenía que haber sido ninguna sorpresa; hacía varios años que su nombre aparecía ligado a varias fundaciones benéficas y de investigación. No sólo era lógico que estuviera ahí sino que la vicepresidenta tendría que haber visto su nombre en la lista que le propusieron. La inquietaba no haber reparado en él, pues se había impuesto a sí misma la obligación de estar siempre alerta; no podía permitirse otra cosa. Cuando llegó el momento de saludar al Irlandés no sintió nada especial. Le llamó la atención su corbata de un verde musgo que hacía más brillante el verde de sus ojos claros. Una camisa de cuadros pequeños bajo un traje gris marengo le daba un aire elegante y atrevido. Ambos mantuvieron la compostura, educados, joviales a pesar de los años. Sin embargo, algo había empezado a martillear en su cabeza con insistencia. Las venas le latían en la frente y en la nuca mientras saludaba, sonreía y prestaba atención a comentarios rápidos, insinuaciones, ruegos. La vicepresidenta se sentó a una mesa junto con el vicepresidente holandés de Spiker y la directora general de SAAB Suecia. No es él quien me ha puesto nerviosa. Pero algo he hecho mal. He cometido una equivocación y ahora no soy capaz de dar con ella.

Cuando la directora de SAAB se interesó por el papel de la mujer en las disciplinas científicas en España, la vicepresidenta recordó con nitidez el rostro de Helga, la esposa del Irlandés, y supo qué le estaba pasando. Había tenido muy pocas relaciones con hombres casados, la mayoría en circunstancias atenuantes por tratarse de alguien que ya había empezado los trámites de divorcio o separado de hecho, o bien por ser una aventura intrascendente en un viaje, con el compromiso de no reanudarla una vez en Madrid. El Irlandés fue la única excepción. Un hombre casado y con un hijo, que no se llevaba mal con su mujer ni tenía pactos de infidelidad explícitos o tácitos.

Ella entonces no era vicepresidenta ni tampoco diputada sino sólo una técnica de administración con un presente fabuloso. El Irlandés, consultor de una de las principales firmas internacionales, le había enseñado, la había ayudado. También, estaba segura, la había querido. Julia recordó las noches en que salían de trabajar pasadas las diez y cómo fueron encontrando espacios clandestinos, calles donde era prácticamente imposible coincidir con un conocido y donde a veces se atrevían a cogerse de la mano o a pasar el brazo por detrás de la cintura. Entonces no llevaba escolta. Descubrieron un café pequeño y anodino al que solían acudir sentándose siempre al fondo, de tal modo que cuando alguien entraba pudiesen verlo ellos antes que ser vistos. Julia se había atrevido a llevar al dueño del café algunos cedés y allí, bajo una música muy poco acorde con la decoración del local, se pasaban horas hablando de trabajo y deseándose. El Irlandés observaba a Julia con fascinación, ella era consciente y jugaba sus cartas practicando el arte de estar, al menos durante unas horas, a la altura de la imagen idealizada que el Irlandés tenía de ella. Nunca se abandonaba: había puesto un límite de un año a la relación. No se lo dijo a él y eso le facilitaba la tarea de ser generosa, excesiva, brillante. En el fondo era como si no sólo estuviera tratando de fascinar al marido sino también a la esposa, como si intentara decirle a ella que no estaba compitiendo, que ya había echado su suerte y pensaba retirarse mucho antes de llegar a la meta. Era su número, sus cinco minutos de gloria, luego desaparecería.

La madre de Julia había sabido lo que significaba que su marido tuviera una amante durante años y ella no estaba dispuesta a repetir la historia, aunque fuera desde el otro lado. Ninguna opción servía: ni permanecer siempre en la sombra ni salir a la luz a arrebatar lo que tampoco deseaba: no quería una vida en familia y la espantaba ser el motivo de una ruptura no anunciada. Por eso se había dado un año durante el cual arder sin importarle consumirse, pues sabía que ya no habría más. Sólo una vez vio a la esposa del Irlandés. El pelo muy negro, los ojos castaños rebosantes de luz, los movimientos seguros como si el centro de gravedad de su cuerpo pequeño estuviera en perfecta sintonía con la tierra. Fue en la fiesta de un conocido común. Helga la miró despacio, sospechaba, quizá sabía. Durante un instante, Julia soñó con una complicidad imposible: dirigirse a ella, contarle su plan: esto va a durar un año, faltan sólo dos meses, no quiero robártelos, concédemelos, a ti te sobran, juro que luego desapareceré. Pero ¿en nombre de qué iba ella a dárselos? Julia devolvió la mirada a aquella mujer, una de las primeras ingenieras de telecomunicaciones que habían ocupado puestos significativos en la industria y que ahora estaba a cargo de la informática de Ferraz. Sabía que no debía acercarse a ella y no lo hizo. Si Helga le hubiera dicho algo quizá habría sido capaz de renunciar a los fuegos artificiales de las últimas semanas, la intensidad del adiós. Pero se mantuvo callada y durante mucho tiempo sus ojos permanecieron en el pensamiento de Julia. A veces cuando su cuerpo jugaba con el del Irlandés, veía esos ojos oscuros en las distintas esquinas de la habitación. Después del año aún había seguido sintiendo aquella mirada en diagonal, como un alfil.

Y ahora había vuelto a sentirla. Por fin comprendía la razón del martilleo, la incomodidad que le había rondado desde que supo que iba a encontrarse con el Irlandés: era la sospecha de que Helga estuviese detrás de la flecha. Cuando terminó el acto, le preguntó por ella a su directora de comunicación.

—Dejó la informática del partido hace dos o tres años. Creo que tiene una empresa propia. Está divorciada, parece que ahora vive con una mujer.

—¿También informática?

—No sé, Julia. ¿Quieres que pregunte?

La vicepresidenta sacudió la mano.

—No, no, déjalo, no tiene importancia.

El abogado salió del coche a las doce. Nada en su aspecto dejaba traslucir la excitación, la decisión de darse a conocer. Fumó apoyado en la carrocería; fuera del Mini su cuerpo parecía más grande, como si no fuese a ser capaz de meterlo en el coche otra vez. El pantalón borrosamente planchado, un anorak azul marino heredado de su padre, abierto a pesar del frío, y una camisa gris que parecía absorber la luz de la farola. Dentro del Mini había dejado un pequeño maletín de cuero viejo con el ordenador funcionando. Había habilitado el entorno gráfico; esa noche no se limitaría a explorar el ordenador de la vicepresidenta en modo invisible: se proponía llamar su atención.

Miraba las pantallas a través del parabrisas. El tiempo pasaba sin una señal. Cuando ya iba a tirar el pitillo, en el portátil negro se abrió una ventana con el escritorio de la vicepresidenta. Volvió al coche. Casas en las islas Gambier. En la cara del abogado se dibujó una mueca irónica. Luego se distrajo mirando la casa elegida: el tejado no le gustó, demasiado aparatoso, parecía un gorro de monja. Pero tumbarse en esa hamaca de listones de madera y oír el viento, rodeado de arbustos verdes frente a una playa como no había visto ninguna, debía de ser agradable. ¿Dónde coño estarán esas islas? Memorizó el nombre para buscarlo en otro momento. Después activó la cámara y el micrófono: el rostro de ella apareció en una ventana más pequeña. Te estoy mirando. En ese momento, tal como había planeado, movió el puntero en la pantalla de la vicepresidenta para ser visto.

Se la jugaba, pero quería avanzar. No temía ser descubierto; aunque hubiese dejado huellas, ninguna podía conducir hasta él. Le preocupaba perder el contacto: si ella no le daba una oportunidad, le obligaría a destruir el puente que minuciosamente había tendido. Pero no lo harás. Soy tu centinela, dijo en voz alta mirando el rostro intrigado de la vicepresidenta, que ahora cerraba ventanas y se iba fuera de foco.

Vio un fragmento de su cabeza apoyada en el respaldo de la silla, los ojos dirigidos a la pantalla. Ahora o nunca. Empezó a abrir y cerrar carpetas en el escritorio hackeado. Abrió también una terminal negra y escribió algunas órdenes en ella. El rostro de Julia se acercó de nuevo a la cámara.

—De manera que no conoce mis costumbres —la oyó decir.

El abogado continuó su danza ligeramente enloquecida por el escritorio. Qué, ¿vas a denunciarme? La vio levantar el brazo, parecía que iba a mover el ratón pero luego el brazo volvió a su sitio. Él detuvo cualquier movimiento. Julia bebió algo que podía ser ron con limón, o quizá un simple Trinaranjus. Luego se salió del cuadro otra vez. El abogado subió la sensibilidad del micrófono. Nada. Ni un ruido, ni la voz alejada de la vicepresidenta haciendo llamadas.

Esperó. Daba la sensación de ser un hombre con una paciencia infinita, quieto delante de una pantalla inmóvil como él mismo, sin encender un cigarrillo ni mover una pierna o siquiera suspirar. Pero su pensamiento viajaba a la velocidad de la luz. Si Julia Montes rehúsa entreabrir una ventana para que la envuelva un aire distinto, ráfagas de infiernos helados, religiones de emergencia y napalm muerto, si se niega a oír mi llamada, un grito lejano que no la dejará hasta que ella le plante cara y me atienda, si lleva su ordenador a revisar y me expulsa sin haberme oído...

Movió ligeramente el ratón, la pantalla dejó de estar negra para enfocar de nuevo el respaldo de la elegante silla de madera clara y al fondo una pared borrosa con un cuadro. Tú sabes lo que hay detrás de las puertas. Tú llamaste, te abrieron: ¿qué pasa después? Dentro del coche olía a cerrado; bajó la ventanilla aunque volvió a cerrarla por prudencia en cuanto la vio acercarse. Sintió que le miraba directamente a él; luego, con la misma voz transparente de sus comparecencias pero como si hubiera desaparecido su tensión habitual, ese fondo último de control y dureza, la oyó decir en alto: «¿Quién eres?». Quién soy, rió el abogado por un instante.

Apagó el ordenador y se quedó en el Mini a oscuras. Al mirar la calle procuraba representarse el tendido de cables bajo tierra, llevando señales y electricidad. Vio, como una ráfaga, la cara de su padre. Un cigarrillo caído en un sillón había ardido al parecer durante tres horas mientras su padre dormía en un hostal. No funcionó el detector de humos, murieron los tres huéspedes de ese piso, los tres dormidos, una leve capa de ceniza cubría sus caras cuando les encontraron. El humo no se huele cuando el cuerpo duerme sino que nos aturde y anestesia. Su padre había viajado por motivos de trabajo. Una muerte absurda y chapucera. El abogado, que de niño había querido ser bombero, llegó a pensar en presentarse a las oposiciones para inspector técnico, recorrería todos los hoteles y pensiones comprobando el estado del detector de humos. Luego su padre se fue borrando. Se acordaba de cómo se reía con los chistes absurdos: «Va un caracol y derrapa. Va una canica y vuelca». El abogado puso en marcha el motor y condujo deprisa. Igual me quedan otros cuarenta años, o igual me muero un año de estos como tú. Pudimos habernos encontrado durante más tiempo. Pensó en el chico y en la vicepresidenta. Yo os guardo ahora, soy el segurata por una vez.

Febrero

La vicepresidenta se dirigía a una reunión con varios directores de medios de comunicación en el Sheraton de Rascafría. Estaban ya en las inmediaciones del pueblo pero, al ver el cartel redondo de Coca-Cola anunciando un bar, la vicepresidenta decidió permitirse un cuarto de hora para estirar las piernas e imaginar que disponía de tiempos muertos, intervalos donde lo que estaba pendiente no se agazapaba a la espera sino que dejaba de existir y entonces sólo contaban las ramas desnudas, el viento, los charcos helados en el barro. Pidió que detuvieran el coche unos minutos. El conductor podía ir a tomar un café. Entretanto ella daría un mínimo paseo junto a la carretera.

Aunque su escolta la seguía con la discreción habitual, hoy le parecía insuficiente. Encontró un mojón blanco y se sentó ahí, de espaldas al escolta y a la carretera. El perfil de la montaña le hizo pensar en el profesor con quien viajó a Amsterdam. Él tenía una vena mística y era capaz de contemplar un paisaje como si en cada piedra pudieran leerse las huellas de un plan divino, trascendente. No se sentía solo, su destino había sido previsto por alguien, esa certeza le serenaba. Pero ella no podía creer en algo así. Nadie nos mira. Cuando estamos solos, estamos solos. A mí me miran los escoltas y, a veces, la flecha.

La vicepresidenta echó a andar hacia el escolta. Él, que la conocía, sacó un pitillo y fuego y se los ofreció. Julia volvió al mojón, aspiró el humo con felicidad. Si pudiera quedarme aquí un rato largo. Miró la hora y pensó que podía y que además lo necesitaba. Llamó a Carmen por el móvil.

—Faltan cuarenta minutos para la reunión. ¿Puedes acercarte a donde estoy? Necesito que hablemos.

Al colgar se dijo que acaso también era oída, que el propio Álvaro o sus enemigos podían estar escuchando su conversación. No le importaba, hacía tiempo que se había acostumbrado a ser prudente, en cualquier acto público podía haber un micrófono abierto, una periodista, imágenes suyas podían estar siendo grabadas desde lejos. No aquí, espero. Miró a su alrededor. En persona hablaremos tranquilamente.

Oyó el motor del coche y enseguida vio a su directora de comunicación acercarse con un paso que era mitad marcial, mitad de baile, y lo seguía siendo a pesar de la desigualdad del terreno, aunque a veces Carmen se tambaleaba un momento, entonces parecía un Charlot femenino atravesando el campo.

—Estás de buen humor —saludó Carmen.

—Tenías un aspecto divertido viniendo hacia aquí. Mira, ahí hay un claro, creo que tu falda oscura y mis pantalones negros nos permiten sentarnos un rato en el suelo, aunque no sea ortodoxo.

Apoyaron cada una la espalda en un tronco de pino.

—Se está bien aquí. Dime.

—Los anuncios clasificados: le he dado vueltas como me pediste pero mi respuesta es la misma: no voy a permitir que el gobierno pague suscripciones en los colegios a periódicos que publicitan la prostitución. Dices que prohibirlos ahora les llevaría a la ruina, de acuerdo. Lo que no pueden pedirnos es que los difundamos.

—Cualquier otra ayuda será una forma de hacerlo.

—Pero no en el sistema educativo. No voy a pasar por ahí.

—Lo comprendo, lo comparto, aunque me pones en un compromiso. Les había dicho que veía difícil lo de los colegios, sin embargo institutos, bibliotecas, universidades...

Una mancha de sol atravesó las nubes, los pinos, y formó un óvalo plateado en el pantalón de la vicepresidenta.

—No —dijo—. Échame toda la culpa. La tengo por haber dudado.

—Nos lo harán pagar.

—Más les valdría dedicarse a resolver sus problemas. No voy a ceder. Aunque me hagan un editorial en contra cada día, y me busquen las vueltas.

La falda de Carmen, extendida sobre el suelo, formaba un cono granate que ampliaba su pequeña silueta. El pelo largo con mechas rojizas se fundía con la corteza del árbol. Las uñas pintadas del mismo color llameaban brillantes.

—Pareces una criatura del bosque —dijo la vicepresidenta—. Vamos a andar un rato, aún tenemos tiempo. ¿Quieres?

Carmen se levantó a la vez que ella.

—¿Has averiguado ya de dónde vino la filtración? —preguntó—. Ellos están convencidos de que fuiste tú.

—¿Piensan que lo habría hecho sin decírtelo?

—No. Creen que yo lo sé y miento —dijo Carmen sin mirarla.

—Y ahora te salgo con los clasificados.

—No importa, es mi trabajo. Pero sí necesito saber si hay alguna relación.

—En absoluto. No me gusta la jugada de Telefónica, y no lo he ocultado, por eso no me llamaron para la reunión, cosa que comprendo. Pero filtrarlo no es mi estilo, y en un caso así jamás lo haría sin consultarte.

—Gracias —dijo Carmen, y su voz sonó de pronto desacompasada.

—Lo que tampoco voy a hacer es entregar un símbolo por culpa de los problemas de ingeniería financiera de nadie. No cederé en los clasificados.

—¿Qué puedo darles a cambio?

—Dales mi palabra de que no fuimos nosotros y diles que buscaremos una regulación del porno de pago que les favorezca.

—Hablaré con ellos, pero no va a calmarles. Julia, a medida que avance la crisis vamos a necesitar más a los medios.

Carmen se había adelantado. La vicepresidenta no intentó alcanzarla. Habló despacio mientras se movía también despacio:

—Lo sé —dijo—. A veces idealizo el pasado, pienso que antes teníamos más orgullo... Pero no es verdad. No lo hemos tenido nunca. Y no sé si aún estamos a tiempo.

La vicepresidenta sintió la tentación de hablar a Carmen del proyecto que tenía entre manos, era algo que no había comentado con nadie, ni con Luciano, ni con su anterior jefe de gabinete, ni con ninguno de sus colaboradores, ni siquiera, sonrió para sí, con la flecha. Pero había sido prudente durante unos meses y debía seguir siéndolo. En un par de semanas estaría terminado y se pondrían con él.

Carmen se dio la vuelta para colocarse frente a la vicepresidenta. Era cinco años más joven que Julia, apenas nada y, al mismo tiempo, casi una generación. Se miraron a los ojos.

—Nos van a cesar, ¿verdad?

—No pensaba en eso. Tampoco creo que el presidente haga un cambio de gobierno enseguida.

¿Y si la flecha eres tú? ¿Y si he pasado todos estos años contigo sin saber que esperabas otra cosa de mí?

La vicepresidenta dijo:

—He cumplido, he sido aplicada, como el hermano mayor de la historia del hijo pródigo. Pero eso no basta. Nunca he arriesgado más de lo que tenía.

Carmen sonrió.

—Ojalá todos hubieran hecho lo mismo, no estaríamos en esta crisis.

—No, no, lo que ellos han hecho es arriesgar más de lo que tenían otros. Carmen...

No eres tú, lo sabría, hemos pasado tantas cosas juntas...

—¿Sí?

—Todos piensan que somos intercambiables, no lo digo por el baile de cargos, sino en general: piensan que la diferencia entre un gobierno y otro es nimia.

—No conocen el funcionamiento, las mil decisiones que se toman a diario.

—No lo conocen pero lo imaginan. Hacen una media. Al final es como el sector de la alimentación, las personas no saben cuánto cuesta cada producto concreto, pero hacen su compra y no se equivocan en el valor del carro en su conjunto.

—¿Me estás diciendo que nuestro carro al final valdría lo mismo que el de cualquier otro gobierno, que lo que se ahorra en unas cosas se pierde en otras?

—No, Carmen, lo malo es que yo de verdad creo que puedo ser útil. Lo creo hasta la imprudencia y el ridículo. Y me parece que tú también.

Estaban ya a pocos metros de la carretera. El escolta las miraba.

¿Quién eres?, preguntó en silencio la vicepresidenta.

Enero

El abogado salió tarde del despacho, volvió a casa, cenó algo, preparó el portátil y tomó el libro. Condujo a un barrio en dirección opuesta al del primer encuentro. Rompió la contraseña de dos redes inalámbricas en cincuenta minutos. Luego se echó por encima de los hombros una manta sintética de color naranja. El Mini estaba lleno de rendijas que anulaban la escasa potencia de la calefacción y pensaba pasar las horas que hiciera falta aparcado en la calle, prendido de esas wifis ajenas, hasta entrar en contacto con la vicepresidenta.

Hoy quería hablarle. De entre todo lo que había encontrado en el tiempo que estuvo analizando el tráfico de la red y las zonas aparentemente borradas del disco duro, había elegido *El maestro y Margarita*. Mientras esperaba su llegada hojeó las páginas subrayadas por él mismo durante los últimos días.

Fracasar en enamorarte no es una opción, lo había oído en alguna comedia romántica de serie B y, no obstante, era así como se sentía. No pretendía, desde luego, enamorar a Julia Montes en un sentido físico. Sin embargo, tenía que franquear el paso, dejar una entrada abierta en ella como ya la tenía dentro de su máquina. Y fracasar no era, se repetía, una opción. Ningún sistema informático es seguro al cien por cien; los exploits, esos pequeños programas maliciosos, sólo son la concreción real de una vulnerabilidad posible. Tampoco ningún sistema humano es completamente seguro, ninguna conjunción de miedos y deseos desestructurados, rotos porque no hay espacio para levantar la cabeza y respirar, no aquí.

Al principio pensó en replicar el comportamiento del troyano: un crecimiento inesperado de la información a la espera de ser procesada por el sistema provoca los errores que permiten al extraño tomar el control. Pero si para algo parecía preparada la vicepresidenta era para lidiar con esa información en espera, ya se tratase de órdenes, peticiones, datos o aun de pasiones, excitación, desconsuelo. Decidido a jugárselo a una carta, había elegido el libro más nombrado en los viejos documentos de la vicepresidenta. Tenía, sí, un plan, pero aún le faltaba la entonación. ¿Mostrar timidez, desparpajo, un punto de chulería? Ella no me ve. Para ella sólo soy unos bits, unos cuantos caracteres.

La vicepresidenta no podía encontrar su nombre ni, desde luego, una fotografía suya, una imagen. Lo recordó porque necesitaba sentirse libre, incorpóreo, puntos móviles de luz en una pantalla. Te hablaré como si te conociera desde siempre. No sólo te vigilo, además estoy dentro.

En cuanto la vicepresidenta movió el ratón, el abogado se hizo con el dominio del puntero con forma de flecha y empezó a agitarlo de un lado a otro, saludaba. La vicepresidenta tomó el ratón y él le devolvió el control. Pero en cuanto ella lo dejaba, la flecha volvía a bailar. Hubo un momento de quietud. Luego la vicepresidenta le sorprendió: había abierto un documento y escribía:

—Hola.

El abogado replicó al instante, con una minúscula deliberada:

—hola.

—¿Qué quieres? —preguntó ella.

La risa del abogado sonó extraña dentro del Mini aparcado, excitada y nerviosa.

—mmm... —escribió parándose en cada tecla.

Vio una mirada divertida en el rostro de la vicepresidenta y una sonrisa apuntada. Luego el gesto cambió y Julia salió de foco. El abogado contaba los segundos como si algo estuviera descargándose primero e instalándose luego en la vicepresidenta, sin que él pudiera hacer nada a no ser contemplar los pasos sucesivos. Ella volvió y el abogado supo que debía retarla.

—tenías —escribió— desactivada la asistencia remota.

—Por seguridad —respondió ella—. Me dijeron que lo hiciese.

El abogado rió para sí: también has desactivado la cámara y te estoy viendo. Pero sólo escribió:

—la he activado.

—Sigues sin decirme lo que quieres.

—prestarte ayuda.

Había planeado esa respuesta. Quería ayudarla, sí, porque necesitaba que ella le ayudase. Aunque no sólo por eso.

—¿Qué me pedirías a cambio?

El abogado no dudó:

—te pediré «el mayor defecto».

Anda, es mejor si vienes. Lo que te espera si no, ya lo conoces. Miró por la ventanilla para no ver su cara. Cuando volvió a mirarla, la frase casi entera se había escrito sobre el monitor:

—«¡Dioses, dioses míos! ¡Qué triste es la tierra al atardecer! ¡Qué misteriosa la niebla sobre los pantanos! El que haya errado mucho entre estas nieblas...».

El abogado tomó el control para terminar:

—«... el que haya volado por encima de esta tierra, llevando un peso superior a sus fuerzas, lo sabe muy bien».

Ya estás al otro lado, murmuró el abogado para sí. No le extrañó el silencio, ni tampoco cuando, después de unos segundos, la vicepresidenta se dirigió al menú en busca de la opción de apagado. No obstante, se adelantó para hablarle una vez más.

—¿te vas? —escribió.

Ella le contestó: sólo un sí y un buenas noches; más que suficiente para dejar constancia de que tenían una vía de comunicación abierta.

La vicepresidenta apagó, en efecto, el ordenador; no obstante, él lo había programado para que volviera a encenderse media hora después. Quería seguir trabajando.

El abogado pasó la mañana siguiente en los juzgados inquieto; sentía que estaba tentando a la suerte. Si después del golpe de efecto del libro ella le buscaba sin encontrarle, gran parte de su poder se esfumaría. Pasaría a ser un sujeto, un simple sujeto que intentaba comunicarse con ella y no esa presencia omnisciente, ubicua, que había logrado sorprenderla y tal vez fascinarla. Ni por un momento debe imaginarme como un tipo cualquiera que roba horas a su jornada de trabajo y al sueño para visitarla. Necesito dos días más. Dos encuentros. Después impondré la regla de la noche.

El abogado había sintonizado un viejo netbook con el ordenador de la vicepresidenta y lo había llevado consigo. A intervalos, cada vez que podía, comprobaba que no hubiese ningún usuario conectado en casa de Julia Montes. Era desesperante y daba un poco de vergüenza. Pero estaba seguro de que la vicepresidenta iba a buscarle antes de la madrugada. No desde su trabajo, ella no cometería ese error. Sin embargo, entre una ocupación y otra podía hacer escala en su domicilio.

A las tres menos cuarto el abogado cerró los últimos asuntos y condujo hasta otra calle tomada. Había demasiado tráfico. Se conectó desde una de las wifis crackeadas días atrás. No había ningún usuario que no fuese él, descontrolado, adolescente, dejando su rastro cada diez minutos. Borró sus pasos y empalmó dos cigarrillos, se oían bocinazos de coches a pocos metros. Observaba a los peatones que pasaban cerca. Quizá son como yo, tienen una línea abierta con lo clandestino y sus caras mudas miran hacia un sueño postergado que se niega a desaparecer.

Había olvidado comprar un sándwich, pero era tarde, ¿y si ella se conectaba en ese momento? Siguió fumando; entonces la vio, el rostro apresurado, la orden de eliminar el documento.

—hola —escribió él como una exhalación.

Le pareció distinguir, aunque quizá se lo figuraba, un brillo soñador en sus ojos.

—¿vas a entregarme? —continuó el abogado.

Ella sólo miraba.

—los votantes quieren secretos. sueñan que sarkozy, zapatero o condoleezza rice tienen perversiones ocultas, una pasión devoradora o un plan...

Siguió escribiendo lo que él llamaba literatura. Según había podido averiguar, en el despacho de la vicepresidenta había una fotografía suya junto a un escritor. A los políticos les gustaban los libros, los políticos entregaban premios a los escritores, iban a sus entierros. Y aunque él era un vulgar abogado defensor de seguratas, un tipo que sólo durante un corto período se había atrevido a desafiar las reglas abiertamente para luego abandonar, encoger la columna, agachar la cabeza, a pesar de todo aún leía en su cama cada noche y se imaginaba siguiendo los pasos de quien dijo: «Yo quise conocer el otro lado del jardín».

—... soy tu secreto, ¿me expulsarás?

Ella le estaba contestando con las mismas armas. Revoloteas con tus palabras, sí, pero tú llevas demasiados años en eso que llaman el poder: tú pensabas y, mal que bien, lo que pensabas se hacía. Lo que yo he pensado, en cambio, sigue en mí.

—¿...Te has fijado en cómo tiemblan mis manos después de una comparecencia? —tecleaba la vicepresidenta—. ¿Y las heladerías? ¿Qué sabes de las heladerías?

El abogado vio a Amaya yendo al local de la organización, cansada, sabiendo que lo que ahora desde fuera llamaban «la izquierda minoritaria» estaba desarbolada, sin medios, sin unidad, y sin embargo seguía aguantando largas reuniones para preparar una acción con pocas perspectivas de poder llevarse a cabo: ¿qué coño le importaban las heladerías? Sé cauto. Sé paciente. Ella empieza a hablar contigo, agradéceselo. Dos puntos y un paréntesis. Luego los puntos suspensivos. Y luego el interés que no se finge porque en cualquier palabra puede habitar un comienzo.

—:)... ¿las heladerías?

Efecto conseguido, la vio esbozar una sonrisa. Después sacudió la cabeza y empezó a escribir:

—Todos imaginan mi cansancio, mi rictus de soledad, algunos llegan a imaginar el momento en que la resistencia cede y...

El abogado miraba cómo se sucedían las letras sin prestar demasiada atención. Ella sólo se estaba desahogando, más adelante podría repasar lo escrito, ahora debía concentrarse en el próximo movimiento. Tengo que avanzar, decirle que sé quién es.

—¿... Piensas que compraría juguetes sexuales en la red si pudiera no usar mi propia tarjeta de crédito? —terminó ella.

—sé muy pocas cosas —y escribió despacio—, vicepresidenta.

—Mi cargo, ya lo veo. El tono de mi voz. Las fotos publicadas. Las últimas medidas que aprobé.

—eso lo sabe cualquiera que lea la prensa y busque vídeos tuyos.

—¿Te conozco? —preguntó ella.

—no —escribió el abogado, no sin extrañeza, pues llevaba dos meses conviviendo de algún modo con esa mujer: yo sí te conozco.

—¿Me lo juras?

—sí.

—Pero qué importa, tu juramento no vale nada. Menos que nada. ¿Crees que soy una exhibicionista?

Tengo hambre —pensó el abogado—. Y aunque crea que lo eres, todavía no te lo puedo decir.

—no.

—Sin embargo, cualquier otra persona sentiría tu intromisión como una agresión impúdica, estás violando mi intimidad.

¿Por qué lo toleras? No es por esa chorrada de las heladerías. ¿De qué te arrepientes? Eso sí quiero saberlo. No podía hablarle así aún. Debía mantener su estatus incorpóreo, unos bits que aparecen y luego se van. Fue sincero sin aparentarlo y escribió:

—he corrido un riesgo...

Siguieron hablando y luego ella exigió una prueba.

—¿Cómo puedo estar segura de que no eres un periodista? —preguntó la vicepresidenta.

Vas rápido. Suponía que ibas a pedirme esto, pero ¿tan pronto? No importa, tengo la respuesta preparada desde hace días. Miraba la hora en la pantalla, la dejó avanzar y escribió su oferta: entrar en el ordenador de un periodista que ella eligiera. Si él mismo fuese periodista y ella le delataba, perdería el respeto de sus colegas.

—¿Tan fácil es entrar en otro ordenador?

Tan fácil, no, pensó mientras respondía. Ella se resistió:

—...Yo quedaría más comprometida que tú.

—¿quieres que sea yo quien elija al periodista?

—No he dicho eso.

—lo elegiré de todos modos.

Callas. Miras tus manos, ¿son como las de Pilatos?

—Me esperan, debo irme.

No, no creo que vayas a irte así, no es tu estilo. O tal vez te sientes acorralada, ¿por quién? Desde luego, no por mí.

Pero la vicepresidenta no se iba. Solas, las dos letras aparecieron en la página.

—No.

Entonces sí la vio levantarse, salir del cuadro. Durante un momento el color blanco de su blusa cubrió la pantalla entera. El abogado apagó su ordenador. Sentía una euforia cauta.

II

A principios de marzo, varias semanas después de su primer diálogo con la vicepresidenta, el abogado salió del metro y se dirigió al Retiro; como le sobraban quince minutos podía dar un pequeño rodeo entre los árboles. Le gustaba la luz de un cielo ceniciento que amenazaba lluvia. El parque estaba tranquilo, un guardia a caballo, una pareja de patinadores. Se sentó en un banco para fumar un pitillo. No había previsto que las cosas llegaran tan lejos. Había encontrado el primer documento con cierta facilidad. Hizo un poco de ingeniería social en el eslabón más débil de la empresa aeronáutica para conseguir direcciones de correo, después remitió un pdf a varios administrativos a la vez, y alguien lo abrió. El código malicioso se instaló con rapidez proporcionándole una entrada al sistema. Tras pasearse por la base de datos durante apenas dos horas, lo vio: el nombre de uno de los pilotos del avión siniestrado, y una lista de los partes que había emitido. Eligió lo más revelador y lo depositó en el escritorio de la vicepresidenta, «Regalo», sin tener todavía demasiado claro qué buscaba con ello.

Luego vino lo de dejarle un archivo mp3 con «Mother», de Danzig. Lo hizo como si se tratara de una firma, si yo pudiera elegir mi voz, y tú pudieras oírla, no oirías los tonos contenidos de este abogado, sino a Glenn Danzig, sus vocales densas, su timbre eléctricamente poderoso. La siguiente vez que hablaron ella había tapado el micrófono y la cámara. Aunque podía parecer un retroceso, él lo interpretó como un avance, quería decir que Julia había consultado con alguien, o que se había informado y había decidido salvaguardar su imagen física, pero mantener la relación. Ese día el abogado no hizo alusión alguna a la mancha negra sobre la cámara, no quería que ella tuviera constancia de que había estado viéndola. «no me ha gustado», dijo de su intervención. Y ella entró al trapo con ganas, como quien espera sincerarse con alguien cercano.

El abogado miró el rostro brillante de una mujer que pasaba trotando delante de él. Iba vestida con mallas negras y una camiseta de manga larga azul pálido; cruzó sin verle, ya se alejaba de nuevo. Sí, supongo que soy alguien cercano igual que esa mujer durante unos segundos, casi he podido oír su respiración. Los caracteres con que te hablo están a cuarenta centímetros de tu rostro, pero ¿eso basta? Días más tarde, de nuevo el abogado había ofrecido información a la vicepresidenta. Esa vez había sido incluso más fácil; en la mayoría de las empresas que gestionaban las residencias de ancianos los sistemas operativos permanecían sin actualizar, repletos de vulnerabilidades. Así, semana a semana, el abogado fue subiendo la apuesta.

Apagó el pitillo contra el brazo metálico del banco y lo guardó en el celofán de la cajetilla. Anduvo con las manos en los bolsillos del abrigo. Se sentía personaje, supuso que en la vida de cada persona habría momentos, incluso rachas, en las que se percibe el roce de lo excepcional, una mirada que observa la propia vida porque sabe o intuye que va a producirse el acontecimiento. Como si las cuentas de la vida no se sumaran una a una, sino que hubiera algo, un hecho, una acción capaz de redimir los años de minucias. Imaginarse dueño de un destino le hacía andar ligero. Había disfrutado siguiendo la agenda de la vicepresidenta y diseñando la vía de acceso para obtener documentos que le permitieran adelantarse a situaciones incómodas. Pero empezaban a faltarle recursos. A veces temía no estar borrando bien su rastro, especialmente en algunos sistemas. Y se le estaba acabando el arsenal, ese conjunto de vulnerabilidades que sólo conoce quien las ha encontrado y que al no haber sido reveladas no ha parcheado nadie.

Luego estaba el asunto de las copias: la vicepresidenta había impreso sus conversaciones para enseñárselas a otra persona. Julia había dicho que confiaba absolutamente en ese individuo, y él la creía. Pero las personas tienen carpetas, ordenadores, momentos en los que hacen las cosas sin pensar, y no siempre saben custodiar los secretos propios ni los ajenos. Él mismo, por ejemplo, había pedido un número de teléfono a la vicepresidenta. Le excitaba recordar los términos de la conversación:

—dame tu teléfono. por si acaso.

—Me extraña que no puedas conseguirlo.

—no tengo tiempo. me paso el día consiguiéndote cosas a ti.

—¿Para qué lo quieres?

—a lo mejor yo tengo problemas.

¿Por qué se lo pidió? ¿Acaso pensaba que si se agravaba la situación del chico de forma súbita y definitiva iba ella a escucharles, a acudir en su ayuda? Seguramente no, sin embargo se le había ocurrido la idea en aquel momento y se había dejado llevar. ¿Y si un día se dejaba llevar por el deseo de una cercanía diferente, tenuemente física, y la llamaba? Aunque esperaba no hacerlo, no ponía la mano en el fuego.

Un hombre con un perro negro caminaba a unos metros de él. El cielo estaba ahora más oscuro. El abogado salió del parque y se dirigió a una reunión casi clandestina con vigilantes de tiendas de ropa. No estaba bien visto que vigilantes contratados por distintas cadenas intercambiasen información sobre sus condiciones laborales. El marido de una de las vigilantes tenía un bar y les había cedido una sala en la parte de abajo.

Cuando ya estaba llegando, creyó ver a Amaya en la otra acera. En efecto, era ella. Si gesticulo con las dos manos gritando su nombre, me verá, a pesar de que vaya hablando con ese tipo. Y luego, ¿qué voy a decirle? El tipo le ha pasado el brazo por el hombro. El abogado sintió un latigazo no punzante, como una contractura, algo con lo que se había acostumbrado a vivir.

Crisma estaba en su cuarto, tumbado en la cama, vestido, mirando al techo. Se acurrucó de lado y levantó media colcha para taparse. Había lavado sus heridas con agua oxigenada. Le dolían los riñones, el pecho y el estómago, tomó dos calmantes y trató de dormir. Despertó con frío al oír el telefonillo. No había quedado con nadie. Tuvo miedo y se arrebujó aún más en la cama, quizá sólo fuera un vendedor. Pero el timbre sonó de nuevo. El dolor volvía con el movimiento. Anduvo despacio camino de la puerta y vio por la mirilla al abogado.

—¿Estás solo?

—Sí, claro.

—¿Por qué no me has avisado por teléfono?

—Estuve llamando, pero no contestabas.

—¿No te han seguido?

—No..., yo qué sé, no me he fijado.

—Pues fíjate, vuelve a la calle, date una vuelta como si te marcharas. Y luego vuelves, vigilando bien que no merodee nadie.

—Pero...

—Si no lo haces así, no te abro.

El chico se sentó con cuidado en la silla más cercana.

Sonó el teléfono. Se levantó sin pensarlo.

—¡Joder!

Dolía. Vio en la pantalla el número de su madre.

—Hola, mamá.

—Hola, ¡qué voz tienes! ¿Estás acatarrado?

—Sí, un poco.

—Pero vienes a pasar el fin de semana, ¿no?

—Pues no lo sé. Creo que tengo un poco de fiebre.

—Vendrá tu hermana.

—Ya, ya, casi seguro que voy.

—Eso es que no.

—Tengo mucho trabajo atrasado, y con la fiebre voy más lento.

—Llevas dos meses sin venir. ¿Estás bien, seguro? ¿Necesitas algo?

El chico llevó con cuidado el teléfono hasta el sofá, casi no llegaba. Se sentó y estuvo a punto de gritar de dolor.

—Claro que estoy bien. ¿Y vosotros?

—Muy bien. Tu padre tiene ganas de verte.

—¿Tú no? —intentó bromear.

—Venga... Llamaré el jueves otra vez, por si acaso...

—Nunca te rindes, ¿eh? Mamá, cuelgo, llaman a la puerta.

El chico alejó el auricular y lo tapó para suspirar hondo, no podía más.

—Vale, un beso.

—Muchos para vosotros.

Se tumbó de lado en el sofá, cada vez se sentía más mareado. Al rato tocaron de verdad al timbre.

—No he visto a nadie —dijo la voz del abogado.

—¿Y el portal? ¿Quién lo ha abierto?

—Antes estaba abierto. Ahora he entrado con una mujer rubia de unos cincuenta.

—La del tercero —dijo el chico para sí. Esperó un poco mirando al abogado. No parecía nervioso—. Te abro.

—Cada día más paranoico.

—Me han dado una paliza.

—¡Qué dices!

El chico se levantó la camiseta.

—No me han pegado en la cara, supongo que no quieren espectáculo, y necesitan que mañana vuelva a trabajar.

—¿Cuándo ha sido?

—Hace un rato.

—¿Los indios?

—Los tres que me lo han hecho no lo eran, hablaban un idioma eslavo, creo. Pero venían de parte de los indios.

—¿Te dijeron algo?

—Sí, el más bajo de los tres. «Ya sabes por qué es esto.»

—¿Qué puedo hacer?

—Necesito ir al médico —dijo, pero parecía señalar el aire con la cabeza.

Salieron de la casa, al llegar a la planta baja el chico no fue hacia el portal sino a una puerta del fondo. Entraron, el chico encendió una bombilla que colgaba del techo desnuda y bajaron cinco o seis escalones. El chico se sentó en el penúltimo, apoyándose en el brazo del abogado, gimiendo suave.

—Teníamos que salir de casa, por si acaso. Hay tres cuartos trasteros al fondo. No se usan mucho, supongo que ahora no vendrá nadie.

—¿Tan asustado estás?

—Hice una copia de las conversaciones. Todavía la tengo: eso es lo que me asusta, no me la han quitado.

—Entonces podemos utilizarla.

—No, ¿no lo entiendes? Saben que no voy a hacerlo. Si lo hago me juego la vida.

—Pero si te hacen algo, te pierden, y necesitan tu ayuda, ¿no?

—Esperarán a que termine de asegurarles la red de teléfonos sombra, no me falta mucho y lo saben.

—¿Has oído la copia?

—Sí. Por ahora hay siete teléfonos desviados. Ese día grabé cuatro, el subgobernador del Banco de España, un consejero delegado de un grupo de comunicación, otro de un banco y alguien del Ministerio del Interior. —El chico cerró los ojos, sólo quería dormir. Se repuso con esfuerzo—. Hablan de gestiones financieras, bancos, cajas de ahorro, favores pendientes, no sé bien, es una conversación en medio de otras. —Se dormía—. Tengo el pendrive aquí. Lo tenía en el bolsillo cuando me dieron la paliza, pero ha sobrevivido.

Se lo dio, era azul, con una tapa pequeña y transparente.

—Abre el archivo en un ordenador que no esté conectado a la red. Ten cuidado.

—Necesitas descansar. Te acompaño arriba.

—No puedes usarlo, no puedes hablarle de esto a nadie.

—Lo sé, lo sé.

El abogado se levantó, guardó el pendrive en el bolsillo y al acercarse al chico para ayudarle notó su piel fría y sudorosa. El chico estaba pálido, respiraba deprisa.

—Apóyate en mí —dijo el abogado.

El chico había cerrado los ojos y no le oyó.

—No te duermas. ¿Tengo que moverte o dejarte quieto? Joder, no me acuerdo.

El abogado puso la batería en su móvil, lo encendió y llamó a urgencias, le dijeron que dejara al chico de lado, con las piernas levantadas. ¿Cómo coño hago eso? Se quitó la chaqueta, apoyó sobre ella la cabeza del chico, se sentó al otro lado y le subió los pies a sus rodillas, y luego los subió más con las manos. El chico abrió los ojos.

—¿Qué pasa?

—Nada, te has dormido.

Sonó el teléfono.

—Lo tenías encendido —dijo el chico con voz débil.

—No, acabo de hacerlo. Es una ambulancia. Tengo que abrir el portal, sigue tumbado así, no te pongas boca arriba.

El abogado subió con el chico dormido a la ambulancia.

—Se está usted poniendo pálido —oyó decir el abogado.

—Me estoy mareando, lo siento.

—Pasa mucho —dijo el enfermero.

En el hospital lograron contener la hemorragia interna del chico y hacerle una transfusión a tiempo. Él le hizo jurar que no llamaría a sus padres.

—Han dicho que saldré pasado mañana. No corro peligro. Por favor, no les asustes por esto.

El abogado asintió. El chico cerró los ojos, el abogado estrechó su mano y, cuando la respiración se regularizó, se fue.

Era el mismo hospital adonde había ido con su madre tantas veces; enfrente, a la izquierda, estaba el edificio con la ventana baja enrejada. No quiso acercarse.

Cuando la vicepresidenta, vocalizando despacio, sin gritar, con una dureza helada, acusó al secretario de Estado de Inmigración y Emigración de haberse abandonado, haber faltado a su responsabilidad y haberse limitado a cumplir los mínimos, él apartó los ojos. La vicepresidenta siguió manteniendo la mirada, aunque sabía que se había excedido. Carmen, el secretario general técnico y su nuevo jefe de gabinete, todos parecían estar esperando que lo reconociera. Sería lo justo, pero no puedo. En un cargo como el mío, hay un número limitado de rectificaciones y disculpas. Si lo sobrepaso, estoy muerta.

El secretario de Estado de Inmigración se levantó.

—¿Necesitas algo más? —preguntó dolido.

—No, gracias. Puedes irte.

Ninguno se volvió para ver cómo salía pero de repente el secretario general técnico se levantó y salió detrás de él. Carmen la miró con calma.

—Tengo trabajo, nos vemos luego.

La vicepresidenta se quedó a solas con el nuevo jefe de gabinete. Echaba de menos al anterior. Habían pasado muchos años juntos, pero no podía recuperarle, se había ido fuera de España por motivos familiares. Manuel era más bajo que ella, eficiente, pero se limitaba a cumplir con sus funciones y, aunque era lo único que podía exigirle, no bastaba. Su anterior jefe de gabinete había sabido apagar los fuegos que ella encendía sin querer, había recogido los pedazos que sus movimientos bruscos provocaban. Y lo había hecho más allá de los juicios, porque ella a veces se equivocaba sin razón, pero otras veces su error era inevitable, una concatenación de errores anteriores que ella sólo podía frenar con brusquedad, y debía hacerlo, no podía permitirse poner la delicadeza por encima del atropello y la catástrofe. Le echaba mucho de menos. El poder del político, la atracción que despierta es sobre todo la que le confiere su equipo, no ser un individuo solo, no tener que buscar solo la información ni hacer solo las llamadas ni escribir solo las respuestas, entonces parece que somos mejores cuando únicamente somos un organismo de varias cabezas y cuerpos. Miró a Manuel como al refugio que sabemos no nos protegerá.

No voy a sacar el tema, ¿lo sacarás tú? Sí; reconocía esa forma de tragar saliva, todos los que se disponían a llevarle la contraria, a reprenderla, lo hacían igual.

—¿Estás preocupada? —preguntó Manuel.

—Como los demás.

—Lo entiendo, la tensión, pero...

—Pero nada. No podemos permitir que esa tensión baje, si vas por la calle y sospechas que alguien te sigue, que va a atracarte, no te puedes distraer un segundo. Necesitamos estar así, alerta al ciento veinte por ciento, ni siquiera un ciento diez bastaría.

—No estoy de acuerdo.

—Lo supongo. ¿Se sabe algo nuevo de las ayudas a Haití?

Su jefe de gabinete comenzó a hablar, ella asentía y escuchaba con la doble atención, alerta para detectar posibles problemas, y pensando a la vez. No debí haber sido tajante, tendría que haber conservado la ecuanimidad. Para no herirle y porque en esas cualidades radica mi fuerza. Al perderlas, me pierdo, me debilito. Si yo fuera el secretario de Emigración odiaría a quien me hubiese hablado como yo a él. Esto he ganado hoy, el odio justificado de un hombre atento, inteligente. Me quema por dentro, pero no te lo puedo decir. Nunca cuentes tus dudas a tus subordinados, no tienes derecho a hacerlo y ellos lo saben. ¿Quiere el paciente que el médico le pida opinión sobre el corte adecuado para no dañar el nervio? Esos profesores que preguntan qué nota cree merecer el alumno y le ponen la que dice, ¿le muestran respeto? No. Se quitan el muerto de encima. Si alguien me debe obediencia o está en mis manos, ¿cómo pretender hacerle partícipe de mis errores? Debo aguantar sola, para eso me pagan. La flecha no es un subordinado, con ella podría hablar.

Cuando el jefe de gabinete se fue, la vicepresidenta multiplicó el tiempo, siempre le pasaba; la tensión afinaba su puntería, el estómago encogido la hacía precisa y veloz. Pero por dentro algo se desfondaba, una caja inútil más, un nuevo barco hundido. Ahora que arreciaban las dificultades, con la crisis económica detrás de la puerta, desde los distintos ministerios acudían a ella. Volvían a necesitarla: ¿durante dos meses, cuatro, el resto de la legislatura? Precisamente cuando había tan poco margen de maniobra que ella sólo podría ser un pájaro de mal agüero. Sentía más que nunca sus propias limitaciones chocar contra la materia dura de la historia y fantaseaba con la autodestrucción como una vía de descanso posible: dejar caer al suelo su destino, apagarlo apretando la suela de su zapato contra él.

Siguió sacando cosas adelante, eso la tranquilizaba.

Al rato entró uno de sus asesores más antiguos.

—Acabo de pedir un té, ¿quieres algo?

—Nada, gracias.

Tenían cita para hablar de la nueva Ley de Libertad Religiosa, pero ella dijo:

—Tengo una consulta que hacerte.

—Tema.

—Relaciones Iglesia-Estado.

—¿Hay novedades?

La vicepresidenta sonrió.

—Es una consulta personal. Una opinión *off the work*. Y rápida, porque la reunión empieza en cinco minutos.

—Dispara.

—¿Qué tal te caía el hijo pródigo?

—Lo confieso: siempre me cayó mejor su hermano.

—¿Por qué?

—Él trabaja sin dar la lata, mientras que el hijo pródigo es un desastre. Aunque no me cae bien por eso sino porque le echan la bronca injustamente. El padre tiene derecho a matar un cordero cuando el hijo pródigo vuelve, pero también tiene que entender que el hijo mayor proteste porque su padre nunca ha hecho nada parecido con él.

—Según la lectura habitual, el hermano mayor debería haber trabajado con desinterés, sin esperar agradecimiento.

—Ya. No lo dirás por nosotros —replicó el asesor.

—No, a nosotros nos pagan. Pero eso no quita que no queramos ser hijos pródigos alguna vez.

—Puede que para ser hijo pródigo también haya que tener madera. Quizá no todo el mundo sirva.

—Sabes que nunca he creído en la madera, casi todo es voluntad, incluso la voluntad de dejar de tener fuerza de voluntad.

—Estoy de acuerdo pero, si lo hiciéramos, ¿no nos arrepentiríamos?

—Probablemente.

El abogado esperó al chico dentro del coche, junto a la puerta del hospital. El viejo Mini, asmático desde hacía unos meses, gimió con el apagado del motor. Enfermeras y médicos fumando, un abuelo con su nieto, un grupo de siete personas apiñadas, la pared de ladrillo, las puertas de cristal y la muerte amenazando con desplomarse sobre cualquiera. Salió, pues temía que el chico no le viese. Le sorprendió gratamente un frío limpio, cortante. Puede que nieve. Cruzó los brazos y se apoyó en el Mini. A ninguna de las mujeres con las que había estado le había gustado su coche, no tanto porque fuera pequeño como porque el hecho de serlo parecía indicar que no quería complicaciones.

A su manera acertaban, él quería una complicación, una sola e imposible. A veces deseaba no ver nunca a Amaya, no saber que existía y sobre todo no exponerse a sus gestos de afecto, a la ración generosa pero tan nimia, tan ridículamente escasa en comparación con lo que él estaba esperando. Amaya necesitándole, Amaya pendiente de un gesto suyo, Amaya mirando sus manos e imaginándolas sobre su cuerpo, Amaya buscándole en la tarde solitaria. Eso no iba a pasar, la ruleta de la vida había girado dejando a Amaya a varias cuadrículas de distancia y nada lograría acercarla a él. Y al cabo él iba por la ciudad dentro de su Mini como dentro de una cápsula espacial, como si así la soledad ocupara un espacio más pequeño. Pensó que se había acostumbrado a ir a recoger a la gente, y también ir a despedirla, y trató de pensar en el hospital como si fuese un aeropuerto y el chico llegara de un viaje. Allí estaba, sin carrito de las maletas, más delgado pero con la expresión relajada.

—¿Quieres pasar primero por tu casa, o vamos directamente a comer algo?

—Vamos a casa.

A los pocos minutos, el chico dijo:

—Nos están siguiendo.

El abogado vio un coche blanco por el retrovisor. No pudo distinguir quién conducía.

—¿Estás seguro? ¿Estarán también oyéndonos, o grabándonos?

—Podrían, no parece difícil abrir este viejo trasto. Vamos a pararnos.

—Ni se te ocurra —dijo el abogado.

—Ya se me ha ocurrido. Paramos y hablo con ellos. No tenemos nada que perder.

—La vida, ¿te parece poco?

—Dos amigos míos tienen un relato detallado de lo que ha pasado. Si hay micrófono, espero que lo estén oyendo. Si no, se lo voy a decir.

El chico se acercó al volante y pulsó la palanca del intermitente.

—¿Estás borracho? ¿Qué te pasa? —dijo el abogado.

Sin embargo, dobló por una calle más estrecha y frenó quedándose en segunda fila. El coche blanco aparcó detrás.

—Vale —dijo—. Tienes razón.

Salieron los dos a la vez.

El apoderado abrió despacio la puerta del Volvo blanco. Se movía con una dificultad mayor de la esperable en una persona de cincuenta y pocos años.

—Perdonen, pero tengo lumbalgia desde hace unos días. Es usted Eduardo Viteri, supongo —dijo tendiendo la mano al abogado.

—¿Y usted?

—Me llaman Irlandés.

El abogado estrechó la mano reticente. El chico se había quedado callado y cuando el Irlandés se disponía a hablarle, se limitó a hacer un gesto hosco con la cabeza convirtiendo en inoportuno cualquier otro saludo.

—Habría preferido que nos viéramos en un lugar más acogedor. De hecho, si me aceptan la invitación, no vivo lejos de aquí. No les oculto que en mi terreno yo estaría más cómodo.

—Por mí no hay inconveniente —dijo el chico mirando al abogado.

Volvieron al coche; esta vez el Volvo iba delante.

—Pasen a mi pequeño sanatorio de pájaros —dijo el Irlandés cuando salieron del ascensor.

Una nave apaisada, sin tabiques, hacía las veces de salón y despacho. En uno de los lados había dos tablones de madera consecutivos, sujetos por borriquetas. Y encima de los tablones, aviones teledirigidos, mandos, alicates, destornilladores, cables, circuitos, placas base, un microscopio, soldadores de estaño.

—Siéntense, por favor.

Dos sofás de color rojo oscuro flotaban en el centro de la habitación.

El abogado obedeció, el chico siguió de pie.

—Voy a beber agua —dijo.

—La cocina está ahí detrás —indicó el Irlandés.

El abogado se quitó el anorak azul marino y lo depositó sobre el brazo del sofá.

—¿Será tan amable de desconectar sus dispositivos electrónicos, cámaras y grabadoras especialmente?

—Señor Viteri, soy un caballero. Y ustedes, mis invitados. Presupongo que tampoco hay ningún artefacto en los bolsillos de ese tres cuartos, o en la hebilla de su cinturón.

—Lo hay —dijo el abogado—, pero no está encendido.

El abogado le mostró entonces un objeto con aspecto de memoria usb que ocultaba un micrófono. El Irlandés lo sopesó en la mano y se lo devolvió mirando al chico, que ya volvía y había elegido quedarse de pie, apoyado en el brazo del sofá.

—Empecemos —dijo el Irlandés—. Cristóbal, aka Crisma, trabaja para unos conocidos míos. Parece que les ha dado problemas, y que ellos también le han dado problemas. El resultado no ha sido bueno para nadie. En ATL están recelosos. Han aumentado el protocolo de seguridad, y están pensando en no renovarle el contrato.

—¿Conocidos suyos? Por favor, sea más preciso.

El abogado se obligaba a exteriorizar el malhumor que sentía. No hay por qué temerles, al menos de momento.

—Es usted un ingenuo —dijo el Irlandés.

El abogado intentó reír.

—Viniendo de usted, me temo que es un insulto.

—Lo es. —Y por el rostro del Irlandés cruzó un gesto súbito de indefensión, que desapareció al instante—. A ver si nos entendemos: el chico tiene que estar tranquilo. Tenemos un problema con unas actualizaciones y tiene que hacerlo bien. Pero no sólo bien. Tiene que hacerlo pronto. Conviene que le ayude. Él confía en usted, así que le queremos de nuestro lado.

—Si estoy con él y con usted, alguien podría relacionarnos.

—No, no lo entiende. Yo con usted no tengo relación, yo vivo en otro mundo.

—¿Para qué me necesita si vive en otro mundo?

—No me sea soplapollas. Supongo que ha oído hablar del palo y la zanahoria. Su amigo ya ha probado el palo. La zanahoria es dinero y tranquilidad. Ochenta mil euros para el chico, treinta mil para usted, gastos aparte si los hubiera.

—No sé cómo podemos llegar a un acuerdo si no somos iguales —dijo el abogado.

—No podemos. O aceptan nuestras reglas, o intentan irse. Ahí está la puerta.

—Yo no quiero el dinero —dijo el chico.

—¿Por qué no? —preguntó con indolencia el Irlandés.

—¿Qué más da? He estado pensando y no lo quiero.

—¿Y su cifra? —preguntó el Irlandés al abogado.

—Yo voy con el chico.

El abogado se encontró con la mirada del Irlandés, no parecía escrutarle ni tampoco entrevió burla; sí, en cambio, algo que le resultaba familiar. El poder que se define por comparación, supongo, él sabe que tiene más que yo, sabe que puede obligarme, y espera.

El abogado se levantó.

—¿El servicio?

Cerró y se sentó en la tapa del váter. Levantó los ojos buscando una cámara. Putos dispositivos conectados. Quiero mi vida, sin señales, sin satélites. Y pensó en ella, al otro lado de los cables, en su frases inalámbricas. Es imposible que sepan que te he encontrado.

Cuando volvió, el chico seguía apoyado en el brazo del sofá, callado. El Irlandés le daba la espalda y tecleaba algo en su móvil.

—¿Quién me asegura que nos dejarán tranquilos cuando esto termine? Sé que no estamos en condiciones de exigir. Pero no si no nos da alguna garantía, puede que el chico se quiebre, y yo con él.

—¿Garantía? ¿Qué quieres, un cheque, un contrato?

—Quiero que no vuelvan a seguirnos. No somos estúpidos ni vamos a salir huyendo. Pero si usted le pide a un médico que opere a su hijo a punta de pistola, puede que el médico se equivoque.

Otra vez el gesto de indefensión, como un destello. El Irlandés mantuvo el tuteo:

—Yo cuido mis instrumentos —dijo extendiendo la mano hacia las dos mesas rectangulares como si aquel conjunto de piezas metálicas demostrase algo—. Os dejaré en paz. Buscadme vosotros cuando tengáis algo para mí.

—¿Cómo?

—El chico sabe cómo. Buenas noches. Ahora no puedo acompañaros.

El Irlandés volvió a teclear en su móvil.

Volvieron al Mini sin decir palabra. El abogado condujo hasta un hotel con piscina cubierta.

—Ahora eres tú quien está paranoico —dijo el chico mientras el abogado miraba una vitrina de cristal con bañadores.

El abogado asintió con la cabeza y se dirigió al recepcionista.

—Deme dos —dijo señalando los bañadores sin nombrarlos.

—Estoy cansado —dijo el chico.

—Lo sé. Enseguida comemos algo y luego puedes echarte a descansar.

Se cambiaron en el vestuario.

Estaban solos. Tampoco había nadie en el patio exterior, al otro lado del cristal.

—¿Puede haber un micrófono en la ropa, además de en el coche? —preguntó el abogado.

—No creo.

—Pero ¿hay forma de comprobarlo?

—Hablaré con Curto. Tiene aparatos para detectar todo: localizadores, cámaras y transmisores. Aunque es un amigo, tendremos que pagar, los aparatos son caros, necesita amortizarlos.

—Llámale desde una cabina.

—No te preocupes, tenemos nuestros métodos.

—¿Por qué no has querido el dinero?

El chico miró hacia otro lado, como buscando a alguien detrás.

—Los putos ricos son libres, es lo que más me jode. Los putos ricos inspiran admiración porque se pueden permitir jugársela, decir que no, dejar un trabajo, qué más les da si no lo necesitan para vivir.

—Pero tú...

—Me vendría de puta madre ese dinero. Pero di, ¿cuánto tendrían que pagarme, que pagarnos, para justificar nuestras vidas? No un año de trabajo, ni dos, sino diez o más, todo el tiempo en que pudimos habernos vendido. Si fuera sólo el dinero, hace diez años que habría dejado de trabajar para ganarme la vida, y estaría trabajando para la espuma directamente, para esos tipos que pagan al Irlandés. No, Eduardo. Yo no quiero seguir con esto. Ya me equivoqué una vez. Si acepto es como decirles que no me están obligando.

El olor a cloro se hizo más fuerte cuando el abogado saltó dentro del agua caldosa. El chico ni siquiera había metido los pies, los balanceaba sentado en la tumbona, sujetando el asiento con las manos.

El abogado metió la cabeza bajo el agua. Buceó con los ojos cerrados. Cuando sacó la cabeza, el chico se había recostado y parecía dormido.

Habían abucheado al flamante ministro de Sanidad. Después abuchearon al presidente. Recordó los ojillos de Álvaro encendidos como el piloto de una cámara, grabando, sonriendo muy al fondo, y se rebeló contra ese casi inevitable sentimiento de revancha. Cada vez que abuchean a uno de nosotros nos abuchean a todos, decía la razón; se aferró a esa idea sabiendo que en la práctica nadie se guiaba por ella. Estaba en la terraza de su casa. Desde allí se veían dos estrellas, cinco si, como esa noche, el viento había barrido zonas de contaminación y nubes. También veía las luces de los coches doblar la esquina antes que los coches lo hicieran. Y algunas ventanas encendidas en los edificios cercanos. Pensó que podía estar asomado a una de esas ventanas: el hombre o la mujer que había detrás de la flecha.

Tengo que mirarle a la cara. Pero estoy en sus manos. Y no puedo denunciar esta intrusión porque me denunciaría a mí misma. Apagaré el ordenador. Lo desenchufaré. Fuera.

El frío le había atravesado la piel. Cerró despacio la puerta de la terraza, se dirigió al portátil y dio al botón de inicio. Qué absurdo, tener que dar al botón de inicio para apagar. La flecha no se interpuso y ella no vaciló. Eligió la opción de apagar el ordenador, esperó a que la pantalla pasara del azul al negro; luego lo desenchufó.

Refuerzo variable intermitente, en alguna parte había leído que ahí radicaba la adicción a las tragaperras y al correo electrónico, y a la flecha, había pensado ella, y a los focos del poder. Actos que no eran siempre retribuidos sino sólo a veces, sin que una pauta permitiera predecir cuándo. Pero ahora ya había una pauta: desenchufada, la flecha desaparecía. Guardó el ordenador en un armario: adiós, misterio; adiós, tristeza; adiós, pantalla.

La vicepresidenta se sentó en un sillón cuadrado, de anchos brazos y tapicería azul pálido. No se había quitado los zapatos; los tacones, que aun sentada la hacían parecer más alta, le infundieron confianza. Piernas cruzadas, manos extendidas, el cuello recto. Miraba al frente con serenidad. Al menos eso tenía que agradecérselo a la flecha: haber desconectado el ordenador le proporcionaba ahora una soledad distinta, recién estrenada.

—Joder, Curto, vaya susto me has dado. ¿No vivías en Barcelona?

—He vuelto, querido.

Crisma se levantó y dio un puñetazo leve en el brazo de Curto. Le había mandado un mensaje cifrado hacía una hora desde un cibercafé y ahora lo tenía ahí delante, frente a su pantalla.

Cualquier iniciado podía advertir que Crisma no estaba ejecutando una aplicación convencional; los colores de la interfaz, la tipografía de gran tamaño, un menú sui géneris, todo cantaba, chirriaba y parecía gritar: me ha hecho alguien para quien lo de menos es que mi apariencia se ajuste a unos estándares, luego seguramente soy una aplicación para ser usada por un solo usuario, luego: ¿qué demonios de aplicación soy? Por eso él siempre procuraba situarse de espaldas a la pared, y bloqueaba la pantalla al levantarse. Pero Curto se había acercado sin hacer ruido y él estaba cansado.

—¿Hace cuánto que estás aquí?

—Dos años.

—¿Y ni una llamada?

—Te recuerdo que os enfadasteis conmigo, por el programa que hice para el cuerpo nacional de policía.

—Los enfados se pasan.

—No me digas eso, hijo. Me creasteis tal mal rollo, especialmente tú, que lo dejé. Bueno, también empezaron a encargarme trabajos que no me gustaban un pelo.

Curto llevaba unas blanquísimas deportivas de baloncesto y un pantalón negro muy ceñido, sonreía.

—Ese programa que estás ejecutando..., ejem.

—Voy a cerrarlo.

El chico pagó y salieron a la calle.

—Bien, ¿para qué has hecho salir al genio de su botella? —dijo Curto.

—Un amigo y yo necesitamos tus servicios, detección de micrófonos, localizadores y demás contramedidas.

—¡Dios! «Crisma05: el regreso.»

—No me castigues, anda.

—¿Conoces el hacklab de Cuatro Caminos?

—No me van mucho los hacklabs —dijo Crisma.

—¿Por qué?

—No lo sé, Curto, hoy no tengo fuerzas.

—Nunca has sido perezoso. No me parece que hayas cambiado. Estabas hackeando a la una de la madrugada en un locutorio bastante cutre.

—Estaba ejecutando una aplicación creada por mí, nada más.

—Lo que hay que oír. Es viernes, no tienes cara de sueño, ¿por qué no te vienes al hacklab un rato?

—No, gracias, no quiero ver gente. Hoy no tengo ánimo para lo social. Y tú, ¿qué? ¿Has pasado de trabajar para el Ministerio del Interior a hacerlo para unos okupas? No tienes término medio.

—Odio el término medio, querido, lo sabes. Mira, en el

hacklab éramos tres. Y dos se han ido. O sea, que la parte social no te va a agobiar mucho de momento. Disfrutarías con el material que tengo.

Crisma le miró con interés.

—¿Qué material?

—¡Eres lo peor! ¡Se te ha iluminado la cara! ¡Eres un obseso total!

—Claro —rió Crisma—. Vas provocando. En serio, necesitamos que nos ayudes. Si dices que ahí no hay nadie podría avisar a un amigo.

—Esperaba violarte en mi cueva, pero si te empeñas, llámalo.

El taxi les dejó delante de un edificio modesto en un barrio de calles estrechas y casas pequeñas, con aceras mal terminadas, sin árboles. Al fondo del portal había dos bajos, entraron en el de la derecha. Curto abrió y dio la luz. Una habitación escueta, con una mesa, algunas sillas, fotocopias, carteles sobre un taller de mimo y sobre el Sáhara, un grifo con una pila para fregar en una esquina. Ni un solo ordenador. El chico miró a Curto sin entender. Curto reía. Crisma recorrió el cuarto con los ojos: ni un armario, ni un recoveco, cuatro paredes lisas, la mesa, el fregadero, ninguna otra puerta.

—Me rindo.

—No me decepciones.

Mesa, fregadero, sillas, puerta de metal, techo blanco con bombilla colgando, suelo de cemento, ventanuco que da al pasillo. Crisma miró de nuevo hacia el fregadero, se acercó y pudo distinguir un reborde débil junto a la pared.

—Caliente, caliente —dijo Curto—. Y ahora ven a mi pequeña Slumberland.

Tiró del grifo del falso fregadero y se abrió una puerta de poco más de un metro de alto. Curto pasó acuclillado, seguido del chico. La nueva habitación era más grande que la primera. Tres de sus cuatro paredes estaban cubiertas por estanterías de distintos orígenes y materiales que sostenían torres, portátiles, enrutadores, consolas, discos duros, algunos conectados entre sí y, a juzgar por los pequeños destellos intermitentes, funcionando. Apoyada en la cuarta pared había una mesa de madera con un PC discreto, uno de esos que podían costar doscientos euros en una tienda de segunda mano. Curto se sentó ofreciendo otra silla al chico.

—¿Qué hay? —dijo Crisma señalando el material.

—Bueno, veamos, tengo unos cuantos ordenadores haciendo autopsias, un bonito laberinto hecho con routers, antenas y repetidores, algunos servidores, un clúster con bastante capacidad de cálculo. Nada muy llamativo pero todo encantadoramente práctico. Ahí, en ese estante, están los detectores de micros, cámaras y frecuencias, es lo que andabas buscando, ¿no?

—¿En qué andas ahora? —preguntó Crisma.

—Dímelo tú.

—No puedo.

Curto encendió el PC.

—¿Te acuerdas de cuando empezamos? Yo a veces encendía el módem y me pasaba horas buscando vulnerabilidades sólo para llegar a un sitio donde hubiera alguien —dijo Curto—. Ahora es al revés. Uso los fallos de seguridad para llegar a un sitio donde estar solo, o casi solo. Para entrar en una oficina cerrada cuando es de noche, para pasearme por un despacho vacío del que muy pocos tienen la llave. Facebook, Twitter, clubes restringidos, hasta las más secretas listas de correos se han convertido en sitios llenos de gente, no puedes mover el codo sin empujar.

—Bueno, si es por estar solo, pregúntame. No necesitas ir a ningún lado. Te quedas en casa y cierras la puerta.

—Yo no tengo tanto valor, pequeño.

Crisma miró la pantalla en modo texto, sin iconos ni colores. Encima, sobre un estante, tres monitores de cámaras transmitían imágenes de la calle. Había una silueta familiar en uno de ellos.

—Eduardo —dijo Crisma.

—¿Tu amigo? Vamos a buscarle.

Estaba frente al portal contiguo.

—Creo que no me han seguido, pero he preferido esperarte aquí.

—¿Has traído el coche?

—Está aparcado unas calles más allá.

Curto había salido detrás de Crisma. Cerró con llave el local, atravesó el portal y se les acercó. Llevaba en la mano una pequeña bolsa de deporte. Con un par de aparatos comprobó que no había nada raro en el calzado y la ropa.

—¿Y si lo hubiera habido, si el chico hubiera llevado algo? —preguntó el abogado.

—No te preocupes, en mi cueva no funcionan.

—Pero sabrían que ha venido aquí.

—No sabrían que es aquí. Recuerda que detrás de los dispositivos hay personas, y no suelen querer perder mucho tiempo.

Condujeron hasta un lugar tranquilo y alejado del hacklab. Curto se quedó en el Mini, inspeccionándolo.

Unas decenas de metros más allá:

—¿Cómo vas?

—Bien, cansado —dijo el chico.

El abogado le miró, sus gafas fresa brillaban bajo la luz de la farola, seguía pareciendo un adolescente enclenque, desgarbado, aunque rondase la treintena.

—¿Crees que el olor del restaurante llegará hasta esa esquina?

El chico le miró pensativo, luego miró hacia el coche.

—Sí, será mejor esperar a que cierren. ¿Cómo está tu amiga?

—¿A cuál te refieres, a la antigua o la nueva?

—Ah... A la antigua.

—Bien, la echo de menos.

—¿Y se lo has dicho?

—Sí, bueno, no con esas palabras. ¿Y tú? ¿Estás con alguien?

—No.

—Como yo, entonces —dijo el abogado.

Curto se acercaba.

—No sé en qué andáis metidos pero ese coche tenía un micro en el retrovisor, y un localizador bajo el asiento.

—¿Los has quitado?

—No, por favor, soy un profesional.

—¿Entonces?

—Entonces, si los quito saben que lo sabemos. Os vais a meter en ese coche y vais a hablar como si no tuvierais ni idea de que se está grabando. Y cuando queráis ir a un sitio delicado, tiráis de taxi, metro o coches de amigos.

—El micro no llega hasta aquí, ¿no?

—No, qué va. Sólo dentro del coche. Fuera, justo al lado y con las puertas abiertas a lo mejor se oía algo, según el ruido de fondo.

—Muchas gracias —dijo el abogado. Y luego, al chico—: Tengo que hablar contigo de asuntos pendientes, ¿vamos a un bar por aquí?

—Sí, ¿te importa que venga Curto?

El abogado no supo adónde mirar. Le importaba. ¿Era exceso de prudencia?, ¿era eso una definición de la cobardía? ¿O era más cobarde callar y asentir?

—Hoy sí me importa.

—Tranquilos. Yo tengo que hacer. Algún día sí me gustaría que me contaseis en qué andáis porque, no es por nada, os veo un poco pálidos.

Curto se marchó contoneándose suavemente.

—He oído las conversaciones grabadas —dijo el abogado cuando entraron en el bar—. ¿De qué va esto?

—Sé lo mismo que tú, no he oído ninguna más.

Había un espejo horizontal detrás de la barra donde sólo

se veía el torso y las manos de los clientes. Pasaron al fondo, se quedaron junto a una mesa alta sin banquetas.

—No entiendo de qué tienen miedo. No hay nada en esas conversaciones que justifique una paliza como la que te dieron. Los bancos están presionando para quedarse con las cajas, y con parte del dinero que el Estado les dé, ha salido también en los periódicos. ¿Qué se supone que podrías hacer con eso?

—Es un pulso, Eduardo. Ellos me necesitan, eso no les gusta. A mí tampoco me gusta estar en sus manos. Intenté cubrirme las espaldas y eso les gustó menos todavía. Pero esta vez no habrá errores.

—¿Por qué te empeñas en rebelarte? Termina tu trabajo y te librarás de ellos.

—No, ya me engañaron una vez. Tú mismo acabas de verlo. El Irlandés no ha cumplido su palabra. Nos controlan. No quiero estar en manos de nadie.

—Lo que estás es mal de la cabeza. Tú solo contra esa organización: un gran banco, sicarios, empresas, ni siquiera sabes quiénes están detrás.

—Te tengo a ti —sonrió el chico.

—Se me olvidaba, conmigo al fin del mundo.

—Ellos me han buscado. El que ofrece siempre tiene algo que perder.

—¿Y tú no? Casi te dejan inválido.

—¿Crees que soy un enclenque, verdad, un chico solitario? Crees que soy lo que parezco.

—Aunque fueras el gigante de hierro. Dos personas contra cientos que a su vez tienen dinero, contactos, todo. ¿Qué pretendes hacer?

—Curto puede ayudarnos.

—Seríamos tres, eso cambia las cosas, ya te digo.

—Voy a conseguir algo que les obligue a dejarme en paz. Ya sé que me falta el aspecto. Incluso, supongo, la actitud. Pero a veces la actitud va por dentro, como la sangre.

—¿Algo como qué?

—Lo tengo bastante avanzado. Cuando esté acabado te lo digo. —El chico miraba su bebida al añadir—: Lo que siento es que también estés dentro.

—Olvídalo. Sólo estoy en el borde. Oye, me marcho, déjame que te lleve.

—No, gracias, prefiero quedarme un rato más aquí.

El abogado volvió a su casa incómodo dentro del coche. A mitad de camino se detuvo frente a un hotel. Pero no entró allí sino que retrocedió andando tres o cuatro calles hasta llegar a un cíber. Quería hablar con ella, aunque no supiera bien para qué. En menos de tres días había pasado de sentir angustia y rabia por la hemorragia interna del chico a encontrarse frente a una pregunta que en circunstancias muy distintas le había descolocado: ¿por qué los débiles son tan fuertes? Quería entender cómo se sostenía la determinación más allá del impulso momentáneo. Cómo la sostenían Amaya o el chico.

En el cíber comprobó con sorpresa que la vicepresidenta había cortado la corriente. No había ningún sistema al otro lado. Podía tratarse de una avería, pero casi le interesaba más que fuera una desconexión deliberada. Recordó su última conversación con ella, le había parecido notarla más cerca, como si no representase tanto y estuviera a punto de confiar. Por eso has desenchufado. Estoy acercándome, casi puedo tocarte.

Al día siguiente la vicepresidenta viajó a Barcelona. Llegó temprano bajo una lluvia intensa. Poco después de las once comenzó a nevar; a partir de las tres había cuajado en toda la ciudad y la nevada continuaba entre fuertes ráfagas de viento. Aunque el temporal había sido previsto, no podía aplazar la reunión con los dirigentes catalanes, y menos después de haber viajado a Andalucía para conocer sobre el terreno los daños de las inundaciones de febrero; su gesto se habría interpretado en clave política aunque tras él sólo hubiese habido cansancio, deseo de evitarse contemplar una vez más el caos. Porque si bien la tormenta era bellísima, aquella lentitud con la que todo empezaba otra vez, blanco, perfecto, le resultaba imposible contemplarla desligada de los problemas de gestión que no eran sólo números ni párrafos, sino vidas concretas desatendidas, hospitales aislados, servicios de autobuses suspendidos, la caída de un cable de alta tensión. Tuvo, en efecto, que combinar su reunión pendiente con algunas llamadas instando a poner nuevas medidas en marcha que no interfiriesen en el reparto de competencias. En aquel ir y venir, aun en contra de su voluntad, cada vez que sonaba el móvil esperaba oír la voz de la flecha o encontrar uno de sus golpes de efecto, incluso se alegró por un instante cuando tuvo noticia de un problema en la página web de vicepresidencia, deseando que hubiera sido ella. No tengo tiempo para esto.

Dejó de nevar a las siete; poco después abandonaba la ciudad blanca pero aún tuvo que pasar por Moncloa antes de volver a casa a la una de la madrugada.

Salió de la ducha dispuesta a acostarse, aunque sabía que no lograría dormir. Se lavó los dientes sin apenas mirarse en el espejo. Había recibido por dos vías diferentes insinuaciones sobre el puesto que podría ocupar si la apartaban de la vicepresidencia: un escaparate con nula capacidad ejecutiva. Le dolía que, con el barco hundiéndose, gastasen energía en luchas intestinas. El dolor se convertía en orgullo, y entonces: ¿por qué piensan que voy a conformarme? O quizá no lo piensan, quizá me invitan a hacerme a la idea. Desprecian mi experiencia. Confunden mi sentido de la lealtad con una sumisión adocenada e inútil. ¿Hasta dónde llegará mi poder? ¿Durante cuánto tiempo? Poco. Estoy cada vez más aislada, mi salud no es buena, me apartarán como a un mueble viejo.

La vicepresidenta se sentía relativamente afianzada en el gobierno pero sólo con vistas a unas semanas, quizá meses. Los acontecimientos se superponían y su dureza y dificultad aconsejaban al presidente no prescindir de quien, pese a todo, transmitía a los ciudadanos la idea de que el gobierno era algo serio. Y luego estaba la misión que le había encomendado. El presidente la necesitaría para hacerla efectiva. Realmente, no sé si soportaría dejarlo. Si unos intrusos intentan forzar la entrada de tu casa y tú eres capaz de estar ahí, sujetando la puerta, impidiendo que pasen, no deben apartarte, no tiene sentido que te releguen a un cuarto a preparar el café mientras la puerta se va venciendo y finalmente cede.

—¿quiénes son los intrusos? ¿el pp?

Supuso que eso le habría preguntado la flecha. Mientras preparaba la ropa que se pondría al día siguiente, respondió que no estaba pensando solamente en el PP. Porque, pese a todo, era más fácil enfrentarse al PP que combatir la inercia, una fuerza poderosa, una especie de masa geométrica que se desplazaba por el espacio invadiendo despachos, salas de reuniones, presionando las ideas y la imaginación.

Sin pensar lo que hacía se sentó en la silla frente a la mesa de haya, ahora sin portátil. Imaginó lo que habría contestado la flecha: ¿cuántos años llevas, Julia? ¿te acuerdas de cuando sólo tenías un pequeño cargo, cuando no eras más que una diputada, cuando fuiste subiendo? ¿recuerdas que entonces decías: no he podido hacer mucho, pero, bueno, a veces consigo alguna mejora, o leves modificaciones en una ley? has ido subiendo y sigues diciendo lo mismo.

Se dirigió al armario. Había guardado el ordenador bajo unas mantas. Tú ganas.

Lo enchufó, mientras esperaba a que arrancase se levantó para abrir la puerta de la terraza. Hacía fresco pero el viento era suave, el temporal de nieve quedaba muy lejos.

El chico atravesó una zona medio industrial, sin portales ni gente, cerca del metro de Ciudad Lineal, y cruzó luego junto al borde de un descampado. Había comentado con Curto la posibilidad de comprarse un puño americano, pero era un arma ilegal y podía traerle problemas. «Un boli, si tienes metálico mejor, aunque un boli Bic de toda la vida también sirve. Cualquier cosa puede ser un arma. A ver tus llaves. Cambia ese llavero blando por uno de metal», le dijo. El chico solía llevar en la mochila un juego de destornilladores para cuando encontraba ordenadores viejos en la calle y sólo quería tomar alguna pieza. Eran destornilladores pequeños, ligeros, pero añadió uno mayor con punta de estrella. Ahora lo empuñaba en la mano derecha. Al internarse por una calle empinada, oyó pasos detrás de sí y apretó el destornillador. No tenía miedo, pensó que la seguridad no se la daba el destornillador sino haber aceptado que podría tener que usarlo. Se dio la vuelta despacio. Un cuerpo ligero desapareció en el saledizo de una tienda de neumáticos. Siguió andando por la calle desierta.

Llegó al local que buscaba. En un cartel azul y blanco estaba escrito: «Servicio Técnico». No se sabía de qué, pero era el número 9 de la calle Iquique tal como le habían dicho. Crisma llamó a un timbre con los cables a la vista. Alguien abrió la puerta sin asomarse. Entró y la vio de pie, detrás de un mostrador, ante una estantería con ordenadores: una mujer de treinta y tantos o tal vez cuarenta años, melena corta, rojiza, los ojos claros, anchos los hombros, más baja que él.

—¿Vienes de parte de...?

—De Curto. El número es «05», la palabra: «mascarón».

—Bien. No es que me guste mucho jugar a las contraseñas, pero lo necesito.

La vikinga tomó una cuartilla de encima de la mesa.

—Escríbeme algo aquí. Mínimo seis palabras.

Crisma sacó su Bic y escribió: «Me parece bien que controles, aunque no se puede controlar todo».

La vikinga comparó la cuartilla con algo que tenía en un monitor. Una imagen escaneada de su letra, supuso Crisma, aunque Curto no le había dicho nada de eso, ni le había pedido que escribiera nada.

—Mi trabajo es controlar casi todo. El resto es cosa vuestra, los que además de saber queréis hacer. Yo ahí no entro.

La vikinga se agachó un momento y sacó una caja de cartón de debajo del mostrador.

—Aquí está lo tuyo, ¿quieres revisarlo?

Le señaló una silla y una pequeña mesa en un rincón.

El chico llevó ahí la caja. La vikinga encendió una lámpara verde que pendía sobre la mesa, y se fue al interior del local, detrás de las estanterías.

La mayoría de los objetos no tenía caja ni manual de instrucciones. El chico estuvo cacharreando un rato con ellos: un detector de cámaras, dispositivos de escucha diferentes, detectores de frecuencias, inhibidores. En silencio, el chico agradeció a Curto que le hubiera puesto en contacto con la vikinga. Las otras dos veces que había frecuentado tiendas de esa clase había encontrado a dependientes que parecían decir con cada gesto: sé que te has metido en algo turbio o no habrías venido a esta tienda, ahora estás en mis manos, yo puedo estar grabándote ahora igual que tú pretendes grabar a alguien. Miraban con medias sonrisas y no tenían ningún pudor en poner precios desorbitados como si uno tuviera que pagar no sólo por el objeto sino también por la vergüenza de estar comprándolo. Aquella mujer en cambio había desaparecido en la trastienda sin un gesto de displicencia. Y la factura que ahora examinaba el chico se mantenía dentro de lo razonable.

La vikinga volvió poco después.

—Curto te diría que hay que pagarme en efectivo.

El chico le entregó el dinero.

—No te doy garantía, pero si tienes problemas los primeros dos meses me lo traes y lo veo.

—¿Te vuelves muy paranoica con un trabajo como éste?

—Para nada. Algunos me compran cosas y por la poca idea que tienen sé que no las van a usar. Otros sí las usan, pero no va conmigo; además, yo sé protegerme. Y los de las «contramedidas»..., ésos hasta me dan un poco de pena.

—Como yo —sonrió Crisma.

—Tú vienes de parte de Curto, es otra historia. Me refiero a gente sola, que se marcha de aquí con una mochila llena de detectores de micros, generadores de ruido blanco, inhibidores de cámaras, y da toda la impresión de que lo que más querrían en este mundo es ser seguidos, grabados, espiados, pero nadie lo hace.

—Yo les entiendo, ¿nunca has querido que alguien te mire?

—Que te miren, vale, pero que te espíen es muy distinto.

—A mí no me parece tan distinto —dijo el chico.

—Pues ten cuidado. Por ese camino acabarás diciendo que los celos son amor. Aquí vienen bastantes celosos, son gente que te hunde la vida.

Al otro lado del mostrador, con la tabla por encima de la cintura, la vikinga parecía estar a bordo de un barco. El chico pensó que tal vez había huido de alguien celoso, que tal vez ésa era su segunda vida y había tenido otra y se la hundieron.

—¿De dónde eres? —le preguntó.

—¿Por qué quieres saberlo? —contestó ella con dureza.

—Pareces una vikinga.

—Soy de un pueblo de León. Y si te has imaginado que hubo un hijo de puta celoso que quiso joderme la vida, has acertado. Le pusieron una pulsera con gps y me dieron un aparato de escaneo para localizarle. Me di cuenta de que él había hackeado la pulsera. A los dos nos iban los ordenadores, de hecho teníamos una tienda con chips para consolas y toda la historia.

—¿Le denunciaste por hackearla?

—Qué más da. Él ya no vive en España. Y yo sé mucho de localizadores. Es mi hora del café. ¿Vienes?

El bar estaba cerca, el camarero sirvió a la vikinga un café solo sin preguntarle qué quería. El chico pidió otro. Se fueron a una mesa.

—No sé en qué andas —dijo la vikinga—, pero espiar es una mierda, y que te espíen, más.

El chico miró los rasgos suaves de la vikinga, daban ganas de besar esa piel. Recordó que había habido un tiempo, durante la facultad, en que los parques le pertenecieron y la irresponsabilidad maravillada. Desde entonces, el resto había sido prosa, término medio, anhelos sin cumplir.

—Ahora mucha gente se conecta para que la miren —dijo distraído.

—¿Por qué te empeñas en confundirlo? Mirar no es espiar.

—¿Seguro? ¿Quién se cree las opciones de privacidad de Google o Facebook? Da igual que marques o no la opción: si pones tu vida ahí fuera es para que la miren.

—Para que la mire quien tú quieras.

—Vale, vale. Oye, a mí me parece una putada lo que te hizo ese tío. Pero querer controlar a alguien es distinto de querer mirarle. No está mal que te miren. Yo perdí a una persona porque me miró. Y creo que hizo bien en irse. ¿Sabes cuando te dejas influir, cuando otros prueban a ver si sacan lo peor de ti y... bingo, lo han conseguido?

—Más o menos.

—Estás con un tipo que es más guay que tú, tiene más dinero, manda más. Y hace una broma estúpida delante de tu chica. No se está metiendo con ella sino con las chicas en general y te está tratando como a un colega. Entonces tú, o sea yo, te ríes, no de lo que dice, que ni te va ni te viene; te ríes porque él te está tratando como a uno más, con complicidad. Fueron dos veces. Todavía me sube calor a la cara cuando me acuerdo. Dos chorradas. Pero ella vio lo que yo estaba haciendo: arrastrarme. Me vio ir a por la pelotita, meneando el rabo como un perrillo. Y la perdí.

—¿Qué tiene eso que ver con que la espíes?

—No la espío, ni siquiera sé dónde está. A veces aprendes porque alguien te mira, eso es todo. Las contramedidas son por unos tipos que quieren obligarme a hacer algo, pero esta vez no. Paso de arrastrarme. Como esta gente es más fuerte, necesito estar protegido.

—¿Con unos detectores y un inhibidor? No vas a llegar muy lejos.

—Es tu trabajo, deberías venderlo mejor...

—Lo vendo bien. Y por eso te digo que no te confíes. Los materiales son buenos pero no te protegen de nada.

—Yo también soy bueno... en algunas cosas.

La vikinga rió.

—Dime una.

—No me intereso mucho a mí mismo. Eso me deja espacio libre, aumenta mi capacidad de procesar. ¿Tú te interesas?

La vikinga se encogió de hombros.

—Yo no doy tantas vueltas. Creo que la vida te va alcanzando y eso es todo.

—Me parece muy fácil. ¿Qué pasa con las consecuencias?

—No sabes cuáles van a ser.

—Algunas sí. A veces vivir es jugártela por algunas consecuencias.

—¿Has leído *El americano tranquilo*?

El chico negó con la cabeza.

—Trata de alguien parecido a ti. Alguien que creía mucho en las consecuencias, y acabó poniendo bombas.

—Siempre están con lo mismo: mejor no intentar nada, ¿no? Pero hay unos tipos que tienen el monopolio de nuestras consecuencias. Y resulta que la culpa la tiene quien quiere librarse de eso.

—Bueno, en este caso el protagonista que intenta algo obedece a los del monopolio, es un norteamericano encargado de hacer operaciones encubiertas en Vietnam.

—Ah, he visto la película. Pero el personaje guay es Michael Caine, ¿no?, uno de esos tipos escépticos. Caine va por ahí dejando, como tú dices, que la vida le alcance, y de paso dejando que otros, que también son los malos, porque se manchan las manos, maten al americano. Me cargan esos tíos desengañados que se follan a la novia del amigo y encima te cuentan su mala conciencia.

La vikinga sonreía.

—Tengo que volver a la tienda, un poco más y me convences. Si necesitas algo para tus consecuencias, avísame, en serio. Sé cosas que no vienen en el catálogo.

El abogado llamó a Amaya para pedirle prestado el coche. La llamó desde una cabina no lejos de su casa con la esperanza de que la entrega de llaves fuera también un pretexto para verse, pero ella le dijo que dejaría las llaves en un bar cercano. Antes de colgar le preguntó si todo iba bien sabiendo que era ridículo, que nunca iba todo bien. «Perdóname, Eduardo —dijo, y él se estremeció, pocas veces le llamaba por su nombre—, no te he dado las gracias: tu amigo y tú fuisteis muy efectivos, el de las fotos no volvió a molestarme. Ahora le han trasladado a una sede en Alcobendas.» Estuvieron hablando de eso, pues aunque el hombre se había marchado sonriendo, con esa misma sonrisa, cuando sólo ella lo advertía, le había sacado la lengua. Amaya no parecía muy preocupada, aunque sí había registrado el gesto. Pero no le pidió que quedaran en otro momento; el abogado se despidió con cierto desasosiego. Si hubiera sido otra persona habría insistido en verla, en revisar su ordenador y darle pautas de uso en el trabajo para evitar nuevos ataques de ese tipo. Pero con Amaya, con la persona a quien más deseaba acompañar, debía en cambio mantenerse distante para no agobiarla, para que ella no reparase en su deseo y la amistad no se viniera abajo. En la calle un mendigo pasó a su lado con una capa hecha de bolsas y periódicos. A unos cien metros del bar vio a Amaya saliendo de él, llevaba a su hijo de seis años de la mano. Por qué a veces se clava una silueta en la mente, y nos parece verla aunque no esté delante, por qué un cuerpo se clava en el deseo y no se nos olvida. La dejó ir. Entró en el bar y recogió las llaves.

Amaya tenía un Renault grande, azul metalizado. El abogado condujo con él hacia el este de Madrid. Cuando ya se había alejado bastante del centro, buscó calles tranquilas con edificios de varios pisos y empezó la caza de redes. Después de conseguir la primera clave, dejó un ordenador conectado a la espera de la vicepresidenta. Siguió buscando claves para otras sesiones, pues llevaba su tiempo hacerse con una y necesitaba creer que ella volvería a entrar en contacto.

Sabía que durante la mañana había estado en Barcelona, bajo la nieve. Pero al día siguiente muy temprano debía estar en Madrid, según indicaba la agenda del sitio de vicepresidencia. El abogado esperaba que regresara a casa esa noche y encendiera el portátil antes de irse a dormir.

A la una y veinte de la madrugada detectó actividad en su ordenador. Y casi enseguida:

—No sé quién eres, pero si estás ahí, contéstame: ¿cuánto margen de maniobra crees que tengo?

—tú dirás.

La vicepresidenta había tecleado despacio, como quien se visita, como quien habla solo. Cuando vio aparecer la réplica en su documento, temió por un segundo estar imaginándoselo. Dónde estás, cómo sabías que iba a conectarme, ¿tal vez sois muchos, varias personas en distintos horarios y lugares que se turnan? No, no, tu voz es una. ¿Cómo consigues estar siempre? Le habría gustado preguntar esas cosas. Parece que estás aquí para incitarme y me gusta. No perdamos el tiempo en hablar de nosotros mismos.

—Muy poco —respondió—, menos que uno, menos que cero con cinco.

—si tú no tienes margen de maniobra, ¿quién lo tiene? ¿quién escribe por ti?

—La inercia.

—¿la inercia de quién?

La vicepresidenta suspiró mientras tecleaba:

—De lo que ya está hecho, de lo que nunca se ha intentado, de lo que sería correr un grave riesgo electoral, de las habas contadas: no puedo pasar de tener un equipo de once personas a tener uno de quince, ni siquiera puedo hacer eso, no sé qué esperas de mí.

—después de ti, sólo está el presidente, ¿y me dices que no puedes hacer nada?

—Es así. Lo sabes. Estoy segura.

El abogado pensó que saberlo no importaba, la mayoría sabía que cualquier medida realmente nueva que imaginara un presidente sería cercenada por bancos, medios, directivas europeas, grandes empresas. Y sabiéndolo, entregaban su vida al paso del tiempo, resignados, sumisos. La pregunta que solía hacer la gente era por qué aun conociendo el mal no reaccionamos. Pero algunos sí reaccionan, algunos se rebelan. La pregunta no es siquiera por qué tan pocos, sino más bien qué han visto esos pocos o qué les mueve.

Tengo las piernas entumecidas, me gustaría cambiarme al asiento de atrás pero no puedo, ella está ahí, y no espera que le diga lo que pienso, espera un impulso.

—cada una de esas once personas bajo tu mando tiene su inercia, y dependen de otras que también la tienen. temen llevar la contraria, tener que esforzarse, temen empezar algo que no puedan terminar, poner en peligro el lugar conquistado, etcétera, ¿es eso?

—En parte.

—lo entiendo. por otro lado, no tienes mucho detrás de ti, los partidos carecen de militancia real. pero ¿valía la pena dedicar tu vida a ser una pieza más en la maquinaria que gobiernan otros?

—¿Quién la gobierna? Nadie lo hace. ¡Todo esto es metafísica barata! Hago lo que me corresponde lo mejor que puedo. Sirvo a los ciudadanos, cobro por ello, puede que sólo consigamos avances milimétricos y a veces sólo que las cosas no dejen de funcionar. Es lo que hay.

—si estás contenta con tus avances milimétricos, ¿por qué has vuelto?

La vicepresidenta se permitió escribir:

—Mmm.

Notaba cómo iba adueñándose de ella un ánimo distinto, juguetón. Haber desenchufado el ordenador un tiempo le hacía pensar que era ella quien convocaba; la intromisión de la flecha dejaba de serlo y todo el asunto se parecía más a hablar por teléfono con un amigo en los tiempos en que no era vicepresidenta. Ya no sentía planear tan cerca la amenaza, puesto que ella tenía el control de la situación, abría o cerraba la puerta.

—Somos una cabeza sin cuerpo. —Al verlo tecleado, la vicepresidenta sonrió sin querer, pensó que la flecha podía creer que estaba refiriéndose a la extraña unidad que ambos formaban—. Me refiero al gobierno. Suponiendo, en fin, que seamos una cabeza. Hay unas cuantas mentes brillantes por el mundo. Sin embargo, mentes políticas brillantes, mentes operativas, que sepan lo que hay que hacer y cómo, de ésas hay pocas. ¿Eres tú una de ellas? ¿O quizá crees que basta con redactar normativas sin tener los apoyos para que se cumplan?

—hablábamos de ti.

—No se puede hacer leyes en el vacío. Hay que saber que van a aplicarse.

—¿y derogar, por ejemplo, la ley 15/97?

—No hay presupuesto para mantener una sanidad pública en condiciones.

—no sé si crees lo que dices; sea o no verdad podríais intentar que las leyes básicas del estado fueran más defensoras de la sanidad pública y cerrasen escapatorias a las comunidades autónomas. evitar la creación de hospitales imaginarios que absorben el presupuesto y sin embargo no atienden realmente a la ciudadanía.

—Ya. ¿Eso era todo? Tú eliges esa prioridad. Otros tienen otras. En el gobierno procuramos ordenarlas. Es posible que nos equivoquemos. Pero lo que propones sería casi imposible de aplicar, menos aún en este momento, y lo sabes.

—si diseñaseis una ofensiva informativa, sindical y política, contando con varias comunidades fuertes...

La vicepresidenta apartó las manos del teclado y dejó de mirar la pantalla. No piensas mal, pero no contamos con suficientes comunidades autónomas, y lo tenemos difícil con los medios de comunicación. Yo también he elegido mi prioridad, no es mejor ni peor que la tuya, es más concreta, llevo más tiempo investigándola y quizá tenga más posibilidades. No atañe a los derechos humanos ni a la lucha de las mujeres, ni siquiera, en primera instancia, a los derechos sociales. Es sólo un disparadero, algo que te sorprenderá. Me gustaría contártela, pero he de obrar con sigilo todavía.

—¿Qué te parece más desolador: mirar a un crío y ver en sus rasgos y gestos al adulto vencido que será, o mirar a un adulto y ver en sus rasgos y gestos al niño que sigue siendo, desvalido, imprudente, fascinado?

—lo primero. ¿y a ti qué te da más miedo: el pp, los medios, el partido, los abucheos?

—La inercia. Ya te lo he dicho. Temo que si, al enfrentarla, algo se rompe, lo haga por el lado del más débil.

—entonces tendrás que hacer más fuertes a los débiles, y más débiles a los fuertes.

—Bravo. Es la tarea que he estado intentando llevar a cabo durante años, la violencia contra mujeres, la Ley de Dependencia, la emigración. No sé si te suena.

—hablas sólo de la primera parte. ¿y la segunda?

—Frenamos. Si no estuviéramos nosotros en el poder, los bancos tendrían más fuerza, y la Iglesia, las grandes empresas, y...

—frenos milimétricos. hay una inercia que no frena sino que hace avanzar la bola de nieve hasta que la convierte en algo destructor. ¿no has pensado que el abucheo de un día podría desatarse? ¿no temes eso?

—Con franqueza: no demasiado. ¿Cuánto hace que no ves fuerza organizada en este país? La chapuza no está sólo en la administración, está en todas partes.

—una colilla encendida en un sofá lo va quemando lentamente, nadie lo nota, pasan los minutos, las horas y entonces estalla el incendio.

—¿Y qué me dices de TUS incendios? ¿Quién eres? ¿Para quién trabajas?

El abogado echó de menos estar en su casa, se habría levantado a mojarse la cara con agua. La calle vacía, la extrañeza de hallarse en el coche de Amaya y el frío agradable de la noche creaban un halo que le separaba de ese mundo real donde un golpe puede romper el cuerpo. Tus preguntas se producen al ritmo del parpadeo del cursor y tal vez ahora mi silencio te desconcierta pero mientras tú te reunías, maniobrabas, ascendías, ejercías el poder, a mí eran los días los que me vivían. No voy a contestar.

—Así que callas. No puedo seguir con esto. Necesito verte.

El abogado movió el cursor.

—acabas de verme.

—No, no, necesito ver lo frágil que hay en ti. Bah, olvídalo, no me verás pedírtelo otra vez. Supongamos que los dos queremos mantener este juego. Bien: ahora me toca a mí. Alguien ha filtrado que Telefónica estaba dispuesta a comprar un grupo de comunicación muy por encima de su precio. Sé que no ha salido de mi gente, pero necesito demostrarlo. ¿Puedes decirme quién ha sido?

El abogado se incorporó. ¿Era una prueba, una trampa? Él quizá lograra averiguar quién había dado la noticia, a lo mejor podría entrar físicamente en el medio de comunicación; pero incluso accediendo al ordenador del periodista sería casi imposible encontrar algo que le llevase a la fuente.

—me pides algo complicado.

—¿No eres Dios? ¿Ni siquiera el Diablo? Si quieres mi mayor defecto, no voy a dártelo a cambio de cuatro papeles perdidos.

—veremos.

—Es tarde. Me voy a dormir.

La vicepresidenta se levantó. No le importaba tanto el dichoso asunto de la filtración como comprobar los recursos de la flecha, saber si podía actuar a requerimiento y no sólo según su gusto y posibilidades.

El abogado apagó su ordenador y el de la vicepresidenta. Siempre había imaginado que dejarse llevar por el peligro sería una especie de liberación, no pensar, entregarse. Pero era al contrario, tenía que pensar más, vigilar más, y estaba dispuesto.

Dos días más tarde, la vicepresidenta recibió la invitación de Julia y Luciano. Un viejo amigo uruguayo intérprete de tangos se detendría en Madrid de camino a Francia. Iban a cerrar un café, habría poca gente, ningún periodista, sólo amigos comunes, y ella estaba invitada. «Quiero música, maestro, se lo pido por favor, / que esta noche estoy de tangos...», las dos Julias recordaban aquel estribillo y una noche de hacía mucho tiempo. Prometió ir. Todos sabían que sus promesas estaban supeditadas a una agenda intempestiva de secuestros de barcos y gabinetes. Pero esa vez ya eran las diez de la noche y la vicepresidenta se cambiaba de ropa delante del espejo de su dormitorio. Necesitaba hablar con Luciano, por fin se había decidido a entregarle su informe y esa noche esperaba conocer su opinión.

Se quitó los pendientes largos con hastío. Creen que no sé que son absurdos, creen que me los pongo con ingenuidad y desapego, como si estuviera convencida de tener treinta años. Claro que sé que hay una brecha entre mi atuendo y mi cargo. Entre mi edad y mi atuendo. Entre mi atuendo y mis palabras. Me querrían de gris perla, con faldas discretas de San Sebastián. Me querrían con un toque clásico y chic y de clase, pero discreto, siempre discreto. Mi libertad sería no salir disfrazada a las ruedas de prensa, no entrar disfrazada en el Parlamento. Pero no tengo ese poder y si hay que disfrazarse entonces, por lo menos, elijo, que sepan que no estoy completamente ahí, que llevo una armadura y a veces ni siquiera voy dentro. Desde la oposición dicen que estos pendientes y estos colores me hacen perder credibilidad. ¿Y a quién le importa hoy? Si nuestras manos están atadas, sólo el silencio sería verdaderamente creíble.

Falda negra, jersey de cuello alto blanco, medias negras y una gabardina marfil. «Quisiera que me encontraran / bailando como yo bailo, / poniendo el corazón, / metido en la canción, / y entiendan que esta noche estoy de tangos...», la vicepresidenta cantaba con los ojos brillantes, sabía que en algún momento hubo un desvío: la mujer de colores ascendió al gobierno mientras que la otra, la mujer en blanco y negro, se encaminó hacia una vida transgresora de pasos en la noche, a veces agitando banderas imposibles como si hubiera paraísos, o un lugar muy distante de la resignación. Esa mujer de tinta le insuflaba la pasión que otros creían intuir en sus ojos con paisajes barridos por la luz.

Le habría gustado ir andando y sin escolta, pero no podía permitírselo, no durante esa semana en que había vuelto a recibir amenazas junto con varios altos cargos del gobierno. Llamó al timbre del café cerrado. Al fondo estaban Luciano, Julia y el amigo uruguayo, la vicepresidenta se sentó con ellos. Durante un rato hablaron sólo de las letras de Homero Expósito, una conversación inútil y tal vez antigua que le hizo bien, luego el uruguayo subió a una tarima negra y empezó a cantar. Al poco, Julia se vio sorprendida por un picor en los ojos y apartó con disimulo dos lágrimas incipientes: «¡Amor, la vida se nos va, quedémonos aquí, ya es hora de llegar!». Era de todo punto inapropiado, pero al oír la canción no había evocado amores pasados, ni amigos y amigas que hoy la acompañaban, ni siquiera a la persona a quien más había querido y que ahora estaba muerta. Había pensado en cambio en unos caracteres dibujados en la pantalla de su ordenador, en una flecha a la que seguía sin poner cara ni cuerpo y no siempre le importaba; a veces sí intentaba imaginar la voz, a veces ni eso.

Cuando terminó el recital, la mujer de Luciano se fue a otra mesa con el intérprete.

—Le he pedido a Julia que nos deje solos un rato, tengo que hablar contigo —dijo la vicepresidenta.

—Lo he leído.

—¿Y...?

—No imaginaba que el presidente fuese a pasar a la ofensiva de este modo. Pero ten en cuenta que estoy viejo. Cuatro de cada cinco cosas que me consultes me parecerán arriesgadas o cobardes por un motivo u otro. Ya no soy un político.

Julia se estremeció al oír la palabra «cobarde». No podía ser Luciano, pero nadie la conocía mejor. Negó con la cabeza, no, es imposible. Luciano estaba cargando su pipa y no vio el gesto. Sin mirarla aún dijo:

—Es imprudente y descabellado, pero magnífico. Te apoyaré cuanto pueda.

Hablaron durante cuarenta minutos como si no hubiera café ni música ni nadie a su alrededor. Hacía unos meses, el presidente le había pedido que diseñara un plan para la integración parcial de las cajas de ahorros en un sistema de banca pública. Lo importante, dijo, era reducir el poder económico y político del sector financiero, que estaba empujando para desmantelar el estado del bienestar. La iniciativa quedó sepultada entre decenas, el presidente rara vez le hablaba de ella aunque no parecía haberla olvidado. Ella la tomó como lo más querido y lo mantuvo en secreto. Nadie debería saber en qué estaba trabajando. Pidió a su antiguo jefe de gabinete que le buscara dos asesores económicos, jóvenes, desconocidos y serios. El resto lo hizo ella sola. Había estudiado algunas noches hasta el amanecer. Había leído en los viajes, había mantenido citas con los dos asesores pretextando siempre motivos personales. Pero terminó de redactar el primer borrador del informe durante la gran embestida de la crisis económica. Entretanto, la presión de los bancos para dar luz verde a la bancarización de las cajas fue en aumento. El presidente no impidió que se aprobara el cambio de naturaleza de las cajas y la consiguiente posibilidad de ser adquiridas en parte por los bancos, quienes aumentarían así su cuota de mercado. Una derrota más, que fue fácil justificar por la debilidad financiera de las cajas. Ella habló con él, ¿qué pasaba con la iniciativa de la banca pública, no habría sido la mejor forma de atajar los problemas? Defendió que, pese a todo, aún estaban a tiempo de convertir las cajas, casi el cincuenta por ciento del sistema financiero español, en un punto de apoyo para la transformación social. Y el presidente pidió a Julia que siguiera adelante con el informe. Si al final lo sacamos adelante, dijo, tendrá que ser de la noche a la mañana, por sorpresa, no podemos hacerlo poco a poco.

—¿Cuándo se lo tienes que entregar al presidente?

—Dentro de una semana.

—Y tus escarceos informáticos, ¿cómo van?

—No mal. Creo que pueden sernos de ayuda en algún momento. ¿Lo soportarás?

Luciano suspiró con malicia.

—Si me aseguras que no es nadie que pueda estar al tanto de esto.

—Sólo tú lo sabes. Ni siquiera las dos personas que han estado asesorándome conocen el objetivo último.

—¿Y de tu equipo?

—Aún no he hablado con nadie. Te esperaba. Convocaré pronto una reunión. Quiero que vengas.

—Iré —dijo Luciano.

Julia besó a Luciano en la mejilla, luego fue a despedirse de su tocaya, quien la acompañó a la puerta.

—¿Te acuerdas de cuando tenías la moto grande, y me llevaste a dar un paseo por la Castellana? —dijo la vicepresidenta.

—Hace mil años, sí, pero me acuerdo, era un puente, era de noche, la calle estaba casi vacía. ¿Sabes que he tenido que dejar de ir en moto?

—¿Por qué?

—La rodilla. Este último año iba en Vespa, pero tengo problemas en una rodilla y no me estaba sentando bien. También le prometí a Luciano que la dejaría al cumplir los sesenta. Aunque en verano sí me daré un paseo y puedo volver a llevarte.

—Me gustaría, sí. *Vacaciones en Roma* de las dos Julias, y sin escoltas.

El Irlandés llegó a la puerta del Ministerio del Interior a las nueve de la noche. Pasó un control de seguridad, luego un policía le acompañó por un pasillo hasta el ascensor y subió con él al segundo piso.

—Vendrán aquí a buscarle.

El policía le dejó solo frente a un pasillo largo con puertas a los lados, de las cuales sólo dos parecían guardar habitaciones encendidas. Otro ascensor se abrió, una mujer le hizo señas. El Irlandés entró y subieron a la planta cuarta. La mujer le indicó desde un nuevo pasillo: es el último a la derecha. El Irlandés ya había estado allí en tres ocasiones. Tamborileó sobre la puerta entreabierta. Aquello no era más que un despacho vacante, a la espera de ser asignado a una nueva persona o función. Pero todos parecían haberse olvidado de él y el ministro lo utilizaba como un lugar donde estar solo o tener cierta clase de conversaciones. Había puesto una silla junto a la ventana y estaba allí, de espaldas a la puerta. No se inmutó al oírle entrar. El Irlandés miró por el cristal un momento, sólo se veía una calle estrecha y algo de cielo. Una vez sentado, en cambio, la luz de las farolas más abajo y la incipiente oscuridad producían la sensación de estar en cualquier parte.

—Tú dirás, Irlandés.

—Se están moviendo cosas. Ya sabes, con la crisis te das la vuelta un momento y cuando miras otra vez ya nadie ocupa su sitio.

—La crisis..., ¿o habrá que decir el pretexto perfecto? ¿Qué tienes?

—Dos recados para tus amigos del periódico. Uno: tienen que vigilar mejor a sus enemigos. Los favores al gobierno no se filtran, y si se filtran ya no son favores. Dos: sabemos que tienen una oferta que beneficia más a un sector de la empresa. Allá ellos con sus peleas internas. Pero les conviene reservarnos una parte del pastel. Porque podemos ser muy vengativos.

El Irlandés sacó una cajetilla y le ofreció al ministro. Cada uno se encendió su cigarrillo.

—¿Habéis hablado con ella?

—¿Con...?

—Julia.

—¿Lo dices por nuestro encuentro en la recepción del otro día? Fue casual. Ella está al margen de este asunto.

—... Tengo bastantes datos para pensar que la filtración ha venido de ella, aunque no puedo probarlo.

—Es una insinuación relevante. —La sonrisa del Irlandés atravesó la penumbra y desapareció antes de tocar los ojos del ministro.

—Julia lo niega. Sin embargo, me consta que la filtración

salió de vicepresidencia. Y no es el único movimiento raro que le he visto últimamente.

—Tú dirás.

—No es que quiera reservármelo, pero aún no tengo claro a qué juega.

—Te agradezco la información de todas formas.

—¿Cuándo esperas que hable con mis amigos?

—Mañana.

—¿Debo citar tu nombre?

—Mi nombre no existe —rió el Irlandés—. Yo sólo soy el apoderado.

—Creo que ellos ya saben que hay deudas pendientes. Y tú sabes que lo saben.

—El medio es el mensaje. Tú eres el medio y nos harás este favor.

Terminaron los cigarrillos en silencio.

—Irlandés, ¿puedo pedirte algo... personal?

—Creía que en tu vida no había nada personal.

—Los enemigos pueden llegar a ser muy personales.

El Irlandés aprobó con un gesto.

—Hay un viejo enemigo mío, Luciano Gómez. Sé que parece estar retirado, al margen de las batallas. Pero no creo que Luciano se vaya a retirar del todo, y me han llegado noticias de que Julia ha ido a verle más de una vez.

—¿Quieres que mire sus cuentas?

—No, no encontrarías nada. Quiero que te ocupes de él, saber a qué se dedica, si está metido en algo.

—Pediré informes. Permítame una impertinencia: ¿por qué no pides tú directamente sus conversaciones?

—Más que una impertinencia es un error: el poder no puede derrocharse, ni pueden ponerse todos los huevos en la misma cesta.

—En ese caso, estaré encantado de obsequiarte con unas semanas de la vida de tu viejo y gastado enemigo.

—Sería perfecto. Gracias.

El Irlandés se levantó.

—No te acompaño —dijo el ministro.

—Ten cuidado, la soledad ablanda.

—Se nota que eres de secano, Irlandés. Yo, ya ves, tengo nostalgia del mar.

El Irlandés salió de la habitación. Unos metros más allá le esperaba un policía. Aún se volvió un instante para mirar a través de la puerta entreabierta las dos sillas frente a la ventana y en una de ellas el perfil recortado del ministro, quieto, lejano.

Minutos después el ministro se levantó. Le divertía el juego, *Nuestro Juego*, pensó recordando el título de Le Carré. ¿Cuánto sabía el Irlandés de lo que había pasado? ¿Podía suponer que había sido él quien había instigado la filtración? Podía, pero de momento no tenía motivos para imaginarlo. Salió de la habitación y se dirigió a buen paso a su domicilio. Por lo general prefería vivir en el ministerio, sólo a veces, como ahora, tenía ganas de pasear fuera, por el recinto amigable y silvestre de su antigua urbanización. Saludaba con un gesto afable a los funcionarios que aún estaban en el ministerio. Le gustaba ser encantador, apretar manos y brazos, mirar a los ojos, recordar asuntos particulares y hacerlo saber: ¿qué tal va tu muela? ¿Cómo está tu nieto? Fui a Pamplona y te he traído esos caramelos de café que te gustan. No se prodigaba, no preguntaba ni se acordaba siempre. Pero a veces sí lo hacía y eso creaba expectación y dependencia. Igual que la arbitrariedad. Igual que llegar a una reunión y dedicar una atención especial a una persona anodina, ni siquiera la más anodina, la más vulnerable, la menos importante, sino la segunda menos importante, ese asesor tímido, esa subsecretaria mayor y callada, convirtiéndolos en estrellas por una tarde mediante sus comentarios, sus bromas, su interés. «Ministro del Interior», a veces se repetía la expresión con extrañeza, si se apartaba el contexto policial sonaba a sacerdote o psicoanalista, mientras que a él en absoluto le interesaba el mundo interior de los individuos, sino la extroversión, vivir fuera, tocar y prolongarse, extender telarañas, ramificaciones, si bien no siempre, desde luego, a la luz del día.

Abrió la puerta de su casa. Su mujer estaba de viaje y él puso en el reproductor de cedés a Wynton Marsalis. A ella el jazz la dejaba fría, también a él, pero el ministro no quería la música para sentir ni emocionarse evocando quién sabe qué clase de fantasías, sino sólo para disfrutar de una imperfección perfecta o viceversa, sonidos organizados en un equilibrio inestable que cumplían una función estimulante, como el desayuno con café.

Guardó unos papeles en un cajón de su mesa de trabajo, se deshizo de otros. Se divirtió recordando su conversación con el Irlandés. Él había advertido en Carmen una inestabilidad, algunos gestos, algunas ausencias. Y entonces le llegó la información, sin que siquiera la hubiera buscado, aunque ciertamente varios comisarios sabían de su interés por cualquier situación inconveniente. Supo así que sobre la actual pareja de Carmen pesaba una denuncia de malos tratos de su cónyuge anterior. Aún no podía asegurarse que la denuncia fuese a prosperar. Pero, si se enteraban, los medios no esperarían y él no quiso dejar de jugar esa baza. Convocó a Carmen, le habló de responsabilidad, del escándalo que supondría para la vicepresidenta el que alguien tan próximo estuviera implicado en un asunto de violencia de género. Carmen no estaba implicada, por supuesto; sin embargo, a todos los efectos era como si lo estuviese. Ni siquiera intentó argumentar algo, distanciarse.

—Tú puedes evitar que esto se sepa.

—Claro, haré todo lo que esté en mi mano —había sonreído él transmitiéndole afecto y comprensión.

Carmen era inteligente y no se fue en ese momento. Él tampoco la hizo esperar. Le pidió que se encargase de la filtración y que mantuviera a Julia completamente al margen. La jugada era perfecta: si la filtración salía de vicepresidencia, el sector del grupo de comunicación interesado en que la operación fracasara ganaría tiempo sin atraer miradas. Por supuesto, él se guardaba todas las cartas y el derecho a rentabilizar ese favor más adelante. Además, ya por su cuenta, utilizaría la maniobra para crear desconcierto y preocupación en Julia, necesitaba debilitarla más; aunque desde distintos sectores estuvieran cavando su tumba, Julia era fuerte.

Carmen había hecho el trabajo con limpieza y él la había correspondido ocupándose de que la denuncia se quedara estancada. Estancado, sin embargo, era distinto de archivado, Carmen lo sabía. En el agua estancada habitan criaturas que inspiran lástima pero también temor. Siempre he pensado que yo era Roma, Julia. Roma la que paga traidores para tenerlos en su mano y para desprenderse de ellos sin un gesto. Pero a veces me siento viejo, entonces pienso que quizá soy sólo una criatura de los pantanos, un escorpión de agua, pequeño y oscuro. Y si yo fuera Roma, Julia, tú serías Numancia, cercada por fosos y empalizadas que he mandado construir.

El abogado tenía cientos de fichas de vigilantes de seguridad. Estuvo estudiándolas, cruzándolas con listados de empresas y clientes antiguos. Pasadas las dos de la madrugada encontró una relación entre la empresa encargada de la seguridad de ATL y el hermano de un vigilante a quien él había defendido. Le llamaría al día siguiente. En cuanto a la consulta de la vicepresidenta, no podía contar con el chico para el encargo de la vicepresidenta, estaba absorto en su propia batalla y hacía bien. Pero necesitaba ayuda para averiguar de dónde había partido esa filtración.

El ascensor olía a tabaco, salió al garaje directamente, imaginó la presión del cañón de una pistola en su costado y también golpes. No había nadie y sintió cómo pesaba el silencio, se vio a sí mismo arrancándose la camisa, volcando su vida ordenada en un contenedor, es cansancio, es que tengo sueño. Sin embargo, no condujo hacia su casa. Necesitaba ayuda y pensaba que Curto podía dársela. Condujo hacia su local. Aparcó algunas calles más allá y anduvo hasta quedar frente a una de las cámaras. Braceó con las dos manos.

—Curto, ¿estás?

Se apoyó luego en un coche para fumar. Si en ese momento hubiera podido aparecer en cualquier parte habría elegido el bar del hombre que coleccionaba bufandas: ir allí, como si siempre se tratara de esquivar el futuro y volver a empezar en otro escenario, con otro interlocutor. Arrastró un cubo de la basura frente al portal de Curto, lo tumbó en el suelo y se subió encima. A unos dos metros y medio, camuflada dentro de una vieja caja de cables como las de Telefónica, estaba la cámara. Abrió la caja con cuidado, la extrajo y comprobó que tenía micrófono integrado. Habló deprisa pero vocalizando: «Curto, soy el amigo de Crisma, si estás ahí ábreme, he venido solo», luego sacó la lengua a la cámara y volvió a ponerla en su sitio. Bajó del cubo acompañado por el ruido de un motor que se acercaba. Cuando el coche pasó frente a él le encontró sentado en el cubo, fumando.

Curto no estaba, o no abría. El abogado pensó en esa cámara que ahora estaría retransmitiendo su cabeza y el pulso lento de la brasa del cigarrillo. Sintió un poco de vértigo, como si las vidas pudieran mezclarse, convertirse en bits y disolverse en un océano radioeléctrico donde todos los pensamientos habrían sido dichos, y las imágenes y las sensaciones. ¿Qué era entonces lo que quedaba? ¿Qué me hace diferente? Puede que nada, quizá no haga falta ser distinto y baste con zambullirse en ese caldo de voces, frases y fotografías. Pero también en ese caldo se ejerce el poder. Lo único que me pertenece de verdad, lo que me da fuerza para llevar a cabo actos que otros no harían es una mezcla de técnica y miedo vencido. ¿Estoy dispuesto a poner en juego el cuerpo igual que ha hecho el chaval?

El abogado levantó el cubo. Técnica, murmuró, y volvió al coche, tenía en el maletero una ganzúa eléctrica que le había regalado uno de sus vigilantes. También le había enseñado a usarla. Abrir el portal fue fácil. La puerta del local le llevó, en cambio, más de veinte minutos. Entró en una habitación que parecía una celda, una mesa, varias sillas, un grifo con una pila para fregar en un rincón. Era el bajo de la derecha, estaba seguro. Se sentó, tenía sueño y se apoyó en la mesa, la cabeza entre los brazos. Poco después, como si viniera de otro mundo, oyó el baile irregular, inconfundible, de unos dedos sobre el teclado. No podía ser en otro piso, era ahí cerca. Se levantó, el sonido venía del fregadero. El abogado abrió el grifo pero no salía agua. Entonces empujó el grifo y con él se abrió una pequeña trampilla.

Al otro lado, sentado frente a un portátil, Curto habló dándole la espalda:

—No ha estado mal, un poco lento.

—Joder, tío, has tenido que oírme.

—Sí, ¿y qué? Yo no te conozco, encanto. Te he visto un día con un amigo mío, soy una mujer fácil, pero sin pasarse. ¿Por qué esperas que te abra la puerta a las tres menos cuarto de la mañana?

—Podías haber contestado.

—Éste —hizo un gesto con elegante indolencia— es mi lugar de trabajo. No recibo visitas. No salgo escopetado cuando una cara enorme aparece en mi monitor y me saca la lengua.

—Necesito hablar contigo.

—¿Por qué conmigo a esta hora? No has ido a buscar a tu novia, o a tu joven socio, no has molestado a tus amigos. ¿Por qué a mí? ¿Porque soy una perra amanerada? ¿Porque calculas que gano la mitad que tú?

—Creo que lo he entendido. Empiezo otra vez. Necesito

hablar contigo, no con alguien sino contigo. Por favor, cuando termines lo que estás haciendo, si todavía no estás demasiado cansado, ¿podría invitarte a algo? Si dices que sí, esperaré aquí quieto, sin molestar, el tiempo que haga falta.

—Me parece bien, puedes sentarte, tengo aún para unos veinte minutos.

El abogado eligió la silla más separada de Curto. Miraba el parpadeo verde de un router, sentía sueño y no quería dormirse. Curto tecleaba concentrado. A pesar del frío no tenía puesto ningún jersey, sólo una camiseta y los lados de la camisa abierta colgando como dos alas cansadas. Él, en cambio, no se había desprendido de su anorak azul. Pensó, no sin asombro, que aunque en su vida hubiera dado tantos bandazos y él hubiese cometido errores y abandonos, nunca había dejado de intentar, al menos intentar, cumplir las tres instrucciones de su madre: no coger frío, no llegar tarde, ser bueno. El pitido del ordenador de Curto al cerrarse le sobresaltó.

—Vamos —dijo Curto. Y ya en la calle—: Entonces, ¿cambio la cerradura?

—Pon una cadena gruesa. Tendrán que romperla y eso hace ruido y exige llevar un material más pesado que mi ganzúa.

Al cabo de un rato llegaron a un bar.

—No quiero beber nada —dijo el abogado.

—Puedes comer, los martes y jueves de madrugada hay patatas guisadas.

—Claro, eso es lo que huele tan bien. Pero no tengo hambre, gracias.

—Hijo mío, si estás desganado, lo siento, yo llevo nueve horas sin comer y necesito algo. ¿Por qué me buscabas?

—Quiero encargarte un trabajo. Necesito averiguar quién ha filtrado un documento.

—¿Y cómo quieres hacerlo? No habrán sido tan mantas como aquella vez en que el *El País* colgó un documento de Word con los metadatos del tipo que se lo filtró...

—Ojalá, pero esta vez no han publicado un documento, alguien lo cuenta en un texto sin firma. Primero hay que entrar en los ordenadores del periódico para averiguar quién escribió la noticia. Luego, si entramos en el ordenador de ese periodista, quizá podamos saber quién se la dio.

—Lo primero es posible, lo segundo no sé porque no creo que lo haya escrito.

—Quién sabe, bastaría un mensaje con una cita, o una búsqueda de una calle, puede que tengamos suerte. Pero ¿cómo piensas hacer lo primero? Por lo que he visto, tienen buenos sistemas de protección.

—¿Estás libre mañana a mediodía, hacia las tres y media? Ven conmigo y lo ves.

—¿Ven? ¿Vas a ir ahí?

—Sí, mejor que vengas en metro. Quedamos en el andén.

—Oye, el chico no tiene que saber esto, no quiero preocuparle más.

—¿El «chico»? Que sepas que tiene sólo dos años menos que yo.

—Tú eres el otro chico —rió el abogado.

—Gracias. Estáis en algo grande, ¿verdad?

—Algo, digamos, mediano.

Curto comía despacio, como si a pesar del hambre le costara insertar cada cucharada dentro de su cuerpo.

—No quiero que me cuentes, pero tampoco me apetece recoger vuestros restos y meterlos en una cajita. Los pequeños no ganan a los grandes, no es pesimismo, querido, es inteligencia.

—La tortuga no gana a la liebre.

—Lo has captado.

—Más vale fuerza que maña.

—Muy bien, muy bien.

—¿David y Goliat?

—Bah, nadie sabe si fue así. Va un gigante, lucha contra un pequeño pastor y el gigante gana, ¿quién querría oír eso?

—Pero ha habido casos reales.

—A ver.

—El Alcorcón contra el Real Madrid, Cuba, Vietnam.

—Quita, ganar es imponer tu modelo, que los niños quieran ser del Alcorcón, que Hanói fuese la capital del mundo.

—Me estás diciendo que no vale la pena.

—Si no sé lo que es. —Curto terminó su plato—. Además, lo haréis de todas formas, y yo tendré que ir con la cajita. ¿Por qué te has metido en esto?

—Supongo que por la risa.

—Yeah! Ahora ¿puedes ser más claro?

—Empecé proponiéndome no tomar en serio el tiempo que tenemos, y he acabado viéndonos como trozos de carne que se va a pudrir, vamos, la gusanera. —El abogado sonrió encogiéndose de hombros—. Conclusión: mientras dure la vida quiero que no me obliguen a avergonzarme. Así que un poco de seriedad sería un bálsamo, supongo.

—La gente seria que conozco usa su seriedad, sentido de la responsabilidad, lo llaman, como excusa para no tocar los límites. La seriedad es cómplice —dijo mientras apartaba el plato de guiso casi terminado.

—Entonces no hay salida. Porque el humor también es cómplice cuando cura, cuando ayuda a soportar la furia.

—¿Por qué nos estamos poniendo dramáticos? No estoy acostumbrado —dijo Curto sonriendo.

—A veces toca, ¿no? La gente da la vida por una causa con un gesto solemne. Sin embargo, algunos sonríen, ponen la misma cara que has puesto tú ahora, los he visto. Parece que se rieran de lo ridículo que es todo y a la vez saben que no es tan ridículo como para traicionar o doblegarse.

—¿Una causa? Creí que ibas a decir por una casa. ¿Tú tienes una?

—No he acabado de pagarla, la casa. Y causa creo que no. Vivo de haber exprimido a mi madre, como en esos juegos que os gustan, tengo dos vidas y media. La mía, la de mi madre y media de mi padre. Ésa es la mierda, que para vivir otros tengan que dejar de hacerlo. Pero no me he metido en esto por una idea.

—¿Por el chico?

—Frío.

—Por venganza.

—Frío. Gracias por aceptar ayudarme.

Curto asintió.

—Anda, vámonos, me caigo de sueño.

El abogado miró hacia la barra, los taburetes eran de plástico rojo y pensó en llamaradas y en el infierno, en ampliar el límite de lo tolerable. ¿Me venderías tu alma, vicepresidenta?

El Irlandés salió de su oficina privada, lo que él llamaba su sanatorio de pájaros, y se dirigió a su casa, muy cerca de allí. Así que rechazaba el dinero. Había preferido no comunicar la actitud orgullosa e infantil del chico, aunque era una irregularidad y tendría que resolverla más adelante. El abogado y ese chico eran un par de incompetentes, pero eso no facilitaba las cosas sino al contrario. No medían bien sus fuerzas y a la vez que se ponían en peligro a ellos mismos podían hacer que fracasara la operación.

Saludó al portero y al entrar en el ascensor evitó mirarse en el espejo, se sentía cansado y vulnerable, no le gustaba verse así. Su casa, vacía como siempre. Llevaba doce años vacía, desde que murió su hijo y se marchó su mujer. Al principio se ocupaba él de limpiarla, no quería que nadie tocara sus sábanas, lavara sus vasos, su ropa. Bastaron unas semanas para darse cuenta de que en realidad no consideraba que ésa fuera su casa. Aquel lugar se había convertido en una especie de hotel donde sólo dormía y desayunaba. Las figuritas, los libros, las seis habitaciones, la televisión, todo estaba de más. Debía desmantelarla y si no lo había hecho no era por ataduras sentimentales, sino porque su trabajo exigía que se viviera en una casa amplia y bien decorada, lejos de cualquier síntoma de excentricidad. Muy pocos conocían el sanatorio de pájaros, pero en cualquier caso era un capricho y eso no suscitaba desaprobación. Había que prodigarse en posesiones, ya fueran barcos, caballos, gimnasios, laboratorios, salas de conciertos o un apartamento sin paredes.

El Irlandés se sentó en el sofá de un salón que tras doce años de abandono más parecía la sala de espera de un médico privado, los cojines en su sitio, ningún objeto de la vida diaria en un rincón, un mobiliario pasado de moda. Puso los pies sobre la mesa, cerró los ojos y vio a ese chico con gafas rojas sobre el montante de una nariz de pájaro. Después de la muerte de su hijo había aprendido a detectar cualquier inclinación sentimental que le asaltase y sabía cómo acabar con ella. Nadie podría nunca rozar siquiera el nudo que le ataba a los recuerdos de su hijo, la veneración y el temblor con que seguía acudiendo a ellos, desembalándolos muy despacio sin romper nada, y luego tomándolos con cuidado, para mirarlos, para apoyar allí la piel. Nadie sería tampoco capaz de representarse la enormidad de su indignación. Como quien transporta nitroglicerina, él transportaba cólera, altamente inestable y explosiva, si bien durante doce años había logrado mantenerla a raya.

Comprendía que su veneración y su cólera eran dos sentimientos nacidos muertos y por eso jamás hablaba de ellos. No eran pegajosos como sí en cambio todos esos consejos y conmiseraciones que había recibido desde que sucedió, consejos de mierda, sillones donde se hundía el culo para que nunca pudieras volverte a levantar. Él mismo había incurrido en arranques sentimentales durante casi dos años, y a estas alturas sabía demasiado bien que el sentimiento le había desarmado y ya no, no volvería a dar esa ventaja a quienes no tenían reparo en usarla, ahora decía: el sentimiento se piensa, el sentimiento se dirige porque es lunar y no tiene luz propia.

En las últimas semanas estaba sintiendo una inclinación por

ese chico. Se preguntó si era algo más que un pretexto enmohecido para las lágrimas, para el recuerdo inútil y azaroso de un niño que pudo haber llegado a ser como ese chico, con su misma obcecación. Había cometido un error al preguntarle por qué no quería los ochenta mil, en ese momento no había sido el apoderado, ni el Irlandés, sino un hombre con una inclinación al descubierto. En cuanto al abogado, también le incomodaba. ¿Por qué estaba ahí? ¿Por qué dos tipos corrientes entraban en la boca del lobo? Prefería a los prohombres que llevaban un gánster dentro, a los corruptos profesionales y a la mayoría de los políticos. El camino de la corrupción era uno solo. Pagar más de lo que cuesta un trabajo para crear la ilusión del dinero fácil, pero sobre todo para hacerles pensar que son distintos, que su valor está por encima del resto. Había supuesto que esos dos tipos sin patrimonio, con un sueldo retranqueado y ni siquiera la casa donde vivían, destinados ambos a gastar más de la mitad de su vida en obtener su propio sustento, morderían rápido, pero no. Pretendían resistir. Le inspiraban cierta piedad, y él odiaba la piedad.

El Irlandés empezó a desvestirse camino de la ducha. El precio de su cuarto de baño debía doblar o quizá triplicar el de la casa entera donde vivía el chico. Era lo único que había remozado tras la muerte de su hijo. La potencia del agua podía revivir a un muerto imaginario, aunque no a un muerto real. Él era un muerto imaginario, abrió los diferentes chorros con un volante de escotilla. Azulejos negros exquisitamente iluminados le rodeaban. Notó con placer la presión en distintos puntos del cuerpo y la cabeza. Necesitaba relajarse, no estaba satisfecho con el trabajo en marcha. Llevaba años negociando ventas con sobreprecio de empresas y servicios a la administración. La democracia no era más que el recambio entre los vendedores, según quién estuviera en el gobierno serían unos y no otros quienes podrían ofertar sus ruinas para obtener a cambio millones de euros del común. También recambio de compradores que adquirían a precio de saldo inmuebles e infraestructuras puestas en pie por la comunidad. Todos lo saben y se rasgan las vestiduras de cuatro a seis y después vuelven a lo suyo. Yo he mediado con todos, les he visto malversar lo que debía pertenecer al país entero y a las generaciones por venir. Soy tan culpable como ellos, pero un hombre puede matar a cien mil con indiferencia por omisión o aprobando una ley y en cambio sufre si se ve obligado a causar de forma directa dolor a un solo individuo. No necesitábamos los teléfonos sombra. Se lo advertí, se lo demostré. Ahora veo a ese chico precipitarse al vacío de la mano de su abogado y me perturba.

Cerró la escotilla. Se secó cantando hacia dentro un tema de una cantante folk norteamericana con un absurdo nombre francés: Mary Gauthier. Cuando llegó al estribillo alzó la voz: «Drag queens in limousines / Nuns in blue jeans / Dreamers with big dreams / All took me in». Era como tomar una copa en el momento adecuado, ese estribillo le ponía de buen humor, volvió a cantarlo forzando la voz y, como siempre solía pasarle, sintió con la alegría un golpe de conciencia y su fatalismo persistente. Somos bolas de billar, jugamos en un tablero donde cada movimiento obedece a una misma cascada de causas y efectos y ni un solo cabello puede escapar. Siguió cantando: «Sometimes you got do / What you gotta do / And hope that the people you love / Will catch up with you», no habría estado mal encontrar esa canción con veinte años, ahora él ya no escaparía nunca hacia ese mundo de drag queens in limousines, nuns in blue jeans. Al pensarlo vio a unas monjas altas con vaqueros azules y botas negras que por aproximación le llevaron a la vicepresidenta. ¿Por qué filtraba Julia esa operación? ¿Conocía con tanto detalle como el ministro la guerra interna? ¿Sabía que al perjudicar a un sector del grupo beneficiaba precisamente a quienes más la habían atacado?

Salió del baño envuelto en un albornoz negro. Al principio

había deseado que se produjeran ya los distintos cambios de normativa buscados por sus clientes y poder descolgarse de esa red de teléfonos sombra en la que nunca había creído. El chico era bueno en lo suyo, quizá en esta ocasión fuese capaz de resolver el problema de las actualizaciones. Pero ¿y la siguiente? Era imposible mantener el software escondido en un sistema tan controlado como el de ATL durante todos esos meses. Tanto como mantener toda la operación sin un resquicio, había demasiadas personas implicadas y no lo bastante comprometidas. Irónicamente, ahora él estaba en la misma situación del chico: lo que iba a ser sólo un trabajo puntual se convertía en una atadura. Esta vez había sido el ministro pidiéndole las conversaciones de Luciano, ¿y después quién? No iba a poder librarse de la red hasta que la descubrieran, y si la descubrían él caería tarde o temprano.

Buscó en su piel el rastro del jabón de lima, su olor le hacía pensar en un jardín al que nunca había vuelto. Había árboles y horizonte en ese olor, lo contrario que en las conversaciones que oía, banales, cansinas, con un timbre de ofensa y risotada. La información debe venir a ti. Si eres lo bastante poderoso y sabes abrir los canales, así será. Si en cambio debes salir a buscarla multiplicas el riesgo inútilmente. Y a él le estaban obligando a multiplicar el riesgo. Llamó a Prajwal para que le diera un nuevo recado al chico: tenía que incluir todos los teléfonos de Luciano Gómez.

El abogado y el chico iban hablando por la calle cuando el chico echó a correr. El abogado le siguió, subieron a un autobús segundos antes de que arrancara. El chico reía.

—Ríe tú que puedes, yo ya no tengo los huesos para esto.

—¿Crees que nos persiguen?

—Ahora no me había parecido que hubiera nadie cerca.

—A mí tampoco, pero me estoy acostumbrando a vivir así.

—Así ¿cómo?

—Como si me persiguieran. Deberías probarlo.

—Te dieron una paliza real.

—Ya. Esto es distinto. Si huyes de un perseguidor imaginario, les rompes los esquemas, ¿no? Bueno, eso espero. De pronto te mueves y ellos no saben por qué. Da igual que lean tus correos, que escuchen tus conversaciones: no pueden oír tu imaginación.

—El siguiente paso es volverse loco.

—No exageres. En realidad, todos lo hacemos. Nos mueven, nos joden, nos empujan, vamos de un lado para otro sin un motivo que sea nuestro, que de verdad nos pertenezca. Tener un motivo imaginario es casi más cuerdo que intentar salvar pedazos de todos los motivos rotos.

—¿Lo apunto?

—No hace falta, puedes citarlo sin nombrarme, obra derivada y sin reconocimiento, todo de todos.

—Oye... ¿Recuerdas lo que te conté, la ip de cierta persona...?

—¿Estás en contacto con ella?

—Más o menos. A lo mejor podemos pedirle ayuda.

—No, Eduardo. No serviría. De aquí tenemos que salir solos.

—¿Por qué?

—Porque ni siquiera sabes si ella tiene relaciones con esa gente, o si la están espiando o... qué sé yo. Te lo agradezco pero podría complicar aún más las cosas. Saldré de ésta, no te preocupes, de verdad.

—Si pudieras dar marcha atrás, decir que no a los indios de la primera vez, ¿lo harías?

—Si pudiera retroceder, tendría que ir bastante más atrás del día de los indios. Pero no puedo.

—¿Cuánto más atrás?

—¿Qué más da? Oye, me bajo aquí, tú quédate. Te aviso cuando esté preparado.

Y como empujado, o quizá perseguido, por unas manos imaginarias, el chico se abrió paso de lado entre la gente y llegó en un tiempo casi imposible a la puerta a punto de cerrarse.

A las tres y media el abogado quedó con Curto en una salida de metro. Le preguntó si llevaba ordenador, si iban a hacer un man in the middle. Curto rió.

—¿Man in the middle? No, haremos: caramelo en la puerta de un colegio.

Curto iba vestido con traje oscuro y una gorra, no parecía él. La visera, muy larga, escondería su cara de las cámaras del edificio. Abrió la mano y le enseñó tres pendrives de colores.

—En uno he metido películas, en el otro canciones, y en el otro documentos de aquí y de allá. Los tres tienen su correspondiente código malicioso, que se abrirá sin necesidad de que abran ninguno de los archivos. Si nos toca un prudente, cosa que dudo, lo será con los archivos, pero meterá el usb igual.

—¿Por qué tres?

—No es un despilfarro, y el código se destruye una vez insertado, si se lo llevan a casa y lo meten allí en primer lugar, perdemos esa oportunidad. Con tres, seguro que al menos uno lo abre en el periódico. El mejor sitio es el garaje, pero no podemos arriesgarnos.

—¿Y los taxis?

—¿No paran dentro?

—Creo que no, esperan en la puerta.

—Perfecto.

Fue como atar un billete con hilo de nailon y esperar a que alguien lo encontrara. Curto se acercó a la entrada. Simuló una llamada por el móvil y mientras hablaba dejó caer el primer usb. A los diez minutos llegaba una mujer en un taxi. Bajó, echó a andar, pero el color verde refulgente del pendrive llamó su atención. Se agachó para cogerlo, lo sopesó en la mano como dudando si debía entregárselo al guarda. Luego se lo metió en el bolsillo. Repitieron la jugada, esta vez fue el abogado con un sombrero impermeable que le había prestado Curto. Se detuvo unos metros antes y encendió un cigarrillo. En la mano del mechero llevaba el usb, lo dejó caer al guardar el mechero en el bolsillo. Siguió andando y dio un rodeo para volver al sitio donde esperaba Curto apostado.

—Ya se lo han llevado. Ha sido un chico joven. Lo malo es que ése salía. Aunque espero que vuelva. No creo que termine tan pronto.

El último lo dejó Curto en la verja. Sobre el gris oscuro, el color azul turquesa llamaba la atención. Vieron acercarse a él a un hombre mayor.

—No tiene pinta de ser del periódico —dijo Curto. Espero que la mujer no sea demasiado prudente. O que me haya equivocado con ese tipo.

—¿Me llamas y me cuentas?

—No, qué dices. Ven a verme, pero no traigas tu coche aunque aparques a varias calles de allí. Ven en metro, a partir de las diez.

El abogado volvió a su casa cuando ya había anochecido. Un pasillo largo y al fondo tres habitaciones. El salón tenía un balcón pequeño, salió a fumar. La vicepresidenta vivía a unos treinta o quizá cuarenta minutos en metro, imposible alcanzar con la vista siquiera los alrededores de su edificio. No obstante, en la noche los obstáculos se difuminaban y jugó a imaginarla al fondo, tras las últimas luces. ¿Estás tan sola como yo ahora? ¿Qué has hecho con tus gestos mezquinos, con tus genuflexiones, tus olvidos impuestos?, ¿te hacen mella, queman, los justificas? El abogado dejó caer un poco de ceniza involuntariamente, la siguió con la mirada pero enseguida pareció disolverse, fundirse con todo, desaparecer.

Fue a la nevera. Tenía una sopa hecha que recalentó. Se sirvió vino, y se sentó a la mesa en la cocina, sin mantel, con un viejo hule de cuadros amarillos y blancos. El olor de la sopa caliente le recordó a su madre, la vio tendida en la cama, cansada como quien después de un largo combate de boxeo desea oír el sonido de la campana y ya no piensa en ganar o perder. Cada una de las veces en que había entrado al cuarto, ella había sonreído, y ahora él le sonrió sin saber bien si eso servía para algo, si había algo capaz de recoger su gesto, si la memoria que su madre había dejado tendría al menos la consistencia de una onda electromagnética o si era sólo agua en el agua, aire en el aire. Durante los días de agonía lenta había tocado mucho a su madre, el tacto de su piel se parecía cada día más al de unas sábanas, frescas, ligeras. En esos momentos comprendía que alguien hubiera inventado un espíritu capaz de sobrevivir a la carne, pensaba que el de su madre levantaría el vuelo por encima del mundo, se iría como un pájaro.

Cortó un poco de queso, le gustaba el ruido del cuchillo cuando llegaba al final y golpeaba la madera. Se dio la vuelta y comprobó que el recuerdo de su madre seguía ahí. Ahora ella era mucho más joven y volvía a casa después de un día largo en que había estado preparando comida para cárceles, hospitales, geriátricos, colegios y guarderías. Las manos le olían a tabaco, pues desde que bajaba del autobús no paraba de fumar; entraba siempre en casa con un aire distraído, parecía no saber de qué lugar era la puerta que había abierto. Luego, al verle, como si una persiana subiera y se descorriera una cortina, surgía por fin su cara, llena de luz. Pero no duraba mucho. Hacía la cena casi sin mirar los alimentos, él la ayudaba y luego cenaban juntos. Él trataba de inventar cosas interesantes que no le habían pasado del todo, ella atendía; a veces una risa muy leve salía de su boca como una nota de música que enseguida cesaba. Él sabía que su madre no estaba allí, no cenaba con él ni tampoco en ningún otro sitio cultivando una vida aparte, tal vez simplemente dormía por dentro, era una fruta desecada a la espera de algo que le haría recuperar su verdadera naturaleza, pero no disponía de ese algo. Debí haber abandonado la facultad y haber encontrado un trabajo seguro permitiendo así que ella dejase de trabajar. No lo hice, fue fácil justificarme: ella no lo habría permitido, quería que terminara: si yo esperaba podría ganar lo suficiente para acabar de pagar la casa y mantenernos; si en cambio buscaba un trabajo basura, ni siquiera podría mantenerme a mí mismo. Pensé en consultárselo a Amaya, pero fue cuando nos detuvieron y luego me fui. No dije nada, seguí viendo desaparecer a mi madre poco a poco, como si sorbieran su fuerza con una pajita, poco a poco pero sin detenerse nunca. La vi volver a casa, cada día más vieja, más débil. Él terminó la carrera y se colegió; ella se puso un traje nuevo, salieron juntos a cenar, ella bebió vino hasta achisparse pero seguía sin mirar la comida y estaba muy flaca. Empezó a morir un martes, luego pasaron tres meses. El abogado recordó las palabras de su tía abuela en el funeral de su abuelo: menos mal que viene por los viejos. ¿Que viene quién?, había pensado él, y había comprendido que su tía hablaba de la muerte como si fuera un ave gigante cuya sombra cubre las casas y los caminos. Él supo un martes, junto a una ventana enrejada, que ese gran pájaro había vuelto, había marcado la casa y llegaría hasta el cuerpo de su madre. Ella salió de la prueba de diagnóstico casi como siempre, pero cuando llegaron a casa parecía que ya no necesitara sostener su propio peso sobre la tierra, sus pasos sobre los azulejos de la cocina.

Ya había recogido los platos, la botella de vino. Puso en el salón un poco de música, no la que él solía oír sino un viejo disco de música bailable de los setenta que le gustaba a su madre. George McCrae, y el abogado empezó a bailar como muchas veces le había visto hacerlo a ella antes de la muerte de su padre. Ella bailaba muy bien, sin apenas moverse pero con esa capacidad de dar vida propia a las caderas y a los hombros, el abogado intentaba imitarla y una sonrisa asomó a su cuerpo sin que él pudiera evitarlo, ni quisiera. El ritmo de la música junto con sus movimientos le hacían sentirse bien, inesperadamente echó de menos a la vice, bailar con ella como si sus vidas no fueran a encontrarse, bailar para abrigar ese momento que era sólo intemperie, nada, menos que un átomo en el universo.

Se metió pronto en la cama. A las once y media sonó el teléfono.

—Tío, ¿por qué estás ahí?

Curto no hablaba así, pero había reconocido un ademán detrás de aquel sintetizador de voz o simplemente había recordado su compromiso de ir a verle a partir de las nueve.

—Despiste total, espérame.

Curto colgó y el abogado se vistió deprisa. No solía cometer esos errores. Casi corrió hasta el metro. Curto le esperaba en la puerta de su local, sonreía.

—Lo tengo todo —dijo.

Una vez en la cueva le mostró pantallazos de un ordenador con dos correos electrónicos y una búsqueda de un café en Google.

—¿Y...? Sabes que quedaron a comer, pero no significa nada. Si te fijas, quedaron después de que se hubiera publicado el artículo.

—A ver, querido, llevo siete horas con esto. He entrado en el sistema, he averiguado quién escribió aquel artículo, he entrado en su sesión de correo, he localizado un intercambio de correos con una tal C. cuya dirección es dir.comunicacion@vp. gob.es, y una cita que no cuadra. ¿Por qué no cuadra? Porque se protegen cambiando una fecha. Pero nuestro periodista no parece muy concienciado y segundos después, en vez de buscar un restaurante, lo que busca es un café, que casualmente no está lejos de Moncloa. No hay ninguna actividad en el ordenador de nuestro periodista desde las trece hasta las catorce. Por cierto, que dos días después, a la hora en que se supone que ha quedado con C., está en la redacción. Y no se escriben para anular la cita.

—Puede que se llamaran por teléfono.

—No creo, he podido ver los registros de su terminal móvil.

—Pero no sabes el teléfono de ella.

—Sí lo sé. Le ha llamado otras veces.

—Es una conjetura, no una prueba.

—No me pareció que quisieras esto para ir a los tribunales.

—No, pero me gustaría estar seguro. Además, tampoco me imagino a una directora de comunicación yendo a ese café que dices. Lo conozco, es más un pub para ver partidos de fútbol que otra cosa.

—Yo también lo conozco. Y tiene wifi. Una vez dentro de su red me fue muy fácil acceder a los archivos de la cámara de videovigilancia.

—¿Cuándo has estado ahí?

—Hace cuatro horas. Aún no habían borrado las imágenes. He visto al periodista, junto a alguien de melena larga con mechas rojizas. No se le ve la cara, pero sí unas muñecas delgadas y unas manos femeninas con las uñas pintadas en un tono parecido al del pelo. En la acera de enfrente espera un coche de cristales tintados, aunque eso se ve regular.

—¿Tienes el vídeo aquí?

—No. Fui directamente a buscar la fecha, descargármelo daba demasiado cante.

—No sabes si es de ella.

—No. Verde y con asas pero no lo sé. He rastreado la red con varios buscadores, con todos los parámetros, no hay ni una sola imagen de esa mujer. ¿Tú sabes qué aspecto tiene?

—No.

—Averígualo.

—Pero si sólo has visto una cabeza con mechas, puede haber cambiado.

—Hijo mío, que ha sido hace poco. A lo mejor se ha puesto rubia, pero inténtalo. Te veo muy raro. Aunque no sea ella te cobraría igual, he trabajado lo mío.

—Por favor, no es eso.

—¿Entonces?

El abogado pensaba que no quería dar esa noticia a la vicepresidenta. «Sé que no ha sido mi gente», algo así le había dicho. No le gustaba el papel de aguafiestas, habría preferido descubrir algo que la ayudara.

—Cosas mías, intentaré confirmar tus datos, y por supuesto que voy a pagarte.

—Vale, perdona, es que te notaba raro. Crisma también está muy raro.

—¿Le estás ayudando?

—Le di el contacto de una amiga, y poco más.

—¿No puedes llamarle, buscarle?

—Yo tengo mi vida, ¿sabes? Supongo que me ves aquí y no te lo parece, pero la tengo. Y no sé en qué coño estáis metidos; si no lo sé, entonces no es mi historia.

—Tú también estás fino hoy.

—Tengo dos trabajos a medias, otro día seguimos hablando.

El abogado abandonó el local de Curto. Un grupo de gente joven gritaba y reía en la acera. Un hombre que hablaba solo se dirigió hacia él con rabia, parecía que iba a insultarle pero luego pasó de largo, como si su enemigo estuviera siempre un poco más lejos. Se sentó en un banco a fumar. ¿Qué haría la gente que no fumaba?, ¿cómo espaciaría el tiempo? El hombre medio loco se le acercó.

—¿Me das uno?

El abogado le tendió la cajetilla. El hombre la tomó y salió corriendo. Y sus pasos se mezclaron con otros que se acercaban. El abogado se levantó, era Curto.

—No es verdad. No tengo mi vida.

Echaron a andar juntos.

—Yo tampoco tengo la mía.

—No es por no tener familia, hijos y eso, hay gente que los tiene y tampoco tiene su vida.

—Yo no los tengo —dijo el abogado—. Y si los tuviera, no sé. Creo que mi vida se largó hace bastante. Dejé que se fuera.

—¿Hablas de una mujer?

—No, sólo hay una en la que reincido, pero para ella no existo; no hablaba de ella. Dejé colgada a mucha gente.

—¿Qué pasó?

—Nada, lo peor es eso: que no pasó nada. Te vas. Luego vienen las justificaciones: que si vives más lejos, que si no tienes tiempo, que si no eres tan joven. Pero el hecho es que ellos se han quedado y tú te has ido.

—No se puede estar toda la vida en el mismo sitio.

—¿Por qué no?

—Porque ya no eres la misma persona —dijo Curto.

—Mira el semáforo, está rojo, ¿no? Y ahora está verde. Hace veinte años habrías dicho lo mismo, y dentro de veinte, también. ¿Por qué hay que cambiar en todo?

—No he dicho en todo.

—Da igual, yo les dejé colgados. Estaban sacando muebles de un sótano, y yo me largué. Nada me obligaba a quedarme, los muebles no han cambiado y al irme yo he hecho que pesen más.

Habían llegado a la boca de metro. Bajaron las escaleras, pasaron junto a dos mendigos acostados sobre cartones y siguieron hasta el andén, aunque iban en direcciones opuestas. Gente sola, unos al lado de otros, de pie o sentados en los bancos, sin tocarse. Sólo ellos dos hablaban entre sí:

—¿Y tú?

—Soy un superviviente, me anticipo al dolor, siempre me ha pasado. Todos decían que no estábamos ahí sólo para demostrar que podíamos entrar en los sistemas, no era una cuestión de «mira cuánto salto, pues yo más», el lema era que el conocimiento no debía tener barreras. Todos menos yo. Luego esto se fue a la mierda, la escena se hizo trizas, entraron el dinero, las empresas, las operadoras. Muchos de los buenos pasaron «de buscar agujeros a construir muros»; yo seguí igual, a lo mío. Hice una herramienta para detectar archivos de pornografía infantil y se la vendí a la brigada de investigación tecnológica. Crisma y algunos otros se cabrearon. Mi herramienta era buena, eso era lo importante, ¿no? Pero ellos siguen pensando que las cosas no pueden separarse, lo creen todavía. Tú también lo crees.

Curto se levantó y pasó sus manos por la espalda y los hombros del abogado, buscando afecto.

—Sé que siguen apareciendo cosas, Wikileaks, otros grupos, pero no encuentro aquella fuerza. Supongo que mi caso es como lo de que cuando se aprende a montar en bicicleta ya no se olvida, pero al revés: cuando te desengañas ya no te puedes engañar. Una putada.

—Creer no siempre es engañarse —dijo el abogado.

—Eso decís todas —sonrió Curto.

Se despidieron. Poco después el abogado le veía en el andén de enfrente. Sus pantalones blancos, ceñidos, llamaban la atención y él lo sabía, recibía las miradas de hombres medio dormidos con un gesto ligeramente teatral, aunque él también parecía cansado.

La ministra de Economía abandonó el despacho de la vicepresidenta satisfecha e intrigada. Conocía a Julia hacía años y no recordaba, o quizá mucho tiempo atrás, haber visto esa mirada vivaz y ese desapego en sus gestos, como si riera sin reír. Podía ser que minutos antes hubiera recibido una buena noticia, pensó. Pero resultaba inquietante. Ella había esperado encontrar un cadáver político, había ido a su despacho a llevarse algunas piezas antes de la debacle y suponía que la vicepresidenta iba a resistirse, o al menos iba a hacerle pagar su inoportunidad. Pero no; la vicepresidenta le había cedido alegremente a una de las mejores personas de su equipo, una mujer joven que tan sólo llevaba un año con ella.

La ministra iba tan absorta en sus pensamientos que no escuchó la pregunta de la secretaria personal de la vicepresidenta. Ella insistió:

—¿No me lo quieres contar?

—Perdona, no te he oído, estaba dándole vueltas a un asunto pendiente.

—Te preguntaba sólo si se ha enfadado mucho.

—No, no, ha sido encantadora.

—Ah...

—¿Te extraña?

—La verdad es que sí. Pero me alegro por ti.

La ministra se despidió besándola en la mejilla y algo más tranquila. La extrañeza de la secretaria no parecía fingida, y si ella no sabía nada, no debía tratarse de una jugada política sino tal vez de algo privado.

Poco después la vicepresidenta llamó a su secretaria y pidió que pospusiera la siguiente visita diez minutos.

—Tengo que hacer una llamada urgente.

Aunque procuraba no disimular ante Mercedes, ahora estaba demasiado tocada. Me quitan a mi gente, se lo llevan todo, pero no van a conseguirlo. Garabateó en un papel un rectángulo de los de jugar a los barcos y fue haciéndole cruces dentro: tocado, tocado, hundido. La asesora que se iba a llevar la ministra era economista y politóloga y uno de sus últimos fichajes. ¿Por qué tanta prisa? ¿No podían esperar las personas?, ¿no podían afianzar su experiencia? Esa chica había esperado año y medio, quizá para ella fuese un mundo. Y ahora se iba y ella no podía retenerla porque estaba de capa caída y había perdido alianzas.

Yo tengo parte de culpa. Demasiados flecos, demasiados proyectos abortados, demasiada frustración entre los míos. Soy leal, no he traicionado a nadie, pero me ha faltado el tiempo para disponer las cosas de tal modo que cada persona pudiera dar lo mejor de sí, sin desperdiciarse. Además están mis brusquedades. Antes tenía un equipo que se ocupaba de reparar los daños. Se han ido yendo todos. Sólo me quedan Carmen y Mercedes, en la mayoría de los nuevos no confío, y en los que confío se marchan sin conocerme lo suficiente. Esa chica me recordará como a una máquina, un mecanismo que resuelve tareas y empieza a perder fuelle, no habré podido enseñarle nada, contarle nada. Sin embargo, cuando el presidente y yo saquemos adelante la iniciativa, cuando me vea arriesgarme en un terreno inesperado, quizá vea algo en mí, algo que no sea sólo lo que he sido, lo que hice con disciplina pero sin contar con mi voluntad ni mi convencimiento, sólo aporté algunos matices que defiendo todavía y que no bastan.

Vio en su mesa el dibujo que había hecho: hundido, hundido. Quizá no haya tiempo. Todo se desmorona, el presidente ya no escucha a nadie. ¿Por qué habría de atreverse ahora? Hemos pactado, transigido, tantas veces; tantos proyectos se han quedado en el armario para no ocasionar fricciones excesivas, y estamos como estamos. Tenemos que intentarlo. No me importa que me use como cabeza de turco si algo no sale bien. Al fin y al cabo, estoy ya con un pie fuera y quizá más.

Le quedaban tres minutos de los diez que había pedido. Se acarició el envés de la muñeca y luego toda la palma de la mano con las uñas y se sintió viva. Dentro de dos días hablaría con el presidente y empezaría la operación. Entonces volvería a sacar un talento político que permanecía varado hacía demasiado tiempo mientras se volcaba en la gestión del día a día. Él también elegiría abandonar el gobierno habiéndolo intentado antes que aceptar ser una máquina movida por los designios de otros. En cuanto a ella, prefería una muerte violenta a la dulce que con indiferencia educada todos parecían asignarle. Tenía que diseñar su propio equipo, había contado para ello con esa politóloga, pero no importaba, Carmen, Mercedes, Luciano y dos de los asesores que llevaban tiempo con ella bastarían. Había convocado una reunión con ellos el domingo por la tarde diciéndoles que era algo voluntario, que si tenían otra ocupación se lo dijeran con toda confianza. Todos habían asegurado su presencia.

Amaya estaba sola en su casa, el niño se quedaba esa semana con su padre. Vio el correo, algunos blogs, la web de la organización, la del sindicato, las portadas de los periódicos del día siguiente. Abrió su cuenta de Twitter, había un twit sobre una nueva aplicación para detectar la procedencia de los sms, pinchó en el enlace y apareció una pantalla negra con caracteres sin sentido pero que parecían formar la silueta de un murciélago, luego el ordenador se apagó. Pulsó el botón de encendido, estaba muerto; no logró hacerlo arrancar otra vez. Sus pies descalzos buscaron las zapatillas como pidiendo protección. Pensó en llamar a Eduardo pero no le gustaba hacerlo a esas horas de la noche y menos con miedo. Su mano, no obstante, vacilaba aún aferrada al móvil. Se mantenía alerta, atenta a cualquier ruido, a una sombra en el reflejo de la ventana.

Por fin se atrevió a moverse. Giró la silla con brusquedad y se levantó: no había nadie, lo normal era que no lo hubiese pero respiró aliviada. Se dijo que no tenía por qué haber sido el hombre de las fotos. Y aun si fuera él, entrar en un ordenador era muy distinto de hacerlo en una casa. Ya ni siquiera recordaba bien la cara de ese hombre que había trabajado en su misma planta durante tres años. Si intentaba reconstruirla veía sólo su boca asaltada por ligeras sacudidas el día en que se despidió para ir a su flamante destino, nuevo edificio, más pluses, nuevas responsabilidades. En cualquier caso, Amaya había vivido su marcha como una liberación y si no hubiera sido por los tres mensajes obscenos en su teléfono no habría vuelto a pensar en él.

Tocó el ordenador, sabía que ningún virus podía dañar físcamente el hardware pero se sintió más tranquila al notar que no estaba en exceso caliente. Intentó arrancarlo de nuevo sin lograrlo. Cuando le contó a Eduardo lo de los mensajes, él se había empeñado en ir a su casa, en acompañarla a la policía, en... Pero ella no le dejó. Vivía sola, si tenía que hacer frente a unos mensajes obscenos, lo haría sola. Ya había pedido ayuda a Eduardo con las fotos y no quería depender de él ni de nadie en el aspecto personal. Los amigos, como los camaradas de la organización, le daban seguridad, pero ella también quería darla y para hacerlo tenía que ser fuerte sola, porque tenía que poder cuidar de Jacobo en cualquier circunstancia y quería hacerlo y no quería tener miedo. Se dirigió a la puerta de la entrada, comprobó que estaba bien cerrada y decidió olvidar lo ocurrido hasta el día siguiente. Puso la radio mientras recogía la cocina, había un programa sobre David Gilmour, casi logró concentrarse en la música. Luego una infusión caliente terminó de calmarla. Al día siguiente llamaría a Eduardo, suponía que el virus sólo habría estropeado el sistema de arranque y confiaba en poder recuperar al menos los datos del disco duro. Se preguntó si el tipo habría tenido acceso a sus contraseñas y documentos, pero logró aplazar la pregunta y se metió en la cama. Se durmió pronto. A las tres de la madrugada, el sonido de un mensaje en su móvil la despertó. Aún medio dormida tomó el teléfono y leyó el mensaje:

«¿Qué tal, zorrita? Amaya, ya, ya...».

Era ya el cuarto que recibía. Lo borró como si así pudiera hacerlo desaparecer. Al momento recordó que Eduardo le había dicho que no lo hiciera, a lo mejor podía servir de prueba si tenía que denunciarlo. Tenía que hablar con él, lo del ordenador era pasarse de la raya. Entonces le contaría también que los mensajes seguían. Desconectó el móvil y cerró los ojos; tal como solía hacer para dormirse pensó en los días en que solía ir con amigos a la montaña; hacía ya varios años pero siempre recordaba la sensación de victoria al llegar en la noche a un refugio y encender el fuego sintiendo que el propio cuerpo estaba formado también por los cuerpos de los demás. Por contraste, le parecía ahora que bajo el edredón su cuerpo flotaba, libre y también solo. Volvió a evocar aquel tiempo, el aire frío de la mañana, tan frío y limpio que era como si la cara se lavase sólo con salir afuera, luego doblar los sacos, preparar la mochila, desayunar juntos y echar a andar otra vez. Se fue durmiendo así, muy lejos de su apartamento y de lo que acababa de ocurrirle.

La vicepresidenta desenchufó el portátil y lo llevó a su dormitorio. Estaba destemplada. Se puso el pijama, se metió en la cama y se conectó desde ahí. Mientras el ordenador arrancaba buscó unos mitones verdes en el cajón de la mesilla. Miró primero el escritorio, ningún archivo nuevo, ninguna señal. Abrió un documento en blanco esperando a que la flecha saludara. Al cabo de tres minutos, según comprobó en el reloj del ordenador, fue ella quien escribió:

—¿Estás?

Pasaron otros cinco sin nada.

Entonces ella misma se respondió en minúsculas:

—sí.

Enseguida se arrepintió y borró la pregunta y la respuesta. Para distraerse cambió el fondo de escritorio. Pero no encontraba ninguno que le sirviese. Ninguno que consiguiera devolver a su ordenador la capacidad de ser ventana hacia alguna parte, espejo con fondo; imaginó su mano entrando en la pantalla y después todo su cuerpo. Abrió el navegador y buscó una de esas páginas con fondos de escritorio y protectores de pantalla gratuitos. No era algo prudente, según le había explicado su sobrino hacía tiempo. Desde esas páginas resultaba fácil colar un caballo de troya. Hace tiempo que no hablo con Max. A lo mejor él puede ayudarme a encontrar a la flecha. Recordó que le había buscado para que la ayudase a librarse de ella. Aunque tampoco había sido exactamente así.

—Me gustaría hablar contigo —tecleó en el documento abierto.

Esta vez sólo esperó un minuto. Luego minimizó la página y volvió al navegador. Tecleó: «Fondos de pantalla con nieve». Mientras los recorría recordó una película vista hacía muchos años, cuánto tiempo llevo sin ir al cine. No se acordaba bien de la historia ni de quién la había dirigido, pero sí que había un pueblo donde los ancianos, cuando perdían los dientes y ya no podían comer, se dirigían un día de invierno a la montaña cubierta de nieve, dormían a la intemperie y ésa era su forma de morir. Nadie les obligaba: ellos entendían que era ley de vida, que otros venían detrás de ellos. ¿Tengo que irme ya a la montaña? No le gustaban los fondos que habían aparecido, demasiado retocados. En el buscador de imágenes tecleó: «Winter Uppsala». Le gustó la fotografía del Jardín Botánico de la universidad, un edificio sobrio con columnas blancas en medio de la nieve, tres o cuatro bancos vacíos, y árboles desnudos. Guardó la imagen y luego la seleccionó para su fondo de escritorio. Tocada por esa melancolía invernal volvió al documento de la flecha.

Me pregunto para quién existiré cuando no sea vicepresidenta, quién va a recordar un gesto mío el día que me vaya, escribió tras un guión que indicaba diálogo, sin saber si quería ser oída o si sólo necesitaba sacar afuera la sensación de soledad inminente. Lo borró enseguida, y volvió a llamar a la flecha:

—¿Hay alguien?

—hola.

—¿Desde cuándo estás aquí?

—acabo de llegar.

—Bueno, qué más da, no puedo saberlo.

—créeme.

—Te esperaba. Necesito consultarte algo.

—bien, pero antes debo darte una respuesta. averigüé de dónde salió la filtración.

—Tienes recursos para todo.

—no, sólo a veces. salió de «tu gente», como tú dices.

—¿Me estás intoxicando? ¿Me envenenas?

—no, ni siquiera quería darte la noticia. todavía hay una posibilidad de que me haya equivocado.

—¿Quién es?

—una melena larga con mechas rojizas, unas manos femeninas, las uñas pintadas de un color parecido al del pelo.

La vicepresidenta notó los huesos de las extremidades sueltos, el esternón quebrándose: no puede ser, Carmen no. La flecha seguía:

—eso he visto. también he leído un intercambio de mensajes entre el periodista que escribió la noticia y tu directora de comunicación. pero no conozco su físico. si coincide, entonces es ella.

—¿Qué día fue?

—el 23 del mes pasado, viernes.

Le era fácil recordar los viernes, Consejo de Ministros y comparecencia. Rebobinó dos consejos hasta llegar a ése. No tenía manera de saber qué había hecho Carmen entretanto. ¿O sí? Repasó los asuntos tratados aquella mañana y entonces recordó. Minutos antes de la comparecencia la había llamado, quería comprobar unas cifras, le había entrado una duda de repente. Oyó el timbre repetido y luego se cortó. Carmen nunca hacía eso: podía no tener el teléfono disponible o conectado, pero si lo estaba siempre contestaba sus llamadas. Quizá se había cortado o era un momento realmente inoportuno. Pero Carmen no le devolvió la llamada. La vicepresidenta telefoneó entonces a su secretaria: «¿Puedes avisar a Carmen un momento?». «No está aquí, ha tenido que salir.» Ahora la vicepresidenta recordaba que pensó en preguntarle, Carmen podía haber tenido un contratiempo familiar o de otro tipo. Pero terminó la comparecencia y allí estaba como si nada hubiera pasado, sonriendo, atendiendo a los periodistas.

La vicepresidenta olvidó lo ocurrido hasta ahora, ahora sí lo recordaba.

La flecha no se había movido. Quizá ya no estuviese.

—Gracias —escribió.

—de nada. espero que te haya servido. ¿qué querías preguntarme?

La vicepresidenta se incorporó y colocó mejor las dos almohadas en que se apoyaba. Nada, quiso escribir. Pero al mismo tiempo el dolor se iba convirtiendo en una fuerza densa como debía de ser la savia y supo que seguiría adelante, aunque fuera sin Carmen, aunque fuera completamente sola.

—Estoy trabajando en una iniciativa legislativa —dijo—. Una diferente. Lo opuesto a la cobardía, creo. ¿Vas a ayudarme?

—tengo que saber más.

—No, primero yo tengo que saber más. Voy a necesitarte tres semanas, sin desapariciones, sin retrasos, sin excusas. ¿Podrás hacerlo?

—depende de para qué.

—¿Podrías hacerlo?

—sí, salvo imprevistos.

—¿Imprevistos probables?

—no. ¿qué vamos a hacer?

—Todavía no puedo decírtelo. ¿Y nosotros qué vamos a hacer? Tú y yo, como si nos acompañáramos.

El abogado tosió. Le había pedido el coche a un procurador amigo y la calefacción sólo funcionaba al máximo, lo cual creaba un ambiente asfixiante, pero quitarla era incumplir la segunda norma de su madre y se sentía demasiado inestable en esos días como para añadir una bronquitis. Este merodeo, este buscarte sin que vayas a conocerme tiene su melancolía, ¿sabes? Tú y yo, como si nos acompañáramos, dices. Tú y yo como si detuviéramos el mundo. Aunque no se detiene. Ahora mismo se cuentan por miles los cuerpos que están siendo derribados.

—buenas noches; apago —dijo, y apagó el ordenador de golpe, porque a veces necesitaba fijar él los límites.

¿Yo, vicepresidenta, yo que no soy nadie acaso sé decirte cómo usar el mundo? Verás, no son mis instrucciones, ni ahora somos sólo tú y yo los que nos acompañamos. Rasgar un folio es fácil, en cambio si pones cincuenta no es cincuenta veces más difícil sino mucho más, pues junto a la fuerza que hay que hacer para rasgar las hojas, hay que vencer el rozamiento entre ellas, y esa fuerza extra necesaria es grande. ¿Recuerdas las batallas antiguas? Los soldados se agrupaban formando cuadrados, lo importante era el grosor, cuántas filas seguidas había en cada lado, porque de una en una las personas caen, y de una en una se rasgan las sábanas, pero si enrollas la sábana uniendo sus pliegues podrá sujetar casi cualquier peso, vencer la fuerza de rozamiento entre los pliegues es mucho más difícil.

La vicepresidenta apagó casi al mismo tiempo. No podía seguir evadiéndose de lo que acababa de saber: Carmen no sólo había sido la autora de la filtración, eso quizá no le habría dolido tanto. Pero la falta de confianza, la representación suplicante: «Me presionan, dime que no has sido tú, te lo agradezco». Carmen era muy buena actriz, lo llevaba en la sangre, tantos años en el partido, maniobrando, trenzando alianzas en la sombra, quebrando otras. La vicepresidenta no pudo evitar sonreír, tantas veces la había visto aparentar sorpresa ante una noticia que conocía de sobra, «¡No me digas, me dejas de piedra!», era como ver a una bailarina saltar por el aire y caer con ligereza y seguridad. Me estoy acostumbrando a encajarlo todo. Ya no duele tanto. Pronto me iré. Nadie me lo dice, nadie se atreve a decírmelo, ni siquiera Álvaro, que juega a provocarme porque quiere mi puesto. Pronto me iré; incluso si el presidente se atreve al fin a seguir adelante con su iniciativa, incluso si hace un gesto real para recuperar la narrativa progresista de justicia y protección del débil, no contará conmigo mucho tiempo. Yo ya he caído, en realidad, y ésa es mi arma.

La vicepresidenta dejó el ordenador en el suelo junto a la mesilla; al cerrar los ojos, sin que viniera a cuento, pensó: se ríen de los colores de mis chaquetas, de mis trajes, pero la vida se acaba pronto, ¿acaso no es mejor un chisporroteo brillante, ameno, final?

El chico llegó a su empresa con una hora de antelación.

—¿Tienes turno especial o algo? —le preguntó el vigilante.

—No, insomnio. Oye, tú eres hermano de Germán, ¿no?

—Sí, ¿le conoces?

—Conozco a Eduardo, un abogado amigo suyo.

—Ah, sí, es un buen tipo. Oye, ¿por qué no te tomas un café o algo? Es muy pronto para entrar.

—Ya he tomado dos. Pero no te preocupes. Espero.

El chico se apoyó en la pared de la entrada. A los cinco minutos, el vigilante le llamó.

—Espera aquí dentro si quieres.

—Gracias.

Se quedaron los dos callados, mirando los monitores de las cámaras.

—¿Alguna vez has visto algo?

—Yo no, pero un compañero vio un robo en la segunda planta.

—¿Cuándo?

—El año pasado. No vio el robo. Se habían llevado unos discos duros el día anterior, y vio al tío que los devolvía.

—Coño, no sabía nada. Supongo que a ese tipo le echaron.

—No lo sé. Él no vino más por aquí. Pero no hubo ningún juicio.

—Uf, qué turbio, ¿no?

El vigilante se rió.

—Pareces un buen chico. En realidad, tienes demasiada pinta de buen chico. Si no fuera porque conoces a Eduardo y porque Eduardo ya sabe esta historia, pensaría que has venido a sonsacarme. Turbio, dices. Yo no sé dónde coño vive la gente.

—¿Crees que sobornaron a algún compañero tuyo?

—A la gente como yo no nos compran, nos amenazan.

—Vale, no lo sabía.

—Bueno, entonces, ¿qué pasa? ¿Eduardo quiere que te deje entrar? ¿Por qué no me lo has dicho directamente?

—No, no quiero entrar —dijo el chico—. Y, la verdad, pensaba que él había hablado contigo.

—Pues no ha hablado.

—Ya veo, ¿me puedo quedar hasta que llegue la gente?

—A menos cuarto llega mi jefe. Cuando yo diga, te largas.

—Claro.

No hablaron más, el chico miraba los monitores con los pasillos vacíos, tenía controladas casi todas las cámaras, pero daba igual, en la sala de monitorización había cuatro fijas. No podía hacerlo si no las desconectaba. Y si lo hacía, quedaría registrado. Necesitaba un cuelgue bestial del sistema, pero no tenía medios ni el arsenal necesario para lograrlo en poco tiempo. Siguió mirando los monitores, y vio en uno de ellos una habitación pequeña con dos racks.

—¿Dónde está eso?

—Aquí al lado.

—¿Y qué hay?

—No te lo voy a decir, pero no es importante.

—Pensaré que no me lo dices porque sí es importante.

—Allá tú.

Si había alguna relación entre esos armarios y el sistema de seguridad, bastaría con un pequeño golpe analógico en ese cuarto: un cable quemado, agua, algo que forzase la desconexión durante un tiempo.

—Oye —dijo el vigilante—, hoy hablaré con Germán, yo no olvido nada.

—Claro. Yo tampoco. Te debo un favor.

La vicepresidenta salió de casa a las ocho y media de la mañana del sábado. El coche la esperaba. Atravesaron una ciudad a medio gas, con la mayoría de los semáforos en verde. Ya en las afueras, el sol primaveral cubrió las vallas publicitarias, los coches, el asfalto, de una luz plana, como si todo lo que la vista divisaba fuese apenas un dibujo en dos dimensiones. Julia pensaba en la flecha, anticipando la conversación que podrían tener. Estaba orgullosa de haber sido la depositaria del plan del presidente. Un acto de valor, un golpe sobre la mesa que volvería a emocionar a los votantes. Dejarían de ser meros receptores pasivos de una política que sólo parecía restarles derechos, esperanzas, futuro. Quienquiera que estuviese detrás de esa flecha se iba a sorprender al saberlo, imaginárselo le divertía y al mismo tiempo le permitía olvidar la filtración de Carmen. Se despidió del chófer sonriendo, y saludó así a los vigilantes de la entrada. También sonreía cuando llegó a la puerta del despacho del presidente y él, al sonido de sus pasos, la abrió.

—Hola, Julia, te veo muy contenta. En cambio aquí, ya ves.

El presidente llevaba un pantalón gris y una camisa blanca con los puños rígidos desabrochados vueltos hacia atrás. Tenía la expresión deshecha como si fuera el final del día.

—¿Ha pasado algo?

El presidente dejó atrás el tresillo de las formalidades, se dirigió a la mesa pero no llegó hasta su sillón, sino que señaló a Julia una de las dos sillas blancas que había delante y él se sentó en la otra.

—Han pasado muchas cosas. Todas malas excepto una: parece que el próximo mes podrían hacerse públicos algunos datos ligeramente optimistas sobre la situación financiera del país, te lo he preparado en una carpeta. Necesito tregua hasta ese momento. Aparca cualquier negociación conflictiva: con la prensa, con las operadoras de telecomunicaciones, deja en pausa la Ley de Libertad Religiosa. Y ponte de acuerdo con el ministro de Sanidad: tenemos que volver a colocar en la agenda de los medios la Ley de Dependencia. Eso y las becas son las dos únicas cosas que han sobrevivido razonablemente. La gente tiene que saber que seguimos manteniendo un proyecto social, aunque sólo queden andrajos.

—¿Cuándo se sabrá el dato que dices?

—Dentro de tres semanas.

—¿Es seguro que será bueno?

—Casi seguro.

—Tres semanas de tregua son mucho tiempo, presidente. No se puede hacer política agitando una bandera blanca. Nadie espera. Nos ganarán terreno. Los medios, el PP, las operadoras.

—Que lo ganen. Es mejor eso que ser masacrados.

—Y tu proyecto de las cajas, ¿también lo aparco?

—Más que ninguno.

—Recortar, aparcar. Tienes que pasar a la ofensiva. Nos hemos retirado tantas veces. ¿Recuerdas las Sicav? No aguantamos ni dos meses, el vicepresidente económico se puso de parte de los grandes patrimonios cuando ni siquiera había riesgo, es un dinero que no tributa, ¿qué importaba que se lo hubieran llevado fuera?

—No vuelvas sobre eso ahora, ya ha pasado un año.

—Podrían haber pasado seis y seguiría estando mal hecho.

—Cuando alguien se está ahogando, no puede rechazar una mano aunque no sea la que él querría.

—Pero tenemos otras manos. No estamos solos. Somos representantes, ¿te acuerdas?

—Ahora tenemos que esperar.

—¿Puedo al menos sondear, con suma discreción, a algunas comunidades autónomas, a algunos sindicatos? Tengo pendiente un viaje a Berlín, ¿puedo hablar allí con la organización europea de cajas de ahorro?

—No te va a quedar tiempo, Julia. Te quiero dando entre-vistas, convocando cenas y comidas con representantes de aso-ciaciones de dependientes, yendo a programas de televisión. Y al mismo tiempo vigilando que, aunque nos ganen terreno, no sea demasiado.

—Sacaré ese tiempo. Sabes que puedo hacerlo.

La vicepresidenta se fijó en el zapato puntiagudo del pre-sidente, que ahora descansaba sobre su muslo derecho, dejan-do al descubierto un calcetín traslúcido. El presidente solía ser una línea recta o un cuatro sentado, pero no esa especie de grulla cubista y asimétrica que ahora se acariciaba la piel del tobillo a través del calcetín.

—De acuerdo, Julia. Puedes sondear pero sembrando con-fusión, que nadie llegue a deducir con claridad qué pretende-mos. En este momento no tengo ninguna confianza en que se den las circunstancias que nos permitan seguir. Pero agitar las aguas incluso puede ser útil, así que adelante.

El presidente se levantó sin agilidad, las articulaciones pa-recían tender hacia distintos lados hasta que al fin alcanzó la vertical en un equilibrio precario.

—Tengo reunión de emergencia en el Consejo Europeo. Er-nesto te dirá en qué actos debes sustituirme. Me gustaría po-der hablar más tiempo contigo, pero no puedo.

—Nos vemos entonces, presidente.

La vicepresidenta abandonó la ciudad prohibida más vieja. Su entusiasmo de hacía sólo unos minutos se había convertido en inercia, inercia de la buena, que también existe. De esto, fle-cha, no te he hablado nunca. Combatimos la inercia mala, la del descuido y la pereza, pero ¿sabes tú algo de la inercia bue-na, la que te hace seguir el día que todo te parece muerto, em-pezando por tu propio corazón? Exagero, sí, melodramatizo, y sin embargo creo que tú no conoces esos días. Porque no se trata de seguir con la vida diaria sino con lo que una vez pen-samos que tenía sentido y ahora sabemos que no, digo sabemos, sí, no digo intuimos sino sabemos; y la inercia nos hace seguir porque si abandonáramos, otros que están en el juego y creen en él deberían parar. ¿No sería más justo, puede que me preguntes, tomar la palabra y desvelar lo que ahora sabes, que no vale la pena, que se lucha por nada, que el frente debe de estar en otro sitio si es que está? Pero la verdad se desplaza a veces, entonces la inercia buena te permite seguir pedaleando como esos dibujos animados que corren después del precipicio, pues aunque el conocimiento dice que vas a caerte, no lo sabe con seguridad, y es que hay verdades que se producen en el tiempo: si alguien levantara una plataforma, un puente, el impulso te permitirá llegar allí.

Crisma y la vikinga habían logrado entrar en el sistema de sensores de los dos racks situados junto a la entrada del edificio. Eso les permitiría retardar el sonido de la alarma cuando Crisma entrase realmente en el cuarto y produjera, aún no sabían cómo, una fuga de agua.

—¿Diez minutos de descanso? —dijo la vikinga.

—Que sean veinte, no puedo más.

Salieron de la pequeña habitación de la trastienda y subieron al piso de arriba, donde la vikinga tenía un dormitorio y una cocina pequeña. Acababan de llegar cuando sonó el timbre de la tienda.

—¿Tienes que abrir? —preguntó Crisma.

—Voy a mirar quién es.

En el monitor de la cámara había un joven indio.

—No abras —dijo Crisma.

—¿Le conoces?

—Sí. Es uno de ellos.

—¿Cómo pueden saber que estás aquí?

—Cuando vine aquí la primera vez no pensé que podían seguirme. No estuve atento a eso.

—Mal hecho, joder —dijo ella—. Si te enfrentas con alguien, no puedes hacerlo a ratos.

—No tengo práctica.

—Pues peor para ti. ¿Hoy te han seguido?

—Hoy sí he tenido cuidado.

—Entonces, puede que no te estén buscando ahora. A lo mejor sólo quieren saber qué es esto. Mira, está metiendo algo debajo de la puerta.

—Espero que no sea un petardo con la mecha encendida.

—Los petardos no caben por debajo de las puertas.

Vieron alejarse al indio. Crisma se tumbó en un sofá y la vikinga en otro en ángulo, sus cabezas quedaban muy cerca.

—¿Por qué estás tan furioso? —preguntó ella.

—¿Yo, furioso? Si siempre he sido el bueno, en mi casa, en el colegio, en todas partes.

—Estás furioso. Nadie que no lo estuviera se empeñaría tanto como tú en acabar con esto.

—¿Qué harían entonces? ¿Ceder y ceder, dejarse arrinconar y luego ver cómo te echan a la basura? ¿Y tú? ¿No vas a bajar a ver qué coño ha puesto ese indio en la puerta? En serio, podría ser un explosivo programado.

—No sacarían nada volándote por los aires.

—A lo mejor no saben que estoy aquí, y sólo quieren deshacerse de ti, de cualquiera que me ayude.

—No creo que entonces hubiera llamado al timbre.

—Tú misma. Yo ya volé por los aires una vez.

—¿Cuándo? Te veo entero, tienes trabajo, salud, no sé por qué estás tan furioso. Esa historia que me contaste de tu chica y la vergüenza no está mal, pero no explica esto que estás haciendo.

—Bueno...

El chico cerró los ojos, su cabeza casi tocaba la de la vikinga. Pensó que si se acercaba un poco más quizá pudiese pasarle sus ideas, sin hablar, sólo dejando que ella viese lo que él veía, cómo a los veinte años le ofrecieron trabajar en una empresa de telefonía y él orgullosamente se negó, quería estar al otro lado, no donde se controla y se cobra y se convierte la riqueza en escasez, sino donde abren las verjas que estaban cerradas y lo que es abundante se distribuye. En sólo diez años se había resignado y no sólo por la necesidad de ganarse la vida; era la sensación de que nunca hubo otro lado fuera, sólo lo imaginaban; por eso al final no había tanta contradicción entre estar hackeando cada madrugada y acabar trabajando para bancos y grandes empresas. Incluso aquellos que se establecieron por su cuenta terminaron vendiendo sus programas a esas empresas que podían comprarlos, cuya actividad consistía de nuevo en crear escasez y sacarle beneficio. Los más viejos contaban historias del otro lado, de un tiempo en que de verdad se creyó que habría otro camino, otra organización, otra forma de vivir juntos. Pero parecían historias de ciencia ficción. De todos modos, la furia, como lo llamaba la vikinga, seguramente no empezó por eso. Fue la entrega de los demás, cómo parecían aceptarlo todo, fue oír sus vidas contadas en cafés, paseos, leídas en blogs, chats, twits, mails..., instalados en un presente que fluía intenso, tolerable, incluso en los errores, incluso en lo ruin. Él sin embargo no aceptaba algunas cosas que le habían hecho, ni otras que había acabado haciendo. Si te digo esto, vikinga, pensarás que me violaron, o que me golpearon de pequeño, ése es todo el espacio que parece haber quedado para lo inaceptable y tampoco, pues si me hubiera pasado algo así yo tendría mi relato, para contar o insinuar, para ser consolado. No, vikinga; esta vida funciona mal; aunque parezca obligatorio gustarse, autoestimarse, quererse y toda esa mierda, hay cosas que no están bien en mí, pero no sólo en mí: ¿a nadie le remuerden nunca los recuerdos, nadie se lleva mal con su cuerpo, su trabajo, sus días, y quisiera tachar lo que no vale, desaprobarse, elegir que importen cosas diferentes?

Todo lo que Crisma dijo fue:

—Yo necesito ver qué han puesto ahí, ¿me dejas?

—Vamos, sí, además deberíamos seguir trabajando.

Llegaron a la puerta; por la mirilla no se veía nada.

—Es esa tarjeta —dijo la vikinga señalando un pequeño triángulo claro en el suelo.

Abrieron la puerta y, en efecto, había un tarjetón beige. En la esquina superior con letra de imprenta ponía sólo «Suministros Ekagrah» y una dirección de correo electrónico. En el centro de la cartulina, a mano, con letras de imprenta: «El Irlandés necesita dos hombres durante un mes»; más abajo, un número de móvil.

—¿El Irlandés?

—Es un tipo curioso. Me encarga asuntos de vez en cuando. Yo conozco a buenos detectives sin trabajo y él a veces los necesita.

Crisma pareció hacerse más alto, se acercó a la vikinga y la sujetó, brusco, por los hombros.

—¿Me has engañado?

—No me toques.

La soltó pero siguió muy cerca, invadiendo su espacio.

—Te he hecho una pregunta.

La vikinga se echó a reír.

—No puedes ser tan gilipollas. ¿El hombre al que esperas jugársela es el Irlandés? Por favor, estás muchísimo peor de lo que pensaba. No tienes ninguna posibilidad.

—Júrame que no trabajas para él.

—Yo no trabajo para nadie.

—¿Por qué este numerito de la tarjeta? ¿Por qué no te ha llamado y punto?

—El Irlándés no llama ni escribe correos.

—Y al ver al indio, ¿no has supuesto que era él? ¿Por qué no me lo has dicho desde el principio?

—Él nunca usa el mismo método. Es la primera vez que hace esto del tarjetón debajo de la puerta. Oye..., te contesto porque me das pena. Pero me jode muchísimo que me estés preguntando.

—Lo siento. De todas formas, no vamos a vernos más.

La vikinga miró a Crisma como si ella hubiera vivido ese momento muchas veces y todo fuera una repetición. Había piedad en sus ojos mientras caminaba hacia atrás. Se apoyó en una pila de cajas de madera y su piel se hizo más clara bajo la luz de la esquina. Callaba.

—Entonces —titubeó Crisma—, ¿crees que él no sabe que estoy aquí?

—Me extrañaría. Sé que me vigiló la primera vez que me hizo un encargo. Fue hace unos años, pero no creo que haya vuelto a hacerlo. Estuve a punto de dejarle colgado sin el material cuando me enteré.

—Pero no lo hiciste. Aceptaste que te espiara.

—Le partí su portátil por la mitad, con un hacha.

—Venga ya.

La vikinga abrió un armario y le mostró un hacha con mango de madera, la hoja de acero estaba pintada de rojo excepto el último filo de color gris.

—Llegamos a un acuerdo. A ver, yo sé qué negocio es éste, no pido tratar con ángeles, sé que tienen que cubrirse las espaldas, pero se pasó bastante.

—No parece un tipo que respete los acuerdos.

—Conmigo lo ha hecho.

—No lo sabes.

—Lo sé bastante.

—Guarda el hacha, anda.

Crisma apartó con su mano el pelo rojo de la vikinga y en sus ojos vio las vidas de tantos hombres y mujeres como ellos, tal vez solos en sus cuartos en ese mismo instante, sintiéndose como letras diseminadas en una página, formando palabras, pero qué sabe cada letra de la página a la que pertenece, de la historia que cuenta. La red había soñado con unir vidas solas, muchas personas se habían acercado entre sí a través de la terminal, sin embargo cuando cae la noche el ordenador conectado no puede comprender cómo en el sueño te espera la muerte. Se besaron, la lengua en el paladar, y parecía que no había paredes alrededor, que estaban quietos en la atmósfera, entre la tierra y el cielo. El deseo les sobrevino con la urgencia de historias pasadas, como si no buscaran el cuerpo del otro sino un lugar donde ser otros cuerpos y otras vidas.

La vicepresidenta desconvocó la reunión del domingo. Tenía que ocultársela a Carmen y hacer las citas de otra manera. Se propuso no fijarse en los gestos de su directora de comunicación. No interpretaría nada, actuaría sabiendo lo que sabía pero comportándose con ella con normalidad. No tenía tiempo para abrir un nuevo frente. Carmen, Mercedes, Luciano y los dos asesores, juntos, habrían sido como una célula viva. En cambio ahora debería trabajar con cada uno por separado, además de con Luciano. Así lo hizo, estableció citas a horas dispares como si se tratara de asuntos independientes. Y cargó sobre sí el trabajo que le habría correspondido a Carmen. Durante una semana estiró su agenda hasta hacerla saltar por los aires en un par de ocasiones, pero logró mayores avances de los que había pensado.

Necesitaba una cobertura para sus reuniones, para que nadie pudiera definir con precisión de qué estaban hablando. El mejor modo de lograr que una mentira sea creída es apuntar a los deseos del destinatario. Ahora los bancos estaban deseando que el gobierno introdujese prisa en las fusiones de las cajas. Dio, pues, a entender que se le había encomendado censar las actividades de las fundaciones de las cajas para racionalizarlas y al mismo tiempo evitar que las fusiones dejaran flancos realmente necesarios desatendidos. Tanto en su agenda de vicepresidencia como en el Twitter de la Moncloa mandó introducir reuniones y actividades, algunas de las cuales eran ciertas y otras no tanto. Contaba con la colaboración de un secretario de Estado de Economía, joven y vital, alguien que aún pensaba que la energía de quienes trabajaban para la administración no debía desaparecer bajo la sumisión y el miedo a una opinión pública mediatizada. Él se encargó de calmar y distraer al Banco de España y a su ministra.

Entretanto, con todos los interlocutores trató el tema de las fundaciones y otros varios: a ninguno le pidió secreto. Sabía que era imposible lograr ese secreto, y en cambio había elegido confundir, mezclar. Si hacía discretamente públicas las reuniones, si difundía informes varios, algunos con apariencia de confidenciales, los cuervos a la escucha se calmarían. Pidió a cada asesor varios informes diferentes, sobre la necesidad de acelerar la fusión de las cajas, sobre los enfrentamientos que se estaban suscitando, sobre las fundaciones. Y pidió a la flecha que diseminara fragmentos por distintas vías. Esperaba ganar unos días con eso, sabía que no podía aspirar a más pero unos días quizá bastasen. En cuanto a los periodistas, podría lidiar con ellos aun sin contar con la completa complicidad de Carmen. En medio de la confusión y la sobreabundancia de información, nadie iba a creer lo que tenía delante: que alguien como ella estuviera dispuesta a tomar en consideración unas propuestas que solían proceder de sectores de la llamada izquierda minoritaria. Tampoco iban a creer que el presidente estuviera dispuesto a desafiar el poder de unos bancos que, entre tantas otras cosas, habían negociado operaciones de crédito al partido. Antes de emprender el viaje a Berlín, dio el paso más arriesgado, el más indisciplinado quizá. Pidió a Luciano que se encargara de sondear qué acogida tendría el proyecto en el partido.

Y se fue a Alemania. Como no podía contar con Carmen, se había encargado ella de concertar entrevistas con los actores alemanes que en su día criticaron la liberalización del modelo bancario alemán. Tradicionalmente basado en cajas de ahorros, bancos públicos y entidades privadas, ese modelo había empezado a desintegrarse. Las entidades privadas contaban ya con autorización para adquirir bancos públicos y pretendían además explotar la etiqueta comercial de las cajas. Los bancos internacionales arrebataban a estas miles de clientes a diario, las fusiones ya no eran más que un pretexto para favorecer la expansión de los bancos privados. Pero hubo quienes se opusieron a ese camino, y algunos de ellos todavía ocupaban cargos relevantes en la administración y en la Unión Europea. La vicepresidenta acudió a las entrevistas sin demasiada esperanza y encontró sin embargo receptividad, afán. Había concertado una cita extraoficial con el ESBG, el grupo europeo de cajas. Y otra con una economista que estuvo al frente de la nacionalización en Islandia. El resultado fue bueno. Cuando se abre una rendija, cuando se hace visible que al otro lado hay tierra que pisar, son pocos los que prefieren quedarse dentro. Y aunque una cosa era hablar y otra aceptar arriesgarse, esas personas le ofrecieron su apoyo. No tenían el poder necesario, pero sí el suficiente para proporcionarle información útil. También le avisaron de que las entidades privadas españolas estaban empezando a hacer preguntas sobre ella.

La vicepresidenta llegó al hotel pasadas las once. Durante esos días sólo había hablado con la flecha de cuestiones técnicas. Ahora, después de cenar un sándwich en el bar del hotel pensó que le gustaría encontrarla en su ordenador y pedirle que le contara una historia. En el ascensor, subió con una pareja de unos treinta años, notaba el deseo de sus cuerpos en cómo se aproximaban sin apenas rozarse. Metió la tarjeta en la cerradura de su puerta. Una luz suave encendida, un bombón en la mesilla, frío no en la habitación sino en sus ojos que no encontraban a nadie. Mientras su portátil se ponía en marcha, se descalzó.

Llevó el portátil a la cama; se tapó con la colcha de la cama de al lado y esperó. Nada. No se movía nada, no había nadie en el escritorio. Abrió el navegador y buscó el enlace de una canción que le había enviado su sobrino: «La siesta de la Pantera, rosa». «Después de seis años, te quité la ropa. / Para echar la siesta, como si cualquier cosa», ¿qué hacía ella escuchando esa voz que le hablaba de un tiempo ya imposible? Pero no todo se acaba, quizá el tiempo es un pasillo mecánico que avanza siendo, sin embargo, posible desplazarse por él en dirección contraria hasta llegar a la emoción que fuimos. Cantó a coro con el trío la canción: «... después de seis años te besé en la boca, nos quisimos tanto que hasta hoy se nota...». Todavía eran las nueve y cuarto y tenía con la flecha el acuerdo de coincidir a las diez. Su teléfono móvil comenzó a sonar. Miró el número: Carmen. Algún periodista se habría enterado de su viaje y Carmen querría saber. Dejó que la llamada sonara hasta extinguirse.

Desenvolvió el bombón de la mesilla. Eso le hizo recordar a Álvaro, quien compartía con ella su gusto por el chocolate, en más de una ocasión se habían enviado el uno al otro cajas o tabletas, obsequios entre adversarios. Álvaro tenía que estar ya sobre su pista, quizá había llamado él a Carmen y después Carmen la había llamado a ella. No quiso reincidir en esa historia, aunque debía. Más tarde. Dónde estás, dime. El chocolate se deshacía en su boca, y la vida. «Estamos aquí de prestado», hacía poco había escuchado esa expresión pensando con extrañeza en el deseo de que el propio paso por la vida no arrastrara rendición ni lágrimas. Ser un árbol y no el que siembra desdicha por órdenes de otros. Palabras. Abrió un documento y tecleó: «Palabras».

—¿palabras?

—Hola.

—¿cómo ha ido?

—No mal, pero lo saben ya, empiezan a saberlo.

—¿qué pueden hacer?

—Todo. ¿Has visto que el presidente quiere preservar ahora a la banca privada evitando su entrada en el fondo de rescate europeo?

—creí que admirabas al presidente.

—Admiración... Cuando alguien reconoce tu trabajo es difícil ser objetivo. Necesitas pensar que esa persona es buena porque ha unido su valor al tuyo. Le he admirado, sí, creo que con honestidad.

—¿y ahora? ¿no serás de los que piensan que ha cambiado o «nos ha fallado»?

—No. Creo que le han puesto entre la espada y la pared, él tiene información que ni siquiera yo tengo, supongo que el estado de nuestras finanzas es bastante peor de lo que queremos creer. Pero ha olvidado que es un representante. No es a él a quien han puesto entre la espada y la pared sino a la sociedad española. Le votaron once millones de personas y quizá diez millones podían preferir no claudicar, no someterse. O cinco. O uno. En cualquier caso debería preguntar, porque el mandato que le dieron era para otras circunstancias y otros actos.

—¿por qué no lo hace?

—¿Lo harías tú? ¿Renunciarías a pilotar un barco que se hunde?

—de acuerdo, veo que no vas a entrar.

—Dentro de dos días hablaré de nuevo con él. Si me dice que adelante, empezará la verdadera guerra. Entonces tendrás mi cobardía. ¿Qué harás con ella?

—guardarla.

—¿Qué has hecho con la tuya?

—cada uno en su terminal.

—¿Cómo?

El teléfono sonó de nuevo en la habitación de la vicepresidenta. Era Luciano.

—Espera cinco minutos. No te vayas.

El abogado vio pasar un tren iluminado. Se encontraba en las inmediaciones de la estación de Atocha y empezaba a sentir que todo se le iba de las manos. Si hay que tener un motivo, si los motivos deben estar detrás y no en el futuro, si deben ser una explicación, la mía no está en el azar ni en ayudar al chico ni en la deuda de gratitud hacia compañeros de lucha a los que llevo años sin ver. Salió del coche y anduvo hasta llegar a unas escaleras que daban a otra calle, cerca de un muro.

Se sentó allí, veía un parking de camiones y contenedores y, algo más lejos, las vías. No se lo había contado a nadie pero sabía bien lo que le hizo empezar, que era distinto de lo que te hace seguir y seguramente no tan importante. Había oído la frase un día en el metro, el brazo prendido de la barra. Amaya no hablaba con él, se dirigía a un cuadro medio de la organización, él no estaba prestando atención a la conversación pero le llegaron con nitidez estas cuatro palabras: «cada uno en su terminal». Quiso entonces reconstruir el contexto sin lograrlo, la conversación había tomado un rumbo distinto. Cuando el otro se bajó, él abordó directamente a Amaya: ¿a qué te referías al decir «cada uno en su terminal»? Ella se encogió de hombros: «A las normas —dijo—, las normas que nos damos». Él seguía sin entender: ¿qué tienen que ver las normas con la terminal? La risa de Amaya rompía miedos y ataduras, parecía un termo de café para todas las noches frías de pegar carteles. Ella dijo que al final de cada conexión, en cada nudo de la red, había una acción posible. Estás ahí, decía, en la terminal, y aunque la diferencia entre lo que haces y lo que podrías hacer siguiendo tus normas parezca ridícula, y aunque lo sea, también lo ridículo cuenta, y lo insignificante se organiza y deja de serlo. Al fin y al cabo, reía, ser comunista es eso, ¿no?, organizar la insignificancia.

Desde lo alto de la escalera, los coches pasaban lo bastante lejos como para no aturdir con su ruido, y el gran aparcamiento y el ir y venir de los trenes sugerían espacio, la calma y la seguridad de los cuerpos grandes, ballenas, mastodontes. El abogado imaginó a la vicepresidenta en aquel hotel de Berlín. Tú y yo, cada uno en nuestra terminal, interpretamos los comandos que introduce el mundo, y soñamos con subvertir su sentido. Cada uno en su terminal a veces no está solo. Me has preguntado si tengo miedo. Me preguntas, supongo, si quise mi cobardía y no la tuya cuando te busqué. Tú siempre tienes que estar expuesta. Pero los otros, los que nos representamos sólo a nosotros mismos, nos jugamos también pedazos del futuro entre las sombras.

Regresó al coche, vio el cursor parpadeando y sintió de algún modo cómo sus dedos sobre las teclas aparecían en aquel cuarto anónimo, hoy ocupado por Julia y mañana por un desconocido.

—A veces pienso si —escribió la vicepresidenta—, de no haber tú entrado en mi ordenador, nos buscaríamos igual que todas esas soledades que lo hacen a cualquier hora en la red, «this is for all the lonely people, thinking that life has passed them by, don't give up...».

—...

—Supongo que prefiero no pensar que eres un perro.

—¿...?

—La viñeta más famosa de internet, es imposible que no la conozcas.

—no caigo.

—Un perro subido a una silla frente a un teclado y un monitor. Abajo, en el suelo, otro perro le mira preguntando, y el de la silla le dice: «En internet nadie sabe que eres un perro».

—te cuesta no preguntarme quién soy. alguien normal y corriente. una respuesta más concreta te decepcionaría.

—«Normal *y* corriente», qué insistencia, bastaría con que fueras normal, o corriente... Decepcionarme, no. Un político vive sin vivir en él, nada nos decepciona porque no existimos, vamos a todas partes con la maleta hecha, sin esperanza de quedarnos.

—¿qué posibilidades hay de que el presidente se sienta con fuerzas para seguir adelante con esto?

—Un dos por ciento. Quizá me exceda.

—por otro lado, las propias cajas no lo permitirían.

—Estamos hablando con ellas, hay división, algunas tienen

miedo y motivos para tenerlo, en otras hay facciones, en otras tenemos a sectores de los sindicatos.

—pero...

—Es poco, lo sé, es un comienzo. Y nadie dice que el presidente se vaya a rendir. ¿A qué te referías con la terminal? ¿Al libre albedrío? ¿Al factor humano? ¿Y si no existen? ¿Y si nunca pudimos haber hecho una cosa distinta de la que hicimos?

—eso sólo lo sabe quien permanece fuera, en los bordes, pero tú estás dentro y tienes que elegir.

—No estás en Berlín, ¿verdad? Dime sólo eso.

—no.

—¿No me lo dices o no estás?

—no te lo digo.

—¿Por qué?

—porque tú y yo tenemos un pacto, ¿no crees?

La vicepresidenta asintió con la cabeza. Miró la cinta aislante pegada sobre la cámara. No me ves pero creo que sabes que estoy asintiendo. Movió ella la flecha para saludar.

—Hasta luego —escribió.

—buenas noches —pareció sonreír la flecha.

El hotel estaba rodeado por un parque, negro ahora a excepción de los destellos amarillos de algunas farolas. Con la frente apoyada en el cristal, la vicepresidenta echaba de menos encender un cigarrillo.

Un vendaval se desató en los barrios del norte de Madrid. Cerca del hospital de La Paz dos árboles fueron arrancados de cuajo e hirieron a un hombre mayor. En el barrio del Pilar se desprendieron cornisas, marcos de ventana, toldos, y varias macetas cayeron al suelo. Al salir de la boca de metro Luciano Gómez vio que un cartel publicitario vencido había bloqueado la calzada. Se notaba la falta de operarios públicos que ofrecieran tranquilidad y apoyo. Un sonido de oleaje mezclado con los motores de los coches llenaba también las calles vacías. Luciano atravesó un pequeño parque en cuesta con ojos vigilantes. Bolsas de plástico, folletos publicitarios, hojas y alguna rama surcaban el aire sin orden alguno. Llegó al edificio y tocó el telefonillo. La voz de Helga resonó fuerte y clara al otro lado.

Helga abrió la puerta y volvió a la cocina. Cuando Luciano entró, ella llevaba una bandeja con tazas de café. La mesa del comedor era también su mesa de trabajo. Puso las tazas allí. Luciano abrió su carpeta y sin preliminares le contó la iniciativa de la vicepresidenta y que venía a pedirle apoyo:

—Necesito que me ayudes con el partido. Yo estoy demasiado significado, hay todo un sector que no querrá escucharme.

—¿Qué partido, Luciano? Unas reuniones muertas de tanto en tanto. El ochenta por ciento de los militantes son cargos públicos. ¿Qué se puede hacer con eso?

—Lo sé, Helga. Sé que no es nada. Pero hagamos algo con esa nada. Unas llamadas, buscar a algunas personas aquí y en las comunidades, contarles la iniciativa sin decirles que viene de Julia. Pedirles que convoquen reuniones y la discutan.

—Hay unas reglas, lo sabes mucho mejor que yo.

—No si se trata de discutir, de pensar propuestas.

—Lo intentaré.

Helga puso el dorso de la mano sobre la cafetera de cristal.

—Aún está caliente. ¿Quieres?

Luciano negó y ella se sirvió otra taza.

—Tú sabes que Julia me engañó. Y ahora la mujer a quien quiero tiene una historia.

—Lo segundo no lo sabía.

—Yo me acabo de enterar. A lo mejor no pasa de ser un escarceo, unos días de ausencia. Pero después de diez años me duele la repetición.

—No hay repetición.

—A mí me lo parece. No importa. Bueno, quiero decir que puedo hacer como si no importara mientras hablamos. Aunque estuviera dispuesta a ayudaros, es imposible que salga adelante.

—Basta con que lleguemos al último escalón.

—¿Al presidente?

—No. A la terminal de cada uno, es una expresión que le dijeron a Julia, supongo que se refiere al sitio desde donde se dan las órdenes, y se cumplen unas y se rechazan otras. En el fondo, es lo que yo a veces he llamado un instinto de dignidad. Nuestro partido creyó alguna vez en él.

—¿Y piensas que todavía puede creer?

—Cuando el presidente reciba la iniciativa que él mismo encargó, las organizaciones con las que estamos trabajando querrán que salga adelante. Aunque sean pocas, aunque sean débiles. Detrás de los mercados hay personas y tendrán que enfrentarse a la oposición de otras personas.

—Ya, como con la huelga, como en Francia..., ¿esperas que la gente salga a la calle? Cuando salen están infiltrados por la policía y todo acaba en incendio, y se cansan porque después de la calle no hay nada.

—No quiero la calle, quiero la terminal.

—La terminal necesita de los cuerpos, sin ellos se desvanece enseguida.

—Desde luego, no me estoy refiriendo sólo a la terminal electrónica. Por eso te necesitamos. Tú conoces a personas que lo han dejado pero no se han ido, puedes hacerlas volver, piensa en los que han tenido que tragarse sus convicciones tantas veces, además tienes relación con Izquierda Socialista, buscaremos cuadros bajos, y también si hace falta otras organizaciones.

—¿Cuáles? La mayoría no representan a nadie. Las cosas han cambiado, Luciano. El fracaso confirmará la idea de que este país es una pieza demasiado pequeña en el tablero mundial.

—No hay un tablero sobre el que se juega, ni mundial, ni personal, ninguno. Cuando movemos una pieza, movemos también el tablero porque no hay discontinuidad entre los dos. Nuestra prueba no dará como resultado el éxito o el fracaso sino una reconfiguración del juego.

—¿Y Europa?

—Se está hablando con otros países, también tienen cajas de ahorros.

—Ni siquiera las cajas estarán de acuerdo, hace mucho que perdieron su origen socialista, la mayoría piensa como bancos y así actúa.

—Nada es compacto, recuerda. Entre cada partícula de tu cuerpo hay espacio vacío. También en las entidades bancarias.

—Luciano...

—Vuelve a llamarme romántico si quieres. Pero lo contrario es cretinismo: Felipe González hablando de sí mismo como de un ciudadano de renta media, justificando la guerra sucia del Estado y quejándose como una plañidera porque el mercado impone su ley.

—Leí la entrevista, sí.

Helga se levantó para llevar la bandeja a la cocina. Al entrar, la ventana se abrió por el viento. Miró un momento el parquecillo de abajo, los árboles jóvenes se agachaban para evitar caer. Cerró con cuidado, vació el café y dejó que el agua fría corriera por sus manos como chorros de lágrimas. Seguía echando de menos a su hijo y así sería hasta que le llegase la muerte. Pero sobre todo lo echaba de menos los días en que pasaba algo distinto, ese vendaval o las palabras de Luciano, que parecían llegar procedentes de sus veinte años, cuando el tiempo no iba cerrando posibilidades, quemando etapas, sino que las extendía como ramas nuevas.

Luciano estaba apoyado en el marco de la puerta.

—¿Te encuentras bien?

Helga asintió con una leve sonrisa. Pasó junto a Luciano y volvió a la mesa.

—Yo también pensé que nada había valido la pena después de leer esa entrevista. Un ex presidente puede pasar por la vida sin haberse enterado de nada, puede analizar la corrupción del propio partido diciendo: «Sufrí mucho», puede mirar atrás sin arañar un solo milímetro de la película que él mismo se ha contado. Y resulta que es nuestro ex presidente.

—Casi nadie sabe estar callado. O a lo mejor tiene miedo. Ya sabes, la red, las filtraciones, quizá ha querido adelantarse al peligro que podría suponer para él un mundo sin secretos.

—Poco consuelo es. ¿Para qué hemos trabajado durante años? Si estamos en manos del destino, por lo menos tratemos de comprender lo que hace con nosotros. Y si no estamos en sus manos...

Luciano sonrió.

—Me conoces bien —dijo Helga—. Sabes que no voy a negarme, todavía confío, todavía espero. Os ayudaré. Luciano, ¿son ciertos los rumores que dicen que Julia va a caer?

—No parecen descabellados.

—¿Esta iniciativa es su canto de cisne?

—Puedes llamarlo así.

—No creas que es un juicio negativo. Al contrario. Hace muchos años que no escucho un canto de cisne.

Helga se levantó y fue a buscar su móvil. Miró en él la hora.

—No viene. Voy a perderla, Luciano. Nunca esperé poder vivir con ella para siempre. Pero ha sido demasiado pronto.

—¿No te estás precipitando?

—Al vacío, sí —sonrió ella, todavía de pie—. Luciano, ¿qué dice Julia, la tuya, de todo esto?

—Está con nosotros. No puede intervenir porque necesitamos ser muy cautelosos, de momento.

—¿De verdad crees que tenéis una posibilidad?

—Tú lo has dicho, tenemos una. Con una basta para intentarlo.

—Sería más fácil no ver, ¿verdad? Estar entre los ocupados.

—¿Los ocupados?

—Es una forma de hablar, los que no se preguntan, los que

están yendo siempre de una piedra a otra, sin hundirse, sin mojarse, sin importarles qué es lo que pisan para seguir a flote. Tú y yo hemos estado ahí, y desde luego la vicepresidenta. ¿Crees que podemos cambiar?

Luciano la miró a los ojos. Helga sostuvo la mirada y luego consultó de nuevo la hora. Después se acercó a la ventana. Luciano la acompañó.

—Seguro que va a venir.

—Dime, ¿Julia no teme que la llamen irresponsable? ¿No temes serlo tú? Vais a remover las cosas, crearéis enfrentamientos, fisuras, inestabilidad, incluso aunque nada salga adelante.

—He guardado silencio mucho tiempo por disciplina. Pero el mundo se viene abajo, Helga. De manera que no, no nos preocupa.

—Te acompaño a la puerta. Tendrás cosas que hacer y yo también. Me alegra haberte visto. Hacía demasiado tiempo.

Cuando Luciano se fue, Helga abrió su navegador en busca de noticias de la vicepresidenta. Muchos años atrás, al descubrir que el Irlandés tenía una historia con Julia, había conocido el insomnio de los celos. Pero no era de Julia de quien tenía celos, como todos pensaron, sino del Irlandés. Deseó con locura haber estado ella en el lugar del Irlandés, haber sido ella la amante de esa mujer delgada y vivaz con ojos como lagartijas y una voz, en cambio, muy quieta. Luego murió su hijo y no volvió a pensar en Julia.

Helga miraba un vídeo en el que se veía a la vicepresidenta hablando de tú a tú a un periodista. No subió el volumen, se fijaba en los gestos. Algunos movimientos de las manos y algunas expresiones la hacían parecer muy vieja, aunque Julia debía de tener apenas cuatro años más que ella. Pero era como si algo en su cuerpo estuviera dejando atrás el deseo y empezando a parecerse a..., ¿a quién se parecía?, esos rasgos..., y Helga rió, es Yoda, querida amiga, el gran maestro de la orden del Jedi comienza a ocupar tu cuerpo. A lo mejor tienes suerte y este tránsito tuyo por la vida pública te lleva directamente desde la madurez a la ancianidad sin pasar por la vejez.

Helga volvió a mirar la hora. ¿Sabrás tú, poderosa maestra Jedi, decirme dónde está la que espero, y por qué amor no basta, por qué vuelve siempre el deseo de intentarlo en otro cuerpo, no importan los años: alguien nos llama y sentimos que hay una latitud y una longitud y unos ojos junto a los cuales podríamos morir en paz? Siguió mirando noticias y fotografías. Le hacía bien estar ahí en vez de en la ventana, atenta a reconocer en la noche los andares de patinadora de la mujer a quien estaba perdiendo.

El Irlandés salió a la pequeña terraza trasera de su sanatorio de pájaros. Daba a un callejón sin salida y más que terraza era una mínima ampliación de la cocina donde otros vecinos colocaban tendederos. Él, liberado de necesidades domésticas, había puesto una tumbona para leer. Las ramas del árbol del callejón rozaban la barandilla formando sombras en su cara. Abrió la carpeta con los informes acerca de Luciano Gómez. Había perdido la costumbre de leer novelas y la lectura de informes le retrotraía a esos años en los que para descansar de sí mismo y tomar fuerzas se internaba en historias sobre barrios infames y destinos guiados por el azar. La vida de Luciano no parecía muy emocionante, en realidad ni siquiera parecía emocionante, pero el Irlandés conocía la importancia de los preparativos: visto desde fuera un hombre no hace nada, mientras en su cabeza, oficina, estado de ánimo, un plan empieza a tomar forma; a veces sólo se trata de determinación.

Ya jubilado, Luciano se levantaba a las siete y media con su mujer, desayunaban juntos y ella se iba al centro de investigación donde trabajaba. A eso de las diez él bajaba a comprar el periódico, el pan, y quizá alguna otra cosa, azúcar, bombillas. Algunas mañanas, no todas, se conectaba un par de horas a la red. Tampoco hablaba demasiado por teléfono. Una o dos veces a la semana acudía al Ministerio de Trabajo, al parecer asesoraba en varios proyectos menores. Durante ese mes había ido dos veces al médico, una a correos y una a la reunión del partido en su barrio: cuatro personas contando con él. Los sábados siempre salía a cenar con su mujer y otros amigos. Había impartido dos charlas, una en un instituto de enseñanza secundaria y otra en el local de una asociación de vecinos. No se le veía escribir, sí en cambio leer, dos o tres horas al día.

Demasiado tiempo muerto, pensó el Irlandés. La gente toma decisiones irreversibles cuando no fuma, cuando no escribe, cuando mira el reloj en la sala de espera, cuando no duerme. Llevaba ya medio mes rutinario, melancólico, cuando empezaron a cambiar las cosas. Primero Luciano recibió una visita de la vicepresidenta. Luego coincidió con ella en un café. El jueves fue a la sede de UGT, el viernes a la de Comisiones Obreras, y el sábado a la de UGT. En las tres ocasiones tenía una entrevista concertada. Había hecho numerosas llamadas esos días, pero no constaban porque el chico aún no había hecho las actualizaciones. Y había estado escribiendo en una vieja máquina de escribir eléctrica. El lunes siguiente fue a la sede central del partido. Volvió el miércoles. El jueves fue a la casa de la vicepresidenta.

El Irlandés recordó esa casa. Aunque llevaba años sin visitarla, la imaginaba igual, la gran terraza con los butacones de madera y el salón funcional, un tanto nórdico. La última vez que vio a Julia en aquella recepción se saludaron sin verse en realidad, ninguno de los dos estaba receptivo al estado del otro, al menos ésa fue su impresión, como si no quisieran reconocer en la cara ajena los años, los sueños desechados, las concesiones al triunfo. ¿En qué andaba metida Julia en compañía de Luciano? Podía no ser nada oscuro, un homenaje a algún viejo sindicalista o la construcción de un museo en un pueblo, esas pequeñas deudas que se adquieren desde el poder y que no implican corrupción pero sí cierta arbitrariedad del bien. Volvió al informe. Los dos últimos días, Luciano Gómez había visitado, esto le sorprendió profundamente, a Helga, la mujer con quien él había estado casado durante diez años, la madre de su hijo muerto. ¿Qué pintaba Helga en todo eso? Luciano era miembro del PSOE, igual que Helga, quien había trabajado en el partido, pero tenía entendido que cuando abandonó ese trabajo para fundar su propia empresa se había desvinculado del todo. Aunque llevaba mucho tiempo sin verla, a veces le llegaban noticias por medio de la mujer que ahora vivía con ella, una informática leonesa de ojos claros con quien solía trabajar. Helga le puso en contacto con ella, era realmente buena en lo suyo. Le cayó bien, al principio trabajaron mano a mano muchas veces, él llegó a sentir atracción y deseo, y cuando iba a mostrarlo ella le dijo que estaba viviendo con su ex mujer. ¿Viviendo y follando? Aguantó la pregunta, aunque le obsesionó unos días. Luego canceló esa historia. La leonesa le era útil pero no esperaba que fueran sus detectives muertos de hambre quienes acabaran frente al portal de mi ex mujer.

Se dijo que habría podido evitarse los detectives si el chico hubiera resuelto ya el problema de las actualizaciones. El chico había jurado que lo resolvería esa semana. Ojalá termine pronto, está nervioso y nos está poniendo nerviosos a los demás.

A las siete de la mañana, el teléfono del abogado sonó y se cortó varias veces. El abogado se vistió de mala gana. Acudió al bar convenido, el chico estaba bastante nervioso.

—Habrás hablado ya con el vigilante.

—Sí.

—Seguro. La otra vez me dejaste colgado.

—No: tú te adelantaste.

—Yo creo que no, pero no importa. ¿Me va a ayudar?

—Sí. Me contó su encuentro contigo. Llegamos a un acuerdo.

—¿Qué le das tú a cambio?

—Cosas nuestras...

—Avísale entonces. Voy a hacerlo hoy.

—¿Hoy?

—Es que es más complicado de lo que ellos creen. Les he explicado que técnicamente resulta imposible hacer las actualizaciones sin dejar pistas. Lo saben, lo entienden, pero les da igual, yo soy una pieza de recambio.

—Necesitas algo más que mi ayuda. Tenemos que organizarnos, ellos te dejarán solo y terminarás tú en la cárcel o suicidado como ese técnico griego.

—No, ni hablar. Lo he planeado bien. Cuando tenga una llave de acceso para mí, me las arreglaré para que lo sepan. Así tendrán que dejarme en paz.

—No creo que pretendan estar escuchando siempre. Una vez que resuelvan su asunto, pararán.

—Ellos no pueden añadir los números desde fuera. Cada vez que les interese otro me lo van a pedir. Tengo que poner un límite. Dentro de cinco minutos vamos a esa cabina y llamas al guarda. Por favor.

El chico llegó al trabajo con antelación, avanzó los últimos cien metros pegado a la pared para no ser filmado. El guarda de la puerta le esperaba.

—Aquí —dijo desde un rincón que era también un punto ciego de la cámara.

Luego regresó a su sitio habitual. El chico esperó fuera mientras el guarda abandonaba su caseta. Luego entró a gatas con un pasamontañas hasta el punto ciego donde el guarda había depositado unas llaves. Había estado preparando el plan con la vikinga y habían decidido que sería más seguro y desconcertante acudir primero a los viejos métodos analógicos. Sólo si algo se complicaba usaría el inhibidor. Con una caña de pescar plegable puso un paño negro sobre la cámara, cubriéndola, y repitió lo mismo en el pasillo. Abrió la puerta del

pequeño cuarto de racks. De su mochila sacó una bolsa iso-
térmica con un bloque de hielo. Lo dejó encima del rack. Tenía poco tiempo antes de que los sensores advirtieran el cambio de temperatura. Volvió sobre sus pasos retirando los
trapos negros. Salió pegado de nuevo a la pared. Regresó a las
ocho, con otra ropa y sin pasamontañas. Tras saludar al guarda subió deprisa a su ordenador. Entró en el sistema y modi-
ficó el script de los sensores. Borró su rastro; aunque no podía
hacerlo en el otro ordenador del hielo, esperaba que la avería
que produciría el agua provocase un pequeño incendio que
destruyera los registros de lo ocurrido.

El chico trabajó de buen humor. Pedaleaba con los pies sin
querer, como si tuvieran música. Un compañero se le acercó
para preguntarle una duda y el chico le sugirió salir a tomar
un café.

—¿Cómo vas? —se interesó el chico por él.

—Un poco harto —replicó su compañero, apenas unos
meses mayor.

—¿Por qué?

—Porque tengo sueño, porque me controlan a todas horas, porque han quitado a dos personas de mi grupo y ahora
tenemos el doble de trabajo... ¿Sigo?

El chico negó con la cabeza.

—¿Y tú?

—Hasta el cuello.

Se miraban sin verse, cada uno conjurando un tiempo futuro que les atenazaba. La luz de la cafetería parpadeó. El
chico levantó los ojos hacia el reloj de la pared. La luz se fue
del todo y volvió una más débil de emergencia.

—Vamos a hacer backups, esto tiene mala pinta —dijo su
compañero.

—Sí, ve yendo si quieres, yo invito.

Crisma dejó unas monedas en la barra y salió por la puerta
opuesta. Entró en la sala de monitorización.

—Se está cayendo todo —le dijo su jefe.

—Por eso he venido.

—¿Puedes seguir con esto? Hay dos cosas que no quiero perder en mi ordenador —dijo, y se fue.

No entraba en el plan del chico, pero sus zapatillas seguían pedaleando solas. No estaba nervioso, lo había repasado, podía tocar las teclas con los ojos cerrados. Y no tenía miedo porque el miedo ya había sucedido, formaba parte de una historia paralela en la que pudo no haberlo intentado. Tecleaba como jugando, como si en vez de escribir código estuviera conduciendo un coche por el borde de un precipicio, guiando una lancha bajo los puentes.

La luz parpadeó de nuevo, él había logrado actualizar la red de teléfonos sombra y tenía ya también su propia puerta trasera. Pero le faltaba el encargo de su jefe. Sonó el teléfono, era él.

—Cierra el ordenador y ven a mi despacho.

Crisma apagó. Sus zapatillas se quedaron quietas: ¿le había visto su jefe?, ¿había sido todo una emboscada?

Anduvo despacio, como si no hubiera gravedad en los pasillos y pudiera chocarse con el techo o la pared. Las luces de emergencia parpadeaban sin cesar. El chico repasó los pasos, era difícil que su jefe los hubiera visto pero no imposible. Podían despedirle. Podían llevarle a la cárcel. ¿Y todo por qué? ¿Por haberse metido en un lío sin pensarlo o tal vez porque había estado demasiado tiempo sin meterse en ninguno? ¿Al final era un ingenuo? El mundo se desmoronaba, dentro de diez años quizá todo se viniera abajo: el fascismo, la guerra, el fin de la energía, ya nadie podía soñar con un futuro previsible. Recordó sus veinte años, cómo se sentía al mirar a sus padres y verse reflejado, para ellos él era una promesa, sus miradas le hacían creerse poseedor de algo nuevo. Y ahora qué, una pieza de una empresa, material intercambiable que iba a ser arrojado al contenedor.

La luz volvió cuando el chico llamaba a la puerta del despacho de su jefe. Miró el reloj: lo habían solucionado antes de lo que él había previsto. Bueno, aquí se acaba todo. No sé, supongo que es peor, pero lo otro también era malo. Y sintió miedo al recordar la celda de la comisaría, el hedor, el frío.

—Entra —dijo su jefe.

Estaba sentado delante del monitor. Lo señaló.

—Se ha ido al negro con un texto troquelado en forma de murciélago. Luego el ordenador se ha apagado y no puedo volver a encenderlo. Por lo que sé, ha sido sólo el mío.

—¿Has abierto algún enlace?

—No, por lo menos no hoy.

—¿Ha sido durante la avería?

—Sí, ¿crees que puede tener relación?

—No estoy seguro.

—Quiero que te lo lleves. Ahora. Tengo demasiados problemas, no voy a dar parte de esto hasta que no tenga más datos. Hazme un análisis forense, dime qué ha pasado, de dónde ha podido venir esto.

—... Entonces... ¿me marcho?

—Sí, lo desmontas y te vas a casa. Mañana me lo traes a primera hora y me cuentas lo que sepas.

Crisma se acuclilló y empezó a desenchufar los cables. Los dedos le temblaban después de la tensión, pero su jefe no podía verlo. Intentó controlar la expresión de la cara, la sonrisa nerviosa que le afloraba sin querer, hacía un minuto se había imaginado con toda nitidez dentro de una celda. Enseguida, sin embargo, empezaron las preguntas, ¿podía haber sido azar?, ¿estaría el Irlandés detrás de ese ataque con murciélago?, ¿qué estaba pasando? Levantó la caja del ordenador y la puso sobre la mesa de su jefe.

—¿Necesitas un carro?

—Será más discreto, sí.

Crisma pasó por su mesa arrastrando el carro negro. Nadie le preguntó qué llevaba.

Eran las cuatro de la mañana, la flecha no estaría pero Julia decidió hablar con ella, al fin y al cabo ni siquiera tenía constancia de no haberse vuelto loca ni de que esas líneas que se escribían en el ordenador no estuviesen escritas por ella misma, desdoblada sin darse cuenta. Era absurdo pensarlo pero también no tener rastro de esa persona que le hablaba.

«Hemos avanzado mucho —escribió—. Ya circulan rumores de todo tipo, y en cuanto el presidente me dé luz verde comenzará el baile. Por supuesto, van a decir que ésta no es la medida más necesaria ahora. Yo creo que sí. Es el hecho y es el símbolo, demostrar que no estamos completamente sometidos a los mercados, las agencias de valoración, la burocracia de Bruselas. Si conquistamos algo de autonomía financiera podremos aliviar la restricción crediticia que pesa sobre familias y pequeñas empresas. No hará falta sobreendeudar, bastará una refinanciación de las deudas vivas. Podremos fomentar la creación de pequeñas empresas viables, dar salida al parque de viviendas incautadas bajo la forma de alquiler social para las familias sin hogar, forzar la desaparición de los préstamos hipotecarios abusivos. Priorizaremos la financiación a empresas generadoras de infraestructuras necesarias para cumplir cometidos sociales que no alcanzamos mediante las leyes. Cada vez que he dicho esto, algo que al mismo tiempo es el abecé y un sueño, me han escuchado como si lo imaginaran, como si durante un momento volvieran a pensar que es posible, siempre que, han insistido, claro, tuviéramos el aval del presidente.

»No me contestas, ¿dónde estás? Aunque he pasado por todas las hipótesis, ya no creo que seas un enemigo, ni tampoco un amigo. Al principio llegué a preguntarme si eras Luciano, Carmen, Helga, pensé en ex amantes, adversarios, en Álvaro tendiéndome una trampa. Lo que ahora me digo es que tal vez coincidimos una vez en un sitio corriente, no sé, una piscina o un comercio. Quizá eras el dependiente que me atendió. Y a lo mejor fui brusca contigo. Recuerdo a un chico a quien conocí en una piscina cubierta. Los dos íbamos a nadar por la mañana. Luego en el bar había un solo periódico, a veces llegaba él primero y a veces yo; lo leíamos deprisa para dejárselo al otro porque éramos educados. Hasta que una mañana me miró medio riéndose y decidimos compartirlo. Avanzábamos de titular en titular, consultándonos las pocas ocasiones en que alguno quería leerse una noticia entera. Pensé que podías ser ese chico, aunque no recuerdo haberle ofendido. ¿En qué momento mi cobardía te ofendió? ¿Qué hice o qué dejé de hacer para que estés ahí, aguijoneándome?

»Puede que no haya ningún vínculo entre nosotros, o que sea unidireccional, ese psicópata a quien un gesto mío podría haberle parecido un signo que pide mi muerte. No lo creo. A menudo pienso que eres sólo quien dices ser, un votante medio, el inexistente hombre de la calle, porque no hay nadie medio y cada uno tiene su angustia, su rencor, su pedazo de felicidad. De personas así llegan todos los días a vicepresidencia decenas de cartas y correos. Casi siempre se trata de papeles pendientes, ayudas no concedidas, trámites que se juzgan erróneos. También, aunque menos, hay sugerencias y peticiones concretas. Nunca nadie me ha pedido como tú mi cobardía.»

La vicepresidenta decidió no borrar el documento, le puso nombre: «cuatro de la mañana», lo dejó en el escritorio y apagó.

Crisma se hizo un termo con café para poder servirse a cada rato sin salir de la habitación, luego preparó sus discos y demás herramientas de análisis forense. Tenía delante de sí unas horas en las que sólo habría intensidad, sin daño, sin temor a causarlo, sin dudas. En inglés lo llamaban *fun* pero debía de ser más parecido a lo que sentía alguien cuando dibujaba o componía una canción, un tiempo de concentración que aplazaba el mundo. Una vez hallado el origen de ese murciélago tendría que responder a cuestiones como quién lo enviaba, si era una amenaza para él o sólo para su jefe o simplemente un virus capaz de atravesar las defensas de ATL. Pero ahora podía retrasar las preguntas mientras revisaba la placa base y el disco duro sintiéndose parte de un conjunto de mentes inquietas, atentas a la manera en que el pensamiento podía convertirse en acto si se sabía ordenar el código adecuadamente.

Aunque aún era de día, bajó la persiana y encendió la luz. Hay personas que están hechas para permanecer en cuartos tenuemente iluminados. Para huir de las bromas baratas, la risa que explota, de todo lo que fluye fácilmente en unos casos y sin embargo se detiene en otros. ¿Soy un enfermo, un asocial? ¿Esta felicidad de ahora tiene sentido? Aunque apenas había ruido en su casa, pues todas las habitaciones daban a patios interiores excepto una pequeña ventana en el dormitorio, Crisma se puso unos protectores de oído de los que se usaban en los aeropuertos. En ese silencio, frente a la pantalla negra con caracteres verdes, también había desorden, incertidumbre, y el olor persistente de alguna casa donde alguien freía con aceite quemado las cosas. Pero todo lo de afuera parecía suceder de un modo menos intenso, amortiguado. Creen que no me canso, cuando no sale a la primera, cuando lo intento y tropiezo, cuando voy al hospital. Mejor que lo crean, pero sí me canso. Que otros hagan, si quieren, quince cosas a la vez, yo no puedo, he tenido mucho tiempo para comprobarlo. Aquí estoy bien.

Deseó que el Murciélago fuese un buen enemigo. Muchos hackers tenían ahora un objetivo económico y bastantes pertenecían al crimen organizado dentro del sistema o en sus alrededores. Pero en algún lugar seguía habiendo mentes conscientes de que el código era poder y debía ser compartido; gentes que sólo buscaban un territorio donde las cerraduras y la combinación de la caja fuerte no dependiera del dinero acumulado con violencia, sino de noches con un termo de café y el universo entero al otro lado.

Comprobó que el virus había entrado en la BIOS como si fuera a actualizarla y en vez de hacerlo había puesto un archivo inejecutable. Eso inutilizaba por completo el ordenador pero en principio dejaba el disco duro intacto. Se conectó al chip de la BIOS y vio que lo que debía ser un programa había sido sustituido por un texto:

«Estar solo es metafísicamente imposible: el único monstruo sería aquel Robinson soñado por Tournier en un mundo sin otro. Viernes, o las huellas de los indígenas, son necesarias hasta para concebir la isla, no digamos la novela».

Miró detrás de sí en un gesto instintivo, ¿quién acababa de hablar? Luego volvió a leer el texto, un mensaje de náufrago bastante extraño. Por lo menos pareces un enemigo elegante. Desmontó el disco duro y lo instaló en uno de sus ordenadores. Funcionaba. No tengo nada; una tarjeta de visita, una firma literaria, pero qué puedo hacer con ella. Introdujo el texto en un buscador, sólo había una entrada para las palabras escritas en la misma secuencia, un artículo publicado en un periódico el día de Reyes de 1990. Bien, ya sabía de dónde procedía el texto, pero era una vía cerrada. Quizá el intruso fuera alguien mayor si conocía un texto publicado en 1990, aunque también podía haberlo encontrado casualmente en la red hacía tres semanas.

—Puto Murciélago —dijo en voz alta, y entonces se acordó. Tenía que haber dejado una firma en el disco duro para que se viera la imagen troquelada del murciélago.

La vicepresidenta contempló su mesa, los papeles ordenados en montones simétricos. Abrió la siguiente carpeta de cartulina blanda y empezó a leer el recurso de las operadoras de telecomunicaciones que se negaban a pagar un 0,9 de sus ingresos como aportación a la financiación de la televisión pública. Veladamente amenazaban con perjuicios que podían incluso llegar a ser de carácter estratégico. Si hacen esto por el 0,9 de sus ingresos, qué no harán los bancos si ven en peligro el negocio de la posible privatización de las cajas. Que lo hagan. A veces es mejor el enfrentamiento abierto. No son los amos, nadie es el amo, y en estos malos tiempos ellos también tienen mucho que perder. Siguió leyendo. Los efectos de pagar esa aportación serían «irreversibles e intangibles, de difícil o imposible cuantificación». Río por no llorar. Al poco llamaron a la puerta. Qué raro que Mercedes no la hubiese avisado.

—Soy yo —dijo Carmen entrando.

—¿Problemas?

—Sí. Problemas míos, privados, que te pueden afectar. Te están afectando ya, de hecho. ¿Salimos?

La vicepresidenta sintió que le fallaban las fuerzas. ¿Iba Carmen a confesarle su traición? Ahora no, prefiero no saberlo por tu boca, dame más tiempo. Se levantó sin embargo.

—Un paseo corto —dijo Carmen—. Ya sé que tienes que irte enseguida.

Buscaron un espacio apartado, un rectángulo de grandes losas de cemento, sin bancos, rodeado de algunos árboles. Empezaron a dar vueltas como solían, las dos calladas.

—La ex mujer de Raúl le ha denunciado por malos tratos. Él dice que es todo falso. Raúl y yo no tenemos ningún vínculo legal. Pero es mi pareja desde hace tres años y la prensa lo sabe. Si la denuncia se hace pública, te caerá encima.

—¿Tú crees que es falso?

—No lo sé, Julia. Cada pareja es desdichada a su manera, ¿no? Yo pongo la mano en el fuego por que no fue un maltrato continuo, ni físico ni psicológico, él no es así. Pero puede que un día perdiera la cabeza. Yo creo que no, pero a lo mejor me quemo, y tú conmigo.

—¿Cuándo ha sido esto?

—Hace mes y medio.

Salieron del rectángulo. A la izquierda había un saliente junto al muro de un edificio. Julia se sentó allí. A su lado, Carmen encendió un pitillo.

—¿Así que fue por eso?

Carmen se giró hacia ella pero Julia no le devolvía la mirada.

—Lo filtraste por eso. Álvaro te puso entre la espada y la pared.

Carmen siguió fumando sin contestar.

—Perdóname —dijo Julia—. Ni siquiera se me pasó por la cabeza imaginar que tenías dificultades. Qué estúpida soy.

—¿En Rascafría, cuando te pregunté, ya sabías que había sido yo?

—No, qué va.

—Estaba decidida a no contártelo nunca. Álvaro ha parado la denuncia y, aunque me tiene en sus manos, creo que no va a ir más lejos. Pensé que la filtración no era tan importante y lo olvidaríamos. Pero estoy preocupada. Por ti. Me llegan rumores de todo tipo. Tú no me cuentas nada. En el partido están furiosos.

Julia suspiró.

—Ahora ya es tarde, habría sido mejor que me lo contaras al principio.

—¿Y conseguir que al día siguiente te desayunaras con la noticia sobre el personal que rodea a la gran luchadora contra la violencia de género? Todavía temo que ocurra.

Ahora sí se miraron. La vicepresidenta puso su mano en el antebrazo de Carmen. Las dos callaban. Luego Julia dijo:

—Una vez aceptado el chantaje, no hay final. Te creo y no

puedo creerte, Carmen. Si Álvaro te hubiera presionado para que vuelvas y obtengas más información, me habrías hablado como lo has hecho.

—¿Mirarme no te sirve?

—No, Carmen, no puedo dejar que me sirva.

Emprendieron el camino de regreso, andaban despacio, como si arrastraran un peso, cada una el suyo, aunque a veces se miraban y parecía que arrastraban el mismo entre las dos.

El Irlandés llegó al banco y se esforzó por ser amable con la recepcionista. Había dormido mal, estaba cansado. Tampoco le había gustado el tono del vicepresidente ejecutivo cuando le llamó para exigirle que fuera a verle esa mañana. Hizo el camino que se sabía, aceptó la compañía de una secretaria joven a quien no quiso sonreír. Ella le dejó ante la puerta cerrada con llave de la sala donde solían reunirse. Esperó ahí, de pie, contando el ritmo de su respiración. Después de quince inspiraciones apareció Jaime, alto y ligeramente encorvado, la calva perfecta, las mismas gafas de montura de acero. No se disculpó por el retraso. Abrió la puerta introduciendo un código y después una llave.

—¿Así que tú saliste con la vicepresidenta?

—Hace muchos años.

—¿Por qué está cometiendo este error?

—No lo sé.

—Has contestado demasiado rápido. Piénsalo. También te pago por eso.

—No tiene mucho que perder.

—Claro que tiene que perder. Reputación, bienes, un futuro subvencionado, y puedo seguir.

—¿Tú tienes una hipótesis?

—No. Pero me asombra que no la tengas tú. ¿Te has vuelto un caballero y no quieres hablar de tus damas?

El Irlandés contó hasta veinte. Jaime no solía perder los papeles, y ahora estaba forzando un desafío. Pero él no iba a caer. No se importaba a sí mismo lo suficiente, eso le hacía muy poco vulnerable a la provocación. Por otro lado, no estaba ocultando a Jaime ninguna explicación, ni siquiera creía demasiado en las explicaciones, la experiencia le mostraba que cada vez que alguien explicaba sus actos, lo que hacía era justificarse. ¿Por qué lo haces, Julia? ¿Por esperanza o por desesperación?

—Qué quieres, no me pagas tanto como para que te cuente mi vida.

—Ten cuidado, Irlandés, hoy no estoy de humor. Me molesta ese Luciano Gómez, me molestan los muertos resucitados. Acaba con él.

—¿Cómo dices?

—Su mujer, un atropello, un robo con violencia. Sin víctimas, por supuesto, sólo un susto. Ya están mayores y lo entenderá.

—Hay otras formas de mandarle un mensaje.

—No me interesan. Haz lo que te he dicho.

El Irlandés sonrió despacio, músculo a músculo.

—He pasado muchos años tratando de averiguar cómo pensáis los ricos, para llegar a la pobre conclusión de que no puedo averiguarlo, porque los ricos no pensáis. No quiero decir que seáis estúpidos, es sólo que no os dedicáis a eso. No os hace falta.

—Me divierte que me insultes, Irlandés. Sobre todo cuando acabo de advertirte que no tengo un buen día.

—El pensamiento se basa en introducir variables distintas. Pero vosotros no las necesitáis. Es como cocinar con las sobras, ya sabes. Un rico puede hacerlo, pero no está obligado, no necesita combinar los restos, lo hace si quiere.

—¿No dijo alguien: «Yo no veo que para escribir poesía se tenga que ser hijo de ferroviario»?

—Huidobro contra Neruda. ¿Cuándo lees, Jaime?

—Me lo leyó mi hijo, hace unas semanas, habíamos salido a navegar. Además del banco, le gusta la poesía. Yo diría que piensa.

—Pensáis, claro, pero es un pensamiento simulado. Vais andando por el cable con red, y no os caéis. ¿Significa eso que mantenéis el equilibrio? No puedes responderme porque la red forma parte de tu horizonte, y no te interesa ni necesitas saber cómo tendrías que sostenerte en un mundo sin ella.

—En ese mundo, ¿por qué actúa Julia Montes?

—Quizá por ambición. Si es así, el atropello no va a solucionar nada.

—No me importa, ¿te das cuenta, Irlandés? La equivocación no importa, lo grave es la inacción. Quiero un informe el jueves. Te esperamos a las once.

El Irlandés se levantó con una sonrisa leve, había aprendido a modularla con la misma exactitud que la voz.

Amaya guardó el portátil en la bolsa y se lo colgó en bandolera. Jacobo estaba con su padre, eran más de las once pero Eduardo había contestado a su llamada y ella no tenía nada de sueño. Condujo pensando que durante una temporada sería agradable llevar una vida parecida a la de Eduardo, la casa no como un «hogar» sino como algo que se movía y daba la sensación de poder ser trasladado en poco tiempo a cualquier otra ciudad o país. Una barcaza. Se imaginó viviendo en una barcaza con Jacobo, amaneciendo en lugares distintos de tanto en tanto. Pediría una excedencia de un año en el banco y se daría una tregua en la militancia, aunque no lo haría, sabía que no.

—Te abro.

La voz de Eduardo le gustó. Él nunca le había atraído pero la voz ahora fue como una mano que te recorre con la punta de las uñas. Le encontró como siempre, zapatillas astrosas y un pantalón comido por los bajos, los ojos en un ir y venir como si temieran quedarse quietos mirándola. Se besaron en la mejilla rápido. Luego ella le entregó la bolsa con el ordenador. Eduardo pareció serenarse entonces. Extrajo el portátil con facilidad, lo sujetaba con una sola mano como si fuera muy ligero.

—Vamos.

Entraron en lo que Amaya llamó para sus adentros la sala de máquinas. Torres dispuestas en horizontal o vertical, viejos monitores de tubo y monitores planos. Eduardo la llevó hasta una mesa con un solo ordenador conectado a dos pantallas a la vez.

—¿Has sabido algo más de ese tipo?

—Me ha mandado otros dos mensajes insultantes al móvil. A pesar de que me habías advertido, los borré, lo hice sin querer, un gesto automático. A lo mejor tú puedes encontrarlos, tengo el cable que conecta el móvil al ordenador.

—¿Por qué has tardado tanto en avisarme?

—Esperaba poder arreglármelas sola.

—Pedir ayuda no significa que no puedas arreglártelas sola. Una forma de hacerlo es tener amigos en quien confiar.

—Ya. A veces lo confundo todo.

—Primero sacaremos el disco duro. Lo normal es que siga intacto. Luego veré cómo tiene instalado el chip la placa base. Quizá se pueda sustituir sólo el chip.

—Bueno, si no, no te preocupes, es un portátil viejo que compré de segunda mano.

—Lo sé —dijo el abogado.

Lo habían comprado juntos, pero no quiso decírselo, sólo habría servido para que ella se sintiera mal durante unos segundos por haberlo olvidado. Él ya se había acostumbrado a esa desproporción en la memoria, había una vida de horas y semanas pasadas con Amaya de la cual él podía evocar olores, prendas, gestos, y que en cambio para ella se había esfumado:

el brazo de Amaya alzado al guardar una taza en un estante, su cara en ese momento se vuelve hacia él mientras sonríe. Podía reconstruirlo fotograma a fotograma. Recordaba las historias que ella le contó, los bares que habían compartido, y sabía que todo eso estaba sobrescrito en el cerebro de Amaya, con imágenes de otras personas y otras historias donde él no aparecía.

Amaya miraba los ordenadores.

—Creía que ya no te dedicabas a esto.

—Sólo en algunos ratos libres. Amaya, deberías denunciar a ese hombre.

—Seguramente, sí, tendré que hacerlo. Pero ¿por esto?

Mientras terminaba de instalar el disco duro en otro ordenador, el abogado dijo:

—No. El chico y yo registramos lo que hizo con tus fotos. Ahora entraré en tu móvil, quizá se pueda saber desde dónde envió los últimos mensajes. Piensa que está puteando a más gente igual que a ti. Estará pagando con vosotras algo que le hicieron, o puede que disfrute, no lo sé, pero no debes dejar que se sienta dueño de la situación.

Se abrió la pantalla de bienvenida. Sin que tuviera que preguntársela, ella le dio la contraseña:

—«Odaracuza». Es «azucarado» al revés —sonrió encogiéndose de hombros.

Y ahora él estaba dentro, todos los archivos y directorios a su disposición. Pensó en la vice sin poderlo evitar. Se sentía incómodo ahí. Soy un monógamo de disco duro, vicepresidenta. Se imaginó una noche buscando a Amaya entre los bits. No habría sido difícil romper su contraseña y espiar una vida que las horas diarias le negaban. Estar mirándola a su lado pero invisible mientras ella abría ventanas, cuáles, y creaba ficheros. Asomarse a eso, sin embargo, habría supuesto perder la oportunidad de que un día ella le buscara con sed.

—Parece intacto, luego lo escanearé despacio de todos modos —dijo—. Vamos con tu móvil.

Amaya se lo dio y se quedó de pie a su lado, la mano apoyada sobre su hombro. El abogado veía los dedos, sin pensarlo se los llevó a los labios un momento y volvió a dejar la mano donde estaba. Amaya no reaccionó apartándose, había sentido dentro el sonido del vino cuando cae en la copa y siguió ahí, apoyada, sorprendida.

El abogado guardó los mensajes borrados en un pendrive.

—Aquí está todo. Si quieres mañana te acompaño a poner la denuncia. Tengo un amigo en la brigada de investigación tecnológica.

—Mañana me voy fuera, te aviso cuando vuelva.

—Ahora veo si tiene arreglo el chip de tu ordenador y terminamos.

El abogado se levantó apartando con suavidad y firmeza la mano de Amaya. Fueron a la mesa donde estaba el portátil.

—¿Por qué un murciélago? ¿Se cree Batman?, ¿quiere decir algo?

El abogado tenía un secreto, ¿quién no lo tiene? Y lo mantuvo consigo.

—Es un animal frecuente en los creadores de virus. Lo más seguro es que no lo haya diseñado él sino que lo haya comprado. Los murciélagos tienen que ver con la noche. Están despiertos cuando todos duermen.

Amaya se alejó del abogado en busca de una ventana. La calle mal iluminada podía muy bien ser las aguas de un río. Si se acostaba con él quizá luego no querría volver a verle, porque hay errores y cuerpos que no cuadran. Perdería entonces un punto de apoyo en la ciudad cada vez más oscura. Pues si de día nunca tenía miedo y era capaz de estimular equipos en el trabajo, conducir reuniones en el partido, viajar a países situados a miles de kilómetros, en las noches a veces sí temía por Jacobo y por ella misma, por el tallo de la vida que en cualquier momento se puede partir.

Volvió hacia donde estaba el abogado.

—Tendré que buscar un chip, pero es fácil, en un par de días puedo devolvértelo funcionando. Si lo necesitas antes, te llevas uno de aquí con el disco duro dentro.

—No, no..., puedo esperar.

—Tengo que pedirte un favor.

El abogado se había puesto de pie, era más ancho y más alto, a ella se le ocurrió la imagen de una puerta, quiso apoyarse y que se abriera.

—Claro —dijo ahora deseando ser tocada.

—Necesito tu coche, te acompaño y luego me lo llevo.

—Bien, ¿hasta cuándo lo necesitas? Mañana por la tarde había...

—No, no te preocupes, son sólo unas horas. Esta misma noche, a eso de las tres, lo dejo aparcado en tu calle.

—¿Vas a salir ahora? —preguntó con una curiosidad no exenta de celos.

—Asuntos de trabajo —dijo el abogado.

La cara de Amaya rozó la manga del jersey del abogado. Olía a café y a frío. Se apoyó con más fuerza y él le acarició el pelo.

—¿Nos vamos?

—¿Tienes mucha prisa?

—Un poco —dijo el abogado. Y sólo para sí: vuelo de noche.

Llovía en Zamora, un agua fina que el frío pronto convertiría en aguanieve. Cinco ministros españoles y cinco portugueses aguardaban en la intemperie de la plaza mientras sonaba una banda de música. Era el encuentro bianual posterior a la vigesimocuarta cumbre hispano-portuguesa. En breves minutos se esperaba la llegada de los presidentes de ambos países, pero una convocatoria urgente desde Bruselas había determinado que en su lugar acudieran la vicepresidenta española y el vicepresidente portugués. Ahí estaban, se estrecharon la mano en público, permanecieron firmes mientras sonaban los himnos nacionales. Luego la comitiva se dirigió al palacio donde tendrían lugar las reuniones. Un ministro reclamó la presencia del vicepresidente portugués casi en el mismo momento en que el ministro del Interior español se dirigía a Julia. El abrigo de lana azul marino de Álvaro y su barba entrecana le conferían un aire de capitán de barco, su silueta se avenía de forma extraña con la más lánguida de la vicepresidenta, envuelta en una capa verde oscuro que no llegaba a rozar el suelo.

—Querida Julia, estás cavando tu propia tumba.

—Creía que me la estabas cavando tú.

—Si querías competir conmigo, podías haber elegido otro asunto.

—Parece que he elegido éste, al fin y al cabo mi tumba me concierne bastante.

El ministro se frotó las manos con suavidad, como si se las acariciara.

—¿Pido un paraguas? —dijo.

—Por mí no hace falta, estamos llegando. Es aguanieve lo que cae, ¿no?

—Enseguida será sólo nieve. Resérvame unos minutos después de la reunión sectorial, antes de la comida en el Ayuntamiento.

—¿Por favor?

—Si eres tan amable.

—A la una y media podemos dar un pequeño paseo, bajo la mirada de nuestros escoltas.

—Veo que ya no te importa el frío.

—Estoy acostumbrándome.

Durante la reunión la vicepresidenta tuvo uno de esos episodios de extrañamiento que suceden de tanto en tanto. Las palabras que decía cada ministro dejaron de significar, casi como si les hubiera bajado el volumen y sólo viera sus gestos. Evocó reuniones de celebridades a las que había asistido para inaugurar o clausurar, premios de periodistas de radiotelevisión, ferias de escritores o del sector turístico; convenciones, en fin, de la socialdemocracia: estamos aquí y el sentido de lo que decimos no procede de las palabras sino del entorno, del hecho de ocuparlo como quien se autoconcede un privilegio que nadie va a quitarle; nos saludamos entre nosotros, sonreímos, nuestra presencia afirma que estamos satisfechos con las cartas recibidas, que estas reglas de juego nos parecen bien; llegado el momento, mataríamos, sí, mataríamos pero no para cambiarlas sino para que todo siga como ahora, aunque sepamos y, no podemos negarlo, lo sabemos, que bastaría un empujón para mandarnos al abismo de los desatendidos, los sospechosos, los tristes, los que no tienen horizonte. Esperamos morir sin que eso ocurra, y nos llamarán socialdemócratas y sonreiremos, y nos parecerá bien.

Logró concentrarse a tiempo, fue toda agudeza y simpatía en su turno de palabra. Y sintió una desolación acorde con la geografía, como si haber salido de Madrid la hubiera llevado a uno de esos puntos de la meseta desde donde sólo se divisa extensión vacía y llana.

A la una y media Álvaro esperaba en el vestíbulo. El sol se había abierto camino, decidieron ir al mirador de la plaza Claudio Moyano, a poca distancia de allí.

—Ni es tu competencia ni nadie te ha autorizado a hablar con las cajas de ahorros. Por lo que sé, el presidente te ha dicho que no lo hagas.

—¿Te ha enviado a ti para recordármelo?

Álvaro no respondió, ella tampoco quiso seguir hablando. Anduvieron a buen paso como si tuvieran prisa.

—¿Es ahí? —preguntó Álvaro señalando unos bancos de piedra frente a un desnivel que permitía contemplar las afueras de la ciudad y el río.

—Sí.

Se sentaron en el banco más retirado y discreto al estar custodiado por árboles, dos futuros viejos al sol, dos pequeños demiurgos.

—¿Qué vas a hacer cuando acabes conmigo? —preguntó la vicepresidenta.

—Lo mismo que ahora —dijo el ministro.

—Avances milimétricos.

—Si te gusta llamarlo así.

—Es lo que hacemos. Cuando lo hacemos. Arreglos diminutos.

—No, Julia. No juegues a quitarte importancia. Gobernamos.

—Venga, Álvaro. Estamos solos, te juro que no voy a grabar esta conversación. No me digas que alguna vez en tu vida de político has tenido la certeza de estar fijando el rumbo. Mejoritas, reparar esa astilla de madera que ha saltado en la cubierta, cambiar el catering de una parte de la tripulación. Eso en el mejor de los casos.

—Si tuvieras razón, seríamos inocentes.

—«Ni inocentes ni culpables, corazones que desbroza el temporal, carnes de cañón» —cantó suave la vicepresidenta.

—¿Eso crees, ni inocentes ni culpables?

—No, y tú tampoco. Somos culpables. ¡La de cosas que hemos hecho y callado! Y las que no hemos hecho. Completamente culpables. Aunque mañana tomásemos la palabra en el Congreso en una especie de auto de fe, en un autowikileaks donde lo contásemos todo, seguiríamos siendo culpables.

—Entonces, entiendes que quiera acabar contigo.

—¿Entenderlo? Claro, Álvaro. Entiendo incluso que hayas sido ruin con Carmen. Lo entiendo; me repugna.

La vicepresidenta se levantó y se dirigió al pretil del mirador. Al ver que se demoraba, el ministro la siguió.

—Se acaba el tiempo, Julia. Si no das pronto una explicación a las cajas y a las comunidades autónomas para que olviden tu actitud errática, serás desautorizada en público. Y no prometo ser un caballero.

—Tendríamos que haberlo dejado hace muchos años, Álvaro. Dirás que habrían venido otros a hacer lo mismo, quizá hasta un poco peor, pero reconoce que como excusa es bastante miserable.

—Déjame fuera de tu plural. Si te apetece jugar al existencialismo a estas alturas, allá tú.

—¿Te acuerdas del GAL cuando menos lo esperas?

—Ya he contestado a esto muchas veces. Y es hora de ir al Ayuntamiento.

—¿Contestar? Despejar un balón no es contestar. La semana que viene tendrás mi cabeza en una bandeja, concédeme esta respuesta. La comida empieza a las dos y media, aún hay tiempo.

El ministro se volvió para mirar a Julia, luego puso las manos sobre la valla y volvió a mirar lejos.

—Mi respuesta la sabes, Julia. Tú también lo viviste. Un país no es una página en blanco. Llegas al gobierno y tienes una policía, unos jueces, unas carreteras, nada de eso lo has elegido. Tienes un ejército que no aguanta ver a los suyos cayendo como moscas.

—El rumbo está marcado. Creía que no lo veías así. Gobernamos, dijiste antes.

—Claro que gobernamos, despacio, no se cambia el rumbo con un deseo, pero se corrige lentamente.

—Álvaro, no corregimos nada. Pervertimos el estado de derecho. Y lo hicimos cargados de razón. Si otros hubieran estado en el poder habrían temido nuestro acoso, nuestra crítica. Pero estábamos nosotros. No fue una chapuza por casualidad, lo fue porque nos sentíamos legitimados para hacer cualquier cosa.

—Si lo que te molesta es que fuera una chapuza, estoy de acuerdo.

—¿Nunca te planteaste irte, reprobar con tu marcha algunas cosas?

—No.

—No pretendimos cambiar nada en realidad, sólo esperábamos que esto siguiera funcionando y atribuirnos el mérito.

—¿Ahora te has hecho comunista?, ¿quieres una revolución?

—No despejes otra vez. También en tu partido había un sector que quería de verdad modificar el rumbo.

—¡Luciano! ¿Es él quien está detrás de todo esto?

—Al fin machista, Álvaro.

—Si quieres el honor de ser tú la instigadora de tu propia caída, te lo concedo. Pero te advierto que no vamos a dejar que te lleves nada por delante.

—¿Piensas en tus padres?

—A veces, sí. Sobre todo en mi padre. ¿Por qué?

—A lo mejor les hemos dejado solos. Haciendo lo que esperaban de nosotros. A lo mejor ellos sueñan que en algún momento se rompa la cadena.

A lo lejos se veía a los coches tomar una curva y desaparecer.

—¿Por eso has decidido despeñarte? ¿Tienes un motivo, Julia?

—Si quieres uno, te lo doy: prefiero que no elijas mi caída igual que has elegido presionar a Carmen.

—Vamos, Julia, no hagas un drama de eso. Tú has jugado sucio en otras ocasiones.

La vicepresidenta se volvió hacia el ministro y él hacia ella. Frente a frente, contando con los tacones de Julia, ambos tenían la misma altura. Claro que no voy a hacer un drama de esto, Álvaro, nos pagan por no hacerlos. Es verdad que yo también he jugado sucio, mucho, sin duda ahora numerosas personas piensan en mí con la misma incredulidad, la misma sangre que hierve con que te sonrío y me digo que no necesitábamos caer tan bajo, lo hicimos pero no lo necesitábamos, ni tú, ni yo, ni tampoco el Estado. ¿Para qué me has buscado? No para advertirme; querías, supongo, tantear mis fuerzas.

—¿Volvemos? —dijo Julia.

El ministro le ofreció el brazo, ella lo rechazó con elegancia, como si no hubiera advertido el gesto por haber echado a andar segundos antes. El ministro fingió a su vez no reparar en ello. En paralelo avanzaban por la ciudad de piedra. Quería saber si tenías aliados dentro, Julia, y me parece que no los tienes. De sobra sé que actúas ante mí, no te consideras tan vencida como dices estar, te lo veo en la posición del cuello, en cómo miras lejos con una seguridad que no da la derrota, ni siquiera la derrota buscada; confías en el presidente, pero te equivocas.

—¿Contra quién juega el Madrid esta tarde? —preguntó la vicepresidenta.

—Contra el Zaragoza —replicó el ministro sin acusar el súbito cambio de tema—. En Zaragoza —añadió.

Cuando ya estaban llegando al Ayuntamiento, el ministro posó su mano sobre la de la vicepresidenta en gesto conyugal.

—Nos vemos, Julia.

—Adiós, Álvaro —dijo ella, y se rozaron las mejillas.

La piel desnuda de la vikinga latía en la calma de una luz limada de asperezas por la cortina roja y gastada. De pie, vestido ya, el chico guardó sus cosas en la mochila y abandonó el cuarto. Apenas habían estado unas semanas juntos y era casi seguro que no iban a volver a verse. Al menos no ahí, en el apartamento almacén situado encima de la tienda. No se habían peleado ni decepcionado; no habían tenido tiempo y ya no lo tendrían porque la vikinga iba a volver con su pareja. El chico salió de la casa pensando que haberse pasado la infancia entrenándose para perder ahora tenía sus ventajas. Paradojas, si hicieran una competición para ver quién sabía perder mejor, seguramente ganaría. No he perdido frente a esa mujer, nunca intenté siquiera competir. He perdido frente a las estadísticas y las oportunidades.

Crisma salió a la calle, hacía buen tiempo después de la ola de viento y frío de los últimos días. Recordaba el cuerpo de la vi-

kinga, miraba los árboles, el fondo oscuro de la tarde; le llevaría
su tiempo pero al final, pensaba, encontraría un sitio. Conocía
su lentitud; en la adolescencia, cuando le dio por leer libros de
pieles rojas, tuvo la seguridad de que los tótems no eran un invento de aquellas tribus: existían, cada persona caminaba con su
búfalo o su halcón o su bisonte invisible. Y estuvo seguro de que
a él le había tocado un tótem rebelde, le costaría años domesti-
carlo pero no importaba; él y su animal se habían conectado, ya
no les separarían. Llevará su tiempo, sí, habrá que aguantar, seguir al frente incluso cuando se sabe que todo está perdido.
También la vikinga y su compañera siguieron avanzando en la
oscuridad, hackearon sus vidas cuando otros se habrían limitado
a soportarlas, eso fue lo que las permitió encontrarse. Si cuando
te metes en el túnel miras hacia la luz, estás mirando en la dirección equivocada, decían los suyos, y él lo tomó como divisa:
había que seguir excavando, eso era hackear, seguir hasta encontrar la secuencia de código o hasta que lleguen los aliados, los
que estaban dormidos o perdidos, seguir porque nadie podría
demostrarle que al final las cosas no iban a salir bien.

Una vez en su casa, abrió la caja de zapatos con videojuegos
copiados en DVD. Comprobó que el que buscaba seguía en su
sitio, y que no habían dado el cambiazo, pues el nombre, un
videojuego de deportes, estaba escrito con dos azules diferentes en una secuencia apenas perceptible excepto para quien lo
supiera. En él, entre los archivos del juego, había grabado y en-
criptado los pasos a seguir para acceder por la puerta trasera a
la red de teléfonos sombra. En algún momento esperaba darle
la copia al abogado. Había depositado otra cifrada en un file-
share. Pero aún no había decidido de qué manera usarla. Él no
era Julian Assange, no tenía contactos con las altas esferas ni
una organización internacional con años de funcionamiento,
ni tampoco una vocación de holandés errante. No quería ser
un barco fantasma condenado a vagar por las ciudades del mundo. Se construye despacio, se destruye deprisa, vikinga, aunque

ya no sé por qué te hablo. Ellos, los enemigos, han construido durante años bancos, fortunas, edificios, tribunales, relaciones, armas, leyes, tendidos de cables. Una información divulgada a tiempo con la tecnología adecuada puede destruir algunas de esas relaciones, quizá algunas de esas fortunas. Pero para volver a construirlas, o para arrebatar a sus dueños lo que ya está hecho, necesitas involucrar a millones de personas que, con su número, reduzcan la cantidad de tiempo necesaria. ¿Dónde están esas personas? ¿Las conocemos?, ¿nos acompañarían? Los cables que ha filtrado la organización de Assange desgastan mitos y venden periódicos. ¿Cómo encontrar a quienes sepan usarlos para crear unas relaciones diferentes? No les vemos; sin embargo, puede que estén por todas partes, desperdigados, a menudo perseguidos, cansados, a veces organizados y entonces con demasiadas batallas que dar al mismo tiempo.

Crisma conectó el ordenador y volvió sobre el murciélago. Prefería no seguir dando vueltas en su propio callejón sin salida. Tal como había supuesto, para provocar el despliegue del texto troquelado con forma de murciélago, quienquiera que fuese había necesitado un fichero dll que no debía estar ahí. Al tratarse de un virus dependiente del modelo de ordenador elegido, y siendo el de su jefe un modelo bastante excepcional, era fácil que los antivirus de ATL no hubiesen reconocido ninguna cadena de código maliciosa. Después de revisar fechas y comparar los hashes, buscó las partes añadidas y desensambló el código máquina de esas partes. Luego revisó los pdf en las carpetas de correo hasta encontrar de dónde procedía el mensaje. El remite era idéntico al de una empresa británica con la que solían trabajar, si bien la dirección no era exactamente igual. Un particular podía haber sido despistado fácilmente, no así un profesional como su jefe. Las prisas, el hábito, el cansancio, la vida privada quizá, algo que le hubiera pasado esa mañana o la noche anterior. El hecho era que había abierto el enlace contenido en el mensaje; el virus estaba programado para actuar al día siguiente, apagando el ordenador para que después otro virus se ejecutara antes del arranque del software impidiendo que volviera a encenderse. Bien, ahora tenía que averiguar de dónde era la ip que había enviado el mensaje, eso podría hacerlo fácilmente en la empresa con la autorización de su jefe.

El chico cerró la sesión, apagó y el cuarto se desmadejó de golpe, como una neurona que no pudiera conectarse con otras; ahora ya no había destellos de bits sino sólo paredes, una mesa, una estantería y la silla. Cuando no se le habla a nadie, ¿a quién se le habla? Las palabras son código, existen para ser intercambiadas. El ordenador podrá estar apagado pero mi pensamiento envía unas señales y recibe otras. El chico fue a su dormitorio pero no quería dormir, entró en el baño y no quería darse una ducha, en la cocina no tuvo hambre, otra vez estaba en el cuarto del ordenador prohibiéndose encenderlo como un adicto. «Pensar a solas duele. No hay nadie a quien golpear. No hay nadie a quien dejar piadosamente perdonado.» La puta poesía también es un código, que no te deja ni siquiera cuando estás solo y colgado. Entonces, aunque era tarde, volvió a ponerse las deportivas, una chaqueta de cremallera y bajó a la calle buscando una cabina.

Llamó al Irlándes.

—Hola, soy yo, tengo que hablar contigo.

—¿Tú?

—Sí, ya sabes. Me estás haciendo la vida imposible.

El Irlandés, que había reconocido la voz del chico desde el principio, no pudo menos que sonreír con ironía: son tantas las personas a quienes hago la vida imposible.

—Ahora no puedo verte —dijo—. Mañana a las nueve y media de la noche. Donde la otra vez.

—Prefiero un café.

—Pero yo no.

—Propón tú, entonces, un sitio neutral.

—No estamos negociando. Si quieres verme, yo elijo dónde. No es una propuesta.

—A las nueve y media allí —dijo el chico, y colgó con rabia.

Luego llamó a la guarida de Curto. Pese a ser las dos de la mañana, oyó a Curto decir:

—Il tuo Curto al habla.

—Soy Crisma.

—Lo sé, ¿quién me iba a llamar a estas horas desde una cabina?

—¿Puedo ir a verte?

—¿Ahora? No, chico, a no ser que te estén apuntando con una pistola. Mañana, a las diez de la noche.

—Las diez es muy tarde.

—¿Las ocho?

—Perfecto. Gracias, Curto.

—¿Gracias? Mejor besos con lengua, si no te importa.

El chico salió de la cabina de mejor humor. Entró en el metro silbando, sin miedo, aunque ahora ya siempre llevaba el destornillador en el bolsillo.

Julia y el presidente abandonaron la sombra de los árboles para llegar al helicóptero. Los pocos metros que recorrieron bastaron para que sus trajes inmaculados y sus rostros cambiasen a causa de las arrugas y el sudor. Era la una del mediodía y el pequeño helipuerto de la Moncloa parecía un panel solar. Julia entró primero en el helicóptero. Minutos antes había consultado la agenda del presidente y sabía que no era cierto que ese viaje fuese el único momento del día en que podrían hablar. La elección del helicóptero era por tanto la de un campo de batalla. Un lugar donde el estruendo obligaba a usar auriculares y micrófono, dejando muy poco espacio para los argumentos, las dudas. La frecuencia del canal en que se comunicaban tenía además constantes interferencias.

Cuando el ruido, casi idéntico al que anuncia el despegue de un avión, llenó la cabina, el presidente habló a su micrófono, sin mirar a Julia:

—Abandona. No es el momento, no tiene sentido seguir.

Ella dejó vagar la mirada hacia el suelo que habían abandonado, las carreteras, los edificios.

—Si no es ahora, ¿cuándo?

—No lo sé, Julia. De momento basta con que el país no se hunda.

—Tarde o temprano habrá que tomar una medida con las cajas, acabaremos entregando el dinero de todos a unos pocos otra vez.

—Hay personas haciendo propuestas. Se estudiarán.

—Lo importante, decías, es reducir el poder del sector financiero que está empujando para desmantelar el estado del bienestar. ¿Ya no lo es? Dijimos que en lo más duro tendría aún más sentido.

—No puedo.

—Parece que hablamos por teléfono, y a lo mejor cada uno con una persona distinta —dijo ella. Y seguía mirando el suelo a lo lejos, cuadrículas desiguales de tierra seca.

—Estás hablando conmigo. Y yo soy el mismo, Julia. No empieces tú también con eso.

—Si hay personas haciendo propuestas, ¿por qué descartas la nuestra?

—Tus sondeos han levantado todas las alarmas.

—Hablas como un periodista, presidente. «Todas las alarmas», ¿qué quieres decir? Dime cuáles, cuántas. ¿Has recibido alguna llamada? ¿Te han presionado? ¿Tan poco valemos? ¿Tan poco estás dispuesto a hacernos valer?

Las miradas de ambos estaban ahora fijas en el respaldo de los asientos de los pilotos y en el trozo de cielo azul claro, casi blanco, que se distinguía al frente.

—Conoces las presiones tan bien como yo. Y no es que no

te haya entendido, Julia, es que no quiero entenderte. Este sitio no es bueno para discutir.

—Si se trata de obedecer, ya lo sabes, soy disciplinada —dijo Julia. Apoyó la sien en el cristal, ahora volaban bastante cerca de los edificios, dentro de quince minutos habrían llegado.

—Me alegra porque necesito tu apoyo en algo que no va a gustarte. He suprimido el Ministerio de Igualdad. Se hará público mañana.

Julia cambió de canal, no quería seguir oyéndole. Prefería las voces de los pilotos, el estado de los motores, las alarmas. Después de tantos años trabajando juntos eliges este sitio para darme algo que ni siquiera son órdenes, simples comunicados, me informas sin razones ni posibilidad de apelación. Volvió a cambiar de canal.

—Es un ministerio con un presupuesto ridículo, ¿qué ganas suprimiéndolo?

—Paz social, Julia, necesito toda la que pueda conseguir. Conozco tus argumentos pero la decisión está tomada.

Julia se quitó los cascos y sacó un bloc que utilizaban cuando no querían correr ningún riesgo de ser oídos.

—Presidente, sabes que deberías convocar elecciones.

Él lo leyó y buscó con cierta prisa el bolígrafo en el bolsillo de su camisa. Escribió y le entregó el bloc de nuevo.

—¿Me dices eso tú?

—¿Quién si no? Te eligieron para hacer una política. Las circunstancias han cambiado, ahora consideras que no debes hacerla. Disuelve las Cortes, di a los ciudadanos que te dieron su apoyo para un proyecto, y que la situación requiere, en tu opinión, medidas muy distintas, opuestas, y que les pides su apoyo otra vez.

—Tu razonamiento es impecable en un mundo idílico. Pero no en éste.

¿Estás seguro?, pensó Julia, pero ya no lo escribió. Arrancó la hoja y la fue partiendo en trozos muy pequeños. Luego cerró los ojos. Habían empezado el descenso.

Luciano Gómez leía el periódico en el bar de siempre, mientras esperaba el café. El camarero se acercó para decirle que alguien preguntaba por él al teléfono. Extrañado, inquieto, Luciano se acercó a la barra y allí le pasaron el auricular.

—Lo que estás haciendo es un atropello. Recuerda: cuando vienen, vienen a por lo que más quieres.

Luego oyó el chasquido que indicaba que habían colgado. Se le revolvió el estómago.

—¿Sabes desde qué número han llamado? —preguntó al camarero.

—No, es un aparato antiguo.

—No me sirvas el café. Me marcho.

—¿Malas noticias? ¿Te puedo ayudar?

—No, no, sólo es algo urgente.

El sol que rebotaba en las carrocerías de los coches aparcados le deslumbró, seguía teniendo mal cuerpo. Escaparates con ropa, un supermercado, una tienda de móviles, una clínica dental, una panadería. Su único hijo estaba en Alaska, en Anchorage, no creía que fueran a llegar hasta él. Pero con Julia era distinto. Sería fácil esperarla cerca del trabajo y darle un susto, o hacerle daño. Se sentó en el primer banco, sacó el móvil y llamó a Julia. Ella tenía el suyo desconectado. Le extrañó. Tuvo miedo un instante, y echó a andar más deprisa. Iré a buscar a Julia, presentaremos una denuncia por amenazas y nos encerraremos en casa. Se apoyó en una cabina de cristal dedicada a la venta de cupones de lotería mientras encendía su pipa. El hombre de dentro era ciego, aunque pareció mirarle. Hablaría con la vicepresidenta por la tarde, entonces ya habría vuelto de recibir los cuerpos de los soldados muertos en la base aérea de Torrejón. Podía no ser más que una broma, una forma de meterle miedo sin ninguna consecuencia. Pero no te convenzas, sabes que esto va en serio.

Cuando estaba tan sólo a dos manzanas del trabajo de Julia, recibió la llamada.

—Luciano, tranquilo, Julia está bien, está ya atendida. Ha tenido un accidente, pero sin consecuencias graves, alguna fractura y nada más. Estamos en La Princesa. Habitación 332.

—¿Puedo hablar con ella?

—Sí, te la paso.

—Estoy bien, Luciano, no te preocupes. Un atropello marcha atrás, sólo un mal golpe.

—Ahora mismo voy. Te quiero.

Detuvo un taxi con el riesgo de ser él mismo atropellado. Sentía tal ataque de impotencia. El taxista le dio permiso para seguir fumando pero abrió su ventanilla. Y con el aire entraron sus veinticinco años, estaban ahí, a la vuelta de la esquina. Julia a su lado, un vagón de tren con compartimentos para ocho personas, en uno, ellos dos solos: «Ven, vayamos juntos a visitar las cosas de este mundo que habremos de dejar, vayamos juntos». Todo empezaba y todo sigue empezando. El tiempo nos espera todavía. ¿Qué te han hecho? ¿Por qué siempre nos hieren en otros? Me creéis mayor y retirado pero tengo la rabia intacta, y puedo volverla arma y ya no tengo mucho que perder.

Una compañera de Julia le esperaba en la entrada del hospital. Sintió que se mareaba al verla, aunque ella sonreía.

—Tranquilo, tranquilo. Se ha roto la clavícula, una costilla y el fémur derecho. Son tres fracturas limpias, no ha habido ninguna complicación. Un mes de reposo con muleta y escayola.

—Gracias, Elisa. ¿Está en la habitación?

—Ha dicho que la esperes ahí. Ahora estaban haciéndole unas pruebas.

—Ya me quedo yo con ella entonces. Muchas gracias.

—Hasta luego, vengo en un rato, llamadme con cualquier cosa.

La vio en el pasillo, en una silla de ruedas, parecía un dibujo animado con tantas vendas y una gran escayola en la pierna. Caminó a su lado dándole la mano, ella sonreía.

—Me dejarás que lo diga, ¿no? «¡Ten cuidado con la moto, ten cuidado!» ¡Y me atropellan cuando voy andando...!

Entraron en la habitación. Julia dijo que se quedaría sentada un rato y la enfermera se fue. En la cama de al lado dormía una mujer bastante mayor que Julia. Ella habló ahora en voz baja:

—Luciano, creo que han podido hacerlo a propósito. Vi que era una matrícula falsa, estaba superpuesta. De eso estoy segura porque caí de bruces contra ella.

—Sí —dijo Luciano, le temblaban las manos—. No me han dejado tiempo, llamaron al bar hace un rato, pero ni siquiera era un aviso, ya era tarde, te llamé y ya estabas aquí.

Julia apretó con fuerza la mano de Luciano.

—Al final, siempre la violencia. Parece que hemos tenido suerte, ¿no? Podían haberme hecho más. ¿Por qué te han hecho esa llamada? ¿No es una prueba de que el atropello ha sido intencionado?

—Para nosotros sí, para la policía no es más que una voz sin identificar. De todas formas, han cometido un delito, no puedes atropellar a alguien y salir corriendo. Vamos a denunciarlo, desde luego. Sin ninguna esperanza, eso también te lo digo.

La mujer de la cama vecina gritó en sueños, luego sonrió y se acurrucó de lado. Luciano se asomó a la ventana. La calle de Diego de León se convertía ahora en un pico de montaña para Julia porque le habían quitado una de las cosas que más apreciaba, su movilidad. Ella tenía los ojos cerrados, estará agotada. Luciano salió al pasillo en busca de una enfermera. No encontró a nadie. Volvió a sentarse al lado de Julia y tomó su mano. ¿Dónde está la vida, Julia? ¿Debería dejarlo todo, marcharnos juntos a un pequeño hotel en una ciudad pequeña, costera, como a veces soñamos? ¿Los dos solos en Portugal o en Francia, presenciando el clima como un acontecimiento? Cuando no hay lucha, ¿hay vida? Otros contestarán que sí. Pero tú te rebelarías, Julia, menearías la cabeza si me oyeras decirte todo esto. También sé que no me dejarías rendirme por ti pero ¿y si lo hago por mí? Resulta que este organismo que somos podría no tener fuerzas para verte rota y vendada sobre la silla.

Se levantó inquieto y regresó a la ventana. Desde los hospitales siempre le parecía increíble que la vida siguiera fuera, que alguien hiciera sonar una bocina, ¿con qué objeto? Pero esta vez era diferente. No estaban allí a causa de un destino casi siempre difícil de asumir, una enfermedad, un error. Estaban a causa del poder, y el poder era insoportable. Porque alguien da una orden, tu vida se quiebra. Aunque ¿no es también lo de la vicepresidenta, y lo mío a su lado, poder? No, no es ese poder en la medida en que no es arbitrario, exige argumentación, ha de ser promulgado y no debería, al menos no debería, ser secreto.

Miró a Julia; por un momento sonrió de alivio ante la certeza de que las heridas eran leves y Julia estaba fuera de peligro. Imaginó que preparaba su pipa, que la encendía. Se sentó de nuevo al lado de Julia y ella abrió los ojos.

—¡Qué sueño! Oye, Elisa me dijo que vendría a verme a la una. En cuanto llegue quiero que te vayas a dar una vuelta. Y necesito que me hagas un favor.

—Claro, dime. Te harán falta cosas de casa.

—No es eso. Vas a ir a ver a mi tocaya. Tienes que hacerle prometer que no se rendirá por esto que me ha pasado. Si quiere rendirse, es cosa suya, pero yo no quiero ser el motivo, me niego, es la única libertad que me queda. Ya sabes que yo no soy como vosotros, tan lírica, quiero decir.

—¿Líricos?

—Sí, me refiero a esas expresiones que usa Julia: «Principios sólidos, compromiso con los ciudadanos, el momento maravilloso de la retirada de las tropas de Irak». Todo es más chapucero.

—Lo sabemos, no somos unos idealistas.

—No me refiero a eso. Tú y la vice os esmeráis, lo digo con esta palabra antigua a propósito. El esmero está en extinción. Yo siempre voy deprisa, ya me conoces. No me esmero, ni puedo. Porque yo sí que estoy en el mundo. Vosotros no. Sopla un viento huracanado, los árboles se quedan sin hojas, la gente corre y vosotros dos estáis ahí quietos, al abrigo de nada, intentando enhebrar una aguja. Siempre que habéis trabajado juntos en algo os he imaginado así.

—Unos inútiles, creo que tienes razón.

—No, no, inútiles no. Alguien tiene que seguir intentando hacer las cosas con sumo cuidado. Que les den, Luciano. Yo quiero que sigáis enhebrando esa aguja.

—Julia...

—Prométeme que se lo dirás, Luciano. Me lo debes.

—¿Y si ella no acepta? —insistió Luciano aún.

Elisa, la compañera de despacho de Julia, se asomó con discreción por la puerta entreabierta.

—Aceptará.

Eran las doce de la noche cuando la vicepresidenta salió a la terraza tras haber hablado con Luciano por teléfono. Miraba a lo lejos y le parecía distinguir la comitiva de Voland, el oscuro hacedor de *El maestro y Margarita*. Delante de todos, él, en su caballo de tinieblas, a su derecha Koroiev-Fagot haciendo sonar las riendas doradas de su corcel, a la izquierda el gato Popota convertido en demonio paje adolescente y, algo rezagado, Asaselo, el demonio del desierto iluminado por la luna. Cuando un día vengáis a buscarme, os pediré unas horas antes de partir. Y montaré mi escoba: ¡mirad, ahí va la vice!, dirán desde la calle, y yo daré ese gusto a los que me llaman arpía, mandril, lechuza, nigromanta. ¡Mirad arriba, es la invitada del diablo! ¡Si ya lo decíamos nosotros: tras esa voz serena y esos colores en llamas había una mujer en el palo de una escoba!

La vice se marcha, los cabellos al viento, la vice no es desti-
tuida ni apartada sino que desaparece por combustión espon-
tánea, se convierte en humo de azufre y luego los engaños ce-
san y un cuerpo nuevo, desnudo, vuela en la escoba sorteando
cables, copas de árboles y ondas electromagnéticas. La vice da
un viraje, desciende a toda velocidad, el aire baña su cuerpo con
un silbido. Junto a la ventana del dormitorio del presidente del
gobierno se detiene y golpea el cristal con el palo de la escoba:
¡eh, presidente!, soy yo, ¿te acuerdas de todo lo que luchamos
y ahora cedes y cedes y vuelves a ceder? Él se asoma atraído por
mi cuerpo untado en aceite pero sólo ve una risa sin nadie, la
risa de la impotencia hecha locura: ¿he dedicado mi vida a la
política para esto? ¿Para que nos retraigamos sin haber siquiera asomado la cabeza: nada sabemos, nada podemos, qué miedo, qué miedo que vienen los mercados? ¿Qué dirás si te hablo
del atropello de Julia? ¿Sacarás tu retórica conmigo también?
Claro que lo harás, así que me largo, adiós, adiós.

Después, otro impulso a mi vuelo: querido diablo Voland,
aguarda aún. Ganaré altura, cruzaré el cielo hasta la morada de
la ministra de Igualdad, derraparé por el aire y tal vez me cue-
le por su ventana abierta: ¡hola, joven ministra! ¿Sabes que tienes las horas contadas? ¿Sabes que están tramando tu caída? Y
no, no pondrán a otra en tu lugar porque se trata de suprimir
el sitio y la palabra, lo vengo sabiendo desde mis tiempos de
estudiante: libertad, fraternidad, les gustan, son comodines, pero
igualdad, ya sea entre sueldos o géneros, ésa sí que no. Pequeña Morgana confinada a los bosques de lo consentido y no a
los de lo justo; ¡zas!, un golpe de su cetro y se acabó. Ministra,
tú y yo hemos visto a los machos cuando lloran y se cortan las
manos, cuando gimen sin árboles, Minotauros de cama matri-
monial; tú y yo quisimos que entrara el aire en las mazmorras
blancas, la cocina a la izquierda, al fondo el salón con el apara-
dor y los cuchillos; hacía falta respirar, hacían falta caminos lla-
nos para los Minotauros y claridad y límites, pero en los cón-

claves se cede a la presión, los ministros asienten satisfechos y una vez más detrás de la puerta el Minotauro se la guisa y se la come mientras las niñas del siglo XXI cantan todavía: «Don Federico mató a su mujer, la hizo picadillo y la puso a revolver»... Adiós, Morgana, me voy, ya no me duele tener que partir, ser tiniebla tras los montes del Gorrión.

La vicepresidenta abandonó la terraza. Tenía el portátil encendido.

—Necesito hablar contigo. Por favor.

—estoy aquí —replicó la flecha.

—No, aquí no estás. Aquí sólo están mis manos, y palabras.

—yo soy estas palabras que vas viendo.

—Pero si pudiera verte la cara, estrechar tu mano, me ayudaría en lo que debo decidir.

—no puedes, yo soy un estado mental, las reglas detalladas de un hilo de pensamiento. soy yo quien te necesita.

—¿Tú a mí?

—yo existo en ti, y sin ti desaparezco.

—No...

—¿qué debes decidir?

—De acuerdo. Han atropellado a Julia, la mujer de Luciano. No ha sido casual. Antes llamaron a Luciano amenazándolo. Julia está ingresada en La Princesa. No tiene heridas graves.

—¿te sientes culpable?

—¿Qué más da? Puedes convencerme de que no lo soy, pero el hecho es que ha habido una relación entre nuestra iniciativa y los huesos rotos de Julia.

—una relación elegida por otros. por esos otros cuyos privilegios estás, precisamente, intentando limitar.

—Ya no. El presidente me ha ordenado que lo deje.

—vaya, la amenaza criminal y el poder instituido coinciden.

—Hoy me sobra la ironía. No sé qué debo hacer.

—¿... te planteas desobedecer al presidente?

—Sí.

—amotinarte.

—En cierto modo, sí.

—¿luciano estaría dispuesto a amotinarse? creía que para él la disciplina era...

—¿Sagrada? Sagrada no, aunque sí muy importante. Sin embargo, no tanto como mantener una zona no conquistada, una prueba de que existió el proyecto de una vida diferente. Además, no vamos a imponer ninguna medida, sólo vamos a intentar que se discuta.

—tengo la impresión de que hay algo que no me estás contando.

La vicepresidenta echó hacia atrás la espalda, puso el brazo derecho en ángulo recto, y apoyó sobre la palma el codo del brazo izquierdo. No solía dejar que la vieran así, la mano en el cuello y un deje pensativo como si fueran a venir platillos por el aire, como si al acariciarse levemente la oreja pudiera ver una modificación pero no en el pasado, no solía acometerle el deseo nostálgico de haber tomado otro rumbo, lo que a veces, mientras se acariciaba el cuello con los dedos, sí veía era ese cambio rugiendo en el futuro inmediato, como si pudiera rectificarse lo que se sabe que pasará.

—Verás —escribió—, Luciano me ha desafiado. No sólo con las palabras de Julia, también con las suyas y en su propio nombre. «Si no sigues adelante, nunca sabremos si fue por Julia o por miedo.»

—tenía otra idea de luciano, más... moderada.

—Es moderado en lo accesorio. De todas formas, en su caso, desafiarme es un acto de generosidad.

—¿me parece oír un reproche?

—¿Hacia ti? Quizá. Aún no sé por qué quieres mi cobardía.

El abogado encendió un cigarrillo. Había aparcado en una calle de pequeños chalets, se oía un ruido de los aspersores regando la hierba en la oscuridad. Un arbusto de campanillas cubría la verja más cercana. Todo parecía idílico y sereno, a excepción, supuso, de la presencia de ese Mini viejo con las ventanillas abiertas y, en el asiento delantero del copiloto, un hombre de gesto adusto iluminado por las lámparas fluorescentes del monitor. ¿Por qué quiero tu cobardía? ¿Qué hace que se muevan las cosas, vicepresidenta? No siempre la fuerza está dentro, a veces unas palabras o un cuerpo nos llevan hasta el punto donde la flecha puede volar, lo llaman la suelta. Si pudiera llevarte hasta ahí...

—creo que ya te has decidido —escribió.

—Sí, voy a hacerlo. Y te necesitaré, no quiero poner al presidente entre la espada y la pared sino al partido entero, a lo que queda de él. Que ellos reclamen, que cualquier otro que viniera a sustituir al presidente se viera también en la necesidad de contar al partido y a los votantes por qué debe ceder, si cede, qué le obliga a abandonar una medida pedida por sus propios militantes. Mañana iré a ver a Julia, hablaré con Luciano, y decidiremos qué pasos dar.

—bien —escribió el abogado. Y pensó: si vas mañana al hospital puede que me encuentres ahí. Aunque no lo sepas.

III

El martes 27 de abril, Amaya se levantó después de una noche larga vigilando la fiebre de su hijo, a quien había traído a dormir a su cama. No iba a trabajar. Le debían dos días de vacaciones atrasadas y pensaba usarlos para mil tareas aplazadas. A las nueve de la mañana se despertó Jacobo, fresco y alegre como si la noche hubiera sido una más. A las diez llegó su padre para recogerle. Acababan de irse cuando sonó el móvil. Segura de que habían olvidado algo, Amaya dio al botón de responder sin mirar el número entrante.

—¿Creías que me había olvidado de ti, guarra?

Amaya se sentó, alejó el aparato del oído, lo depositó sobre la mesa y se quedó mirándolo. Subió el volumen, entonces recordó que podía grabar la voz. Así lo hizo, palabras soeces, jadeos y una amenaza:

—Voy a ir a verte pronto. Prepárate para mí.

El hombre colgó. Tengo que ir a la policía. Amaya llamó a Eduardo, quien en ese momento tenía el móvil desconectado por encontrarse dentro del hospital de La Princesa sin ningún deseo de atraer la atención. Había logrado averiguar el número de habitación de Julia Martín, y permanecía refugiado en las escaleras con un periódico mientras esperaba la posible llegada de la vicepresidenta.

Amaya había aparcado el coche enfrente de casa, delante de

una tienda, y se dirigió a él sin miedo cruzando la calle rodeada de gente. Condujo hasta el local de la organización, dos o tres veces miró por el retrovisor pero no le pareció que hubiera ningún coche detrás de ella.

A esa hora el escolta de la vicepresidenta subía por las escaleras del hospital de La Princesa e inspeccionaba los pasillos. El abogado había localizado una habitación con un paciente en la cama más próxima a la puerta. Se sentó junto a él, y saludó discretamente a las visitas que hablaban con el joven enfermo de la cama de al lado. Cuando vio asomarse por la puerta a un hombre con traje y corbata supo que había llegado el momento. El escolta se fue, el abogado esperó a que entrase en el ascensor y salió de la habitación. Pero no se dirigió a la de Julia sino que se quedó esperando a que la vicepresidenta subiera. Una familia de padre, madre y dos hijos esperaba con él. Cuando el ascensor se abrió sin Julia, dejó que la familia entrara e hizo un gesto como de haber olvidado algo. Siguió esperando. Al poco llegaron tres chicas jóvenes; luego un anciano de la mano de una mujer joven, por último un hombre con un pitillo apagado entre los dedos. Segundos después se abrió el ascensor y el abogado y la vicepresidenta quedaron frente a frente. Ella le miró sin verle, abstraída en sus pensamientos. Las tres chicas jóvenes que estaban hablando se callaron al reconocerla y se miraron entre sí. El silencio pareció despertar a la vicepresidenta. Salió del ascensor, saludó con amabilidad deliberada a las personas que tenía delante y sus ojos se detuvieron un segundo en los del abogado. Él se limitó a asentir con la cabeza, en lo que podía ser un saludo pero también una confirmación.

La vicepresidenta avanzó en línea recta y el abogado se desvió muy ligeramente, de tal modo que los hombros de ambos se rozaron. Ella siguió andando, pensaba en las palabras que le diría a Julia Martín, y recordaba algo cálido, un contacto de su cuerpo con otro cuerpo, una mirada que había encontrado la suya momentos antes, justo cuando se abrieron las puertas del ascensor. Vio a lo lejos a Luciano, quien había salido de la habitación y la esperaba.

El abogado había pasado tres horas en el hospital para al final lograr un contacto de unos segundos, ahora se le acumulaban las tareas pero le gustaban esos segundos, hombro con hombro, vicepresidenta, confluencia de miradas, tú has mantenido la tuya sin parpadeo, sin nerviosismo, y yo he descansado mis ojos en ti.

Ya en la calle sacó su móvil del bolsillo para conectarlo. Tenía dos llamadas perdidas de Amaya. Marcó su número y ella descolgó.

—Soy Eduardo.

—Un momento —susurró ella. Y luego, ya en voz alta—: Hola. Ha vuelto a llamarme, me ha amenazado. Creo que sí tenemos que denunciarle ya.

—¿Dónde estás? Me acerco y nos vamos a comisaría.

—En el local de la organización. ¿Te acuerdas de la calle?

—Sí, sí que me acuerdo.

—Me queda una hora de reunión, pero si te viene mal pasar nos vemos donde digas.

—No, no me viene mal. En una hora estoy allí.

Entretanto, la vicepresidenta hablaba con Julia y con Luciano.

—¿Has visto? —decía Julia, sentada en un sillón, con la pierna escayolada apoyada en un taburete y el periódico extendido sobre el regazo—. La corrupción de la Gürtel ni siquiera ha rozado la intención de voto a la derecha.

—Lo sé —contestó Julia desde una silla negra de patas metálicas—. Parece que los votantes piensan que los dos partidos mayoritarios son igual de corruptos, que lo único que cambia es a quién han descubierto.

Luciano, sentado en la cama, balanceaba las piernas mientras su cabeza iba de una Julia a otra.

—¿Tú lo crees? —preguntó a la vicepresidenta.

—Quiero creer que nosotros somos menos corruptos, pero no puedo afirmar que no lo seamos. Y esa duda razonable también la tienen los votantes. De todas formas, la palabra no está bien, naturaliza el hecho. ¿Quién no se corrompe?, ¿el brazo de santa Teresa?

—Entonces, ¿cómo lo llamamos?

—Abuso de poder.

—¿Y lo vuestro, temes que seguir adelante también sea abusar, de otra manera? —preguntó Julia.

—No. Hay quien está haciendo todo lo posible para que prosperen los procesos de conversión de cajas en bancos. Y también hay suficientes organizaciones que apoyarían el proceso inverso, en España y en Europa. Buscarlas, hablar con ellas, no es abuso de poder, es el ejercicio de la política.

—Pero hacerlo sin la autorización del presidente... —dijo Luciano.

En ese momento entró una celadora para preparar la cama de al lado. La vicepresidenta le pidió que esperase unos minutos si era posible. La celadora salió.

—No es a él a quien voy a desobedecer —dijo Julia—. Voy a buscar apoyos. Con los que ahora tenemos nunca nos dejarán reducir el poder de los bancos. Así que salgamos, y hagamos lo que sabíamos hacer: convertir el punto treinta del orden del día en algo sobre lo que hay que pronunciarse.

Julia dio a la vicepresidenta un bolígrafo.

—Toma, anda. Escribe algo en mi escayola.

Julia pensó un momento:

«¡Total, por sus ojos negros!... —escribió, firmando luego—: Tocaya tuya y paquete de tu moto por vocación».

Julia Martín rió.

—«¡Qué importa que ande penando!» —dijo. Y luego—:

286

A ver si nos aclaramos, Julia. No quiero que dejéis de intentar nada por mí. Pero tampoco quiero que te sientas obligada. Luciano está preocupado. Dice que se excedió cuando te llevó mi recado.

—Luciano me desafió, sí —sonrió la vicepresidenta—. Yo he aceptado el desafío. Pero no soy yo. Son las pequeñas empresas, sectores de los sindicatos y de las comunidades autónomas, personas dentro de la radio y televisión públicas, asociaciones europeas, los sectores convalecientes del partido que pueden tantear Helga y Luciano. Si vemos que son suficientes, podemos representarlos porque es nuestro papel.

—Yo hablé con Helga anoche —dijo Luciano—. Dice que habría algunas agrupaciones interesadas. Ha encontrado la dejadez que esperábamos, pero también a veces una sensación de malestar crítica: personas que apoyarían cualquier medida que implique acción, irrumpir en el conflicto, ya sea las cajas, el plan especial contra el fraude que propusieron los inspectores de Hacienda, recuperar el control de las telecomunicaciones, algo.

—El plan de los inspectores, sí. Tengo clavado el día en que se acordó cambiarlo por unas cuantas medidas retóricas. —La vicepresidenta miró con discreción el reloj que siempre llevaba hacia abajo, la hebilla arriba y la esfera en el envés de la muñeca. Apenas disponía ya de un par de minutos—. ¿Qué dijo del atropello de Julia?

—Me preguntó qué pensaba yo —dijo Luciano—. «No saben lo que han hecho», le dije. «Nos han llevado al fondo, y desde ahí sólo queda coger impulso.» Helga me llamó iluso, loco. De ti —y puso la mano sobre la escayola de Julia— dijo que eras «de una valentía rayana en la inconsciencia». Pero va a ayudarnos.

—¿También se considera una ilusa? —preguntó la vicepresidenta.

—Dijo que hay cosas que sólo se pueden conocer cuando se hacen.

—He necesitado veintidós años para llegar a rodearme de las personas adecuadas. Tengo tanto miedo de que os hagan algo otra vez...

—No lo harán. Ahora tratarán con el presidente directamente. Y por nosotros, descuida, por favor.

La vicepresidenta besó a Julia y apretó su mano. Luciano la acompañó a la puerta. No le dijo nada, sólo movió las dos orejas a la vez, como había aprendido a hacer hacía años. Luego volvió a la habitación.

El abogado conducía en silencio. El local de la organización estaba al otro lado del río. Después de cruzarlo, aparcó el coche y salió a andar un rato. Había notado una vibración distinta en la voz de Amaya. No era sólo preocupación o miedo sino un temblor parecido al que él trataba de ocultar cuando hablaba con ella. Amaya había empezado a reparar en él, Amaya le deseaba y él se preguntó si sabría pasar al primer plano, salir de la sombra y estar con ella. Encendió un pitillo, miraba el agua, no del todo turbia, del río. Tendré que contarte que fui yo quien envió al murciélago. Quería que me necesitaras, sí, pero no lo hice sólo por eso. Fue la única manera que se me ocurrió para que oyeses mi advertencia, ese tipo puede no ser inofensivo, hay demasiada gente hecha polvo, han perdido el control, unos lo saben, otros ni siquiera se dan cuenta. Se dio la vuelta para ver pasar a un hombre en chándal, corriendo. A su izquierda dos grúas amarillas se movían despacio.

Echó a andar siguiendo el río. Os dejé colgados, Amaya. Dejé la organización, había tantas razones. Demasiadas razones suelen ser síntoma de otra cosa. Tú sólo dijiste: «Creo que todavía puedo aprender algo aquí».

Al poco notó la vibración del móvil en el bolsillo. Era un número desconocido.

—Soy yo —dijo el chico—. ¿Puedes hablar?

—Sí, dime.

—No deberías usar estos aparatos. Así que te lo contaré como una historia. La de alguien que decidió ayudar a otra persona y dejó un mensaje. Joder, podías habérmelo dicho, me he pasado un montón de horas con ello.

—No exageres.

—¿Por qué no me avisaste?

—Te habrías puesto más nervioso. Y ya sabes que yo prefiero el patio de butacas, los escenarios tienen demasiada luz.

—¿Puedo verte? He quedado con nuestro amigo, el tipo al que vimos juntos. Pero antes me gustaría que hablásemos.

—¿Has quedado hoy?

—Por la tarde, a última hora.

—Pásate por la casa de la chica que nos pidió ayuda por lo de las fotos.

—Sé quién es, pero ni idea de dónde vive.

—Te mando un correo a la segunda y te doy la dirección. No está lejos del bar que sabes. ¿A las tres?

—De acuerdo, gracias.

El abogado volvió al coche, el local de la organización estaba en una avenida grande, pero se internó por callejuelas buscando un cíber desde donde escribir al chico. Encontró un locutorio con sólo cuatro ordenadores y todos ocupados. Esperó de pie hasta que una mujer mayor dejó uno libre. Mandó el correo desde una de sus direcciones de seguridad a «la segunda» del chico. Como aún tenía quince minutos, decidió entrar en el ordenador de la vicepresidenta. Nunca hablaban a esa hora, pero el tiempo vacío, el río, la inminencia de un encuentro distinto con Amaya, habían predispuesto su ánimo hacia un silencio que busca compañía.

Una vez en el escritorio ajeno abrió un documento nuevo. Le habría gustado tener una cita o un objeto para el riesgo que ella había tomado y que iba a conducirla a un punto donde él ya no podría llegar. Se dijo que entre la vida y la representación de la vida había algunos grados de separación. Quizá no tantos como en *El maestro y Margarita*, pero tampoco un ángulo nulo, inexistente, como en otras novelas leídas. Dos líneas muy próximas que, no obstante, avanzan separándose, una ventana que parece cerrada pero no lo está. Esa amplitud permite el giro o el batir de remos o de páginas, es la relación que media entre lo real y lo posible y mi asistencia, lo que quise darte. Cerró el documento sin guardarlo, no se quería retrasar y la suerte ya estaba echada. Salió del sistema operativo, pagó su tiempo y se fue.

Media hora antes la vicepresidenta había sido convocada a una reunión en el despacho del presidente. Era un lugar aséptico, el tresillo demasiado blanco, una foto institucional, un cuadro tan neutro que no existía. Sólo el entorno de la mesa del presidente parecía albergar algo de vida, aunque muy poca, ni un bolígrafo mordido, ni un pequeño astronauta de plástico, ni un dibujo, ni siquiera una postal o una fotografía de un sitio al que quizá quisiera volver. En esta ocasión, además, el presidente la esperaba junto a la puerta y no avanzó hasta la mesa sino que le indicó con la mano el sofá cuadrado de las formalidades mientras él escogía el sillón.

—Julia, estás intentando volver al partido en mi contra.

—Presidente, trato de que se discuta lo que una vez dijiste que debía ser discutido.

—Pero ya no lo digo. ¿Quién crees que eres para provocarme? En este momento, además. Si de alguien no esperaba una jugada así, es de ti.

—No es una jugada. Es un intento de rectificación.

—Ya lo intentaste, te dije que no. Intento terminado. Ahora hay un nuevo plan.

—¿Cómo?

—Una nacionalización parcial y temporal, si quieres llamarlo así. Una inyección de capital por parte nuestra.

La vicepresidenta, sin mostrar asombro, curiosidad, indignación, nada, con indiferencia, dijo:

—Han atropellado a Julia.

—¿De qué Julia hablas, qué dices?

—Han atropellado a la mujer de Luciano. Le avisaron. No ha sido casual.

—¿Cómo está ella?

—Viva, con varios huesos rotos pero viva.

—Denunciadlo. Es un gravísimo atentado contra el estado de derecho. Luego llamaré a Luciano. Pero no puedes jugar con el destino de una nación porque han atropellado a una amiga tuya. No puedes poner todavía más en peligro la estabilidad económica.

—Supongo que te refieres a poner en peligro la ¿inminente? privatización de las cajas. Tal vez no ves las cosas en el orden adecuado. ¿Con quién estás negociando cada día? ¿Con chantajistas, personas dispuestas a mancharse las manos de sangre de alguien que ni siquiera está directamente implicado?

—Siempre hemos sabido dónde estábamos. ¿Es que no hay sangre en reducir una ayuda, en repatriar emigrantes, en el presupuesto para el Ministerio de Educación? Te has arriesgado y te ha salido mal. Ésta, como supongo que ya te imaginas, será nuestra última conversación aquí, de manera que dejemos los rodeos. ¿Qué te ha pasado? ¿Desde cuándo los huesos de nadie son más importantes que el cálculo constante a que estamos sometidos?

La vicepresidenta recostó la espalda en el sofá. Se había acabado. Debería estar sintiendo un mazazo y un nudo en la garganta, pero en cambio sólo notaba la seguridad que da la tierra firme tras haber pasado mucho tiempo sobre una superficie inestable. Y si hay un más abajo, que lo haya. Esta vez no me da miedo.

—¿Quieres saber lo que me ha pasado, o es una pregunta retórica?

El presidente debió de apreciar algo nuevo en la voz de Julia, algo que no se parecía a la dignidad impostada con que solían hablarle los destituidos. Se preguntó si quería saber. En realidad, no. No tenía ningún interés por cualquier argumento que la vicepresidenta fuese a darle. Pero le quedaba un resto de curiosidad por los motivos de la calma firme que percibía en ella, esa calma en la que nunca había creído y que antecede a la tormenta, como si pudiera haber tormentas fuera del poder.

—Quiero saberlo —dijo.

—Estaba equivocada. No puedes dimitir. Puedes no presentarte en las próximas elecciones, pero para irse hay que tener una razón.

—¿Y quién me obliga a quedarme?

—Te lo he dicho: no tienes un motivo para dimitir. No es verdad que estés haciendo ahora, debido a la crisis, una política alejada de tu ideología. No tienes ideología.

El presidente tomó aire con gesto cansino, como si fuera a contestar a un entrevistador; Julia se adelantó:

—Déjalo —dijo—. El buen talante, los derechos civiles a los que tú llamas sociales, etcétera, son barniz, aderezos.

—A algunas personas les va la vida en lo que tú llamas aderezos.

—Yo también he dicho esas palabras. Algunas personas serán más felices gracias a tus aderezos, de los que te desprendes con prisa en cuanto te sientes atacado, veáse Igualdad. Pero no se trata de algunas personas. Se trata de para quiénes gobernamos, y para qué. La ideología es eso. A ti y a mí, y a Felipe y los demás, nos dieron las respuestas y las aceptamos.

El presidente se levantó. Se sentía inesperadamente ofendido y necesitaba devolver la ofensa.

—Me alegra —dijo dirigiéndose a la puerta— que hayas tenido esta caída del caballo justo ahora que te vas del poder.

La vicepresidenta no se levantó. Tampoco argumentó lo

que habría sido fácil, su marcha del poder parecía consecuencia de la caída y no su causa. Se quedó sentada, mirando al presidente. La situación era violenta, él debía pedirle que se marchara o bien volver a sentarse como una rendición.

—Anunciaré tu destitución mañana miércoles, espero que el viernes haya concluido todo. Te habría perdonado cualquier cosa, Julia, pero que intentes movilizar al partido a mis espaldas, no.

—Estábamos contactando con sectores del partido abandonados o dormidos. No hemos tocado ni un concejal, ni un alcalde, ni el partido como aparato electoral, que es el único que veis.

El presidente le pareció ahora más afectado, no tanto por sus palabras, que no daba señal de haber oído, como por el gesto físico de abrir la puerta y dejar salir a alguien con quien acaso no volvería a hablar nunca. Y sin embargo, estaba mintiendo, mentía con total tranquilidad, el partido no era más que una excusa y ambos lo sabían. Al mirarlo de nuevo fue como si no hubiera nadie delante, sólo señales de alguien que tal vez había estado ahí. Se levantó.

—Adiós, presidente. Me pondré de acuerdo con Ernesto para organizar mi salida.

Julia tendió la mano. La del presidente estaba fría, la suya quizá también. Se besaron cortésmente.

—Julia, espero que cuando todo esto pase, un día podamos hablar con tranquilidad.

—Claro —dijo Julia.

No crees en lo que dices, sólo te imaginas que lo crees. Se preguntó cuántas veces las palabras que acababa de dirigir en silencio al presidente le habrían sido dirigidas a ella, en silencio, por otras personas.

El abogado esperó a Amaya fuera, junto al coche. Ella apenas se retrasó un par de minutos. Llevaba unos vaqueros, y una camiseta blanca con líneas azul marino dibujando lo que podía ser un camino o una carretera. No era una camiseta ceñida pero su silueta se adivinaba igual. Parecía más vulnerable en manga corta, la deseaba más.

—Perdona que te haya hecho venir —dijo.

—No me has hecho venir, y me ha gustado ver el local, las siglas.

—Pasamos primero por casa, ¿no? Salí demasiado deprisa, tendríamos que recopilar bien todas las pruebas.

—Sí, además he quedado allí con el chico que me ha estado ayudando.

De pronto no había ya nada práctico que decir y el semáforo parecía eterno.

—No hemos salido nunca juntos, ¿no? —preguntó el abogado.

—No —rió Amaya—. ¿Te sonaba?

—Es lo que pasa cuando te imaginas algo muchas veces, al final no sabes si ha pasado.

—¿Es una indirecta?

—Más bien directa.

El cuerpo de Amaya se recogió, las manos abrazadas a las rodillas. Pero le miró con los labios al decir:

—Cuando acabemos con esto, hay un sitio que me gustaría enseñarte.

El abogado estaba nervioso. Quizá debía besarla, sin embargo ella se había apoyado en la puerta y, enroscada sobre sí misma, miraba lejos. Siguió conduciendo en silencio. En el siguiente semáforo:

—Háblame de ese sitio adonde me quieres llevar.

—No, ahora no, cuando te lleve. No te importa si me adormilo un poco, ¿verdad?

—No, para nada —contestó el abogado.

Cuando esto acabe te preguntaré mi gran duda: ¿lo intentado y no conseguido, lo perdido que no se desintegra, la falta de eficacia, el disparo que no da en el blanco, los bocetos, el párrafo cortado que no volvemos a pegar, el comando que no se ejecuta, lo inoperante en estos tiempos de eficiencia estúpida puede ser borrado de la tierra? ¿Lo que no se consigue pero, por tanto, se ha intentado, añade algo, algún tipo de cualidad?

Tuvieron que dar varias vueltas para dejar el coche. Por fin encontraron un sitio en la acera del portal de Amaya, pero unos cientos de metros antes. Echaron a andar, ya eran las tres y las aceras estaban vacías. El abogado miró enfrente buscando al chico que debería venir. Había un hombre quieto, demasiado quieto, con una mano dentro de una bolsa de lona, y aunque pensó que se habría parado para sacar una cajetilla de cigarrillos o un número de teléfono, sin poder evitarlo se puso alerta, como siempre que veía a alguien quieto en la calle. Entonces la vio: lo que el hombre acababa de sacar de la bolsa no era un teléfono ni una cajetilla sino una pistola de tiro olímpico, las conozco bien, pensó al mismo tiempo que se sorprendía de no albergar ninguna duda, la cuerda ha sido llevada a su posición de anclaje, la flecha se suelta casi sin pensar y el abogado cae sobre Amaya cubriéndola con la espalda y la empuja hacia el suelo mientras siente un dolor nuevo en la cintura, piensa en su madre, estoy cogiendo frío pero tú lo habrías hecho también, siente muy cerca la cara de Amaya y oye la voz del chico:

—¡Joder, joder!

—Llama a urgencias. —Era la voz de Amaya.

—No tengo móvil.

Mientras ella buscaba el suyo tendida aún en el suelo, una mano apretando la mano del abogado, el chico se acercó a él.

—Tranqui, todo se va a arreglar.

—Escribe —dijo el abogado.

Empezó a recitar palabras y números a los que a veces añadía guarismos y otras veces frases enteras.

—La primera es de mi ordenador; la segunda, el servidor de

la vicepresidenta; la tercera, del portátil; la última, del programa de cifrado. Debes sustituirme, no se te ocurra decirle a ella lo que me ha pasado. Lee nuestras conversaciones y síguelas tú, será sólo unos días. Cuéntaselo a Amaya, dile que te ayude. Coge las llaves de casa, están en mi bolsillo, junto con las del coche —añadió en un susurro, como si ya no le quedara saliva.

—Ya vienen —dijo Amaya.

—El sitio eras tú, ¿verdad? El sitio donde ibas a llevarme.

Amaya asintió, besó al abogado despacio y notó cómo se iba.

En la acera de enfrente, el tirador se había disparado a sí mismo y estaba rodeado de gente.

Esperaron a que llegara el Samur, vieron cómo intentaban reanimar el cuerpo en vano. Tuvieron que declarar ante la policía, hicieron llamadas a familiares y conocidos. Amaya quería quedarse en el hospital hasta que se llevaran el cuerpo a otro lugar.

—No, no puedes. Tienes que venir conmigo —dijo el chico.

La vicepresidenta entró en su despacho consciente de que entraba por última vez sin ser observada, sin que los demás estuvieran esperando que recogiera sus cosas. Al día siguiente el presidente haría pública la noticia. Se le concedería un tiempo, breve, para cerrar asuntos y despedirse. El suyo, pensó, sí había terminado siendo un despacho personal, a diferencia de lo que ocurría con el del presidente: plantas, fotografías elegidas más allá de lo institucional, dos cuadros que le gustaban, el dibujo de un canguro en una playa que hizo su sobrina, la miniatura de una Vespa verde, regalo de Julia, el retrato de Condorcet que ella misma había llevado a enmarcar, y en donde había copiado la siguiente frase: «Las mujeres tienen los mismos derechos que los hombres; tienen, pues, el de disponer de las mismas oportunidades para adquirir las luces».

Julia descolgó el retrato y le dio la vuelta. Detrás había copiado otra cita de la misma obra del filósofo francés, era ésa en realidad la frase que la impulsaba, la que le había dado fuerza para luchar todos esos años, la que le recordaba que ella también venía de un lugar oscuro y sin oxígeno, allí donde las personas dominadas exigen dignidad, allí donde resulta aparentemente natural que filósofos progresistas, revolucionarios, escriban cosas como: «Si el sistema completo de la instrucción común, de la que tiene por objetivo enseñar a los individuos de la especie humana lo que necesitan saber para gozar de sus derechos, y para cumplir con sus deberes, parece demasiado extenso para las mujeres, que no están llamadas a ninguna función pública, podemos restringirnos a hacer que recorran los primeros grados».

La vicepresidenta volvió a poner el cuadro en su sitio. Miró hacia la ventana, empezaba a atardecer. Abrió las hojas y apoyó los codos en el alféizar. De pronto sintió terror, como si dentro de su mente se agitaran en una danza de confusión y espanto todos los que habían sufrido injusticia por su causa. No lograba contener el ímpetu con que se sucedían ahora las escenas en que fue débil frente al fuerte, y fuerte ante los débiles, cuando la adulación, la riqueza exhibida, la amenaza velada dirigida contra su personal esfera de poder, le hizo sonreír y ceder algo al ventajista, al prepotente, al criminal.

Cerró la ventana pero las criaturas danzantes entraron con ella. ¿Dónde están las otras? ¿Todo lo que saqué adelante ahora se disuelve, acaso no serví a los ciudadanos, no he conseguido algunas buenas leyes y reglamentos? Poco a poco la quietud del despacho hizo que las criaturas empequeñecieran. Su cólera, no obstante, seguía presente como un olor de mandarina, cuántas veces me lavaré las manos. Recogió su teléfono, sus llaves y dejó en cambio la cartera negra en el suelo, ya no le pertenecía. Salió despacio, saludó sonriente, aún no se lo había contado a nadie. Ni siquiera a su hermana, ni a Carmen, ni a Mercedes, ni a Luciano. A nadie aún, el presidente le había dado unas horas. Mañana empezarán las llamadas. Pero esta noche quiero hablar con la flecha, punta blanca de luz con un contorno negro, palabras que tatúan en nuestro interior los destinos posibles. No sé quién eres y te espero.

A las siete y media el chico y Amaya habían casi terminado de leer las conversaciones de la flecha con la vicepresidenta. El chico dejó a Amaya en el piso del abogado, releyéndolas y pensando qué deberían decirle esa noche. Confiaba en estar de vuelta sobre las diez, recogería a Amaya y se irían en coche a alguna calle a buscar wifis y ser la flecha.

Llegó a las inmediaciones del local de Curto y le vio junto al portal.

—Vamos, pasa.

—No, espera. Tengo que decirte algo aquí, donde haya aire. Han matado a Eduardo.

Curto apretó la mano del chico, porque sentía que se estaba cayendo.

—Qué mierda. Se lo dije. Que tendría que recoger vuestros restos y meterlos en una cajita. Y ahora el siguiente vas a ser tú.

—No, no han sido los que nos seguían ni nada de eso. Un puto loco, un tío obsesionado con una amiga del abogado, luego el tipo se ha pegado un tiro.

—¿Y la chica?

—Eduardo se tiró sobre ella y la cubrió.

—Vamos dentro.

Curto echó a andar delante. Había encontrado a un interlocutor y lo había perdido. Era quizá la única vez en su vida en que no había cortado amarras antes de tiempo, anticipándose a la ruptura o a la pérdida. Recordó la figura del abogado sentado en el banco del metro, mirándole desde el otro lado del andén.

Cuando llegaron a su guarida dijo:

—Hace mucho tiempo confié en una persona y me dieron una hostia, me rehíce, volví a confiar y me dejaron tirado. Al final, ya lo sabes, me convertí en un superviviente, psicoputeaba a cualquiera por si acaso, para adelantarme. Menos con tu amigo. Me caía de puta madre. Nada de pasión, pero saber que estaba por ahí, que podía hablar con él, que incluso a él parecía servirle hablar conmigo... Por lo menos, hizo lo que quiso, no dejó colgada a su amiga, eso seguro que le sentó bien.

—A mí no me pareces un superviviente.

—Gracias. En serio, aunque hoy eso no importa. Dime qué querías.

El chico le contó la historia del Irlandés y las escuchas, y también le dijo que tenía una puerta trasera, una forma de entrar en el sistema de los teléfonos sombra.

—¿Y para qué la quieres? No pensarás chantajear al Irlandés.

—No, lo que quiero es romper el chantaje, que me dejen en paz. Además, hay otra historia que no te he contado.

El chico le habló de la flecha y la vicepresidenta.

—¡Qué cabrón! Ahora entiendo las cosas que me pedía. ¿Me dejarás ver las conversaciones?

—Sí. Eduardo te habría dejado.

—¿Estás pensando en darle a ella la llave secreta? No serviría de nada.

El chico sacó el DVD de su bolsa y se lo dio.

—No sé en lo que estoy pensando. De momento te la doy a ti. Quería haberle dado hoy la copia a Eduardo, y mira. En este papel están los datos del servidor donde la tengo colgada. Te los aprendes de memoria y lo tiras. Ahora tengo que ver cómo reacciona el Irlandés.

—Te acompaño.

—No, estás loco. Me ha citado en un apartamento que es como la casa de Stephen Falken, ¿te acuerdas? Cámaras, antenas, parece una sucursal de la tienda de Sonia. Él lo llama su sanatorio de pájaros.

—Más razón para quedarme cerca.

—Te verá.

—¿Y qué si me ve? No sabe quién soy. Venga, vámonos —dijo Curto—. Yo tengo que inspeccionar el terreno, espero que no esté muy lejos de aquí.

Cuando llegaron a la calle paralela a la del Irlandés, Curto dijo:

—Aquí nos separamos. Veré qué hay, si puedo grabaros, vigilaros o mandarle un aviso de que no estás solo.

El Irlandés abrió la puerta de su apartamento con dos whiskys en el cuerpo. Pensó que cuando se fuera el chico se serviría un tercero escuchando música. Estaba ligeramente eufórico, un estado que alcanzaba pocas veces y que era de sus favoritos, como si una sola cuerda suya vibrara mientras las otras permanecían mudas a la espera. Y él podía distraerse siguiendo la melodía de esa cuerda olvidando las demás. Recordó la voz del chico en el teléfono, bastante decidida: «Tengo que hablar contigo». Hablar, qué insistencia absurda, qué desproporcionada confianza ponían algunos en ese método imperfecto, confuso, las más de las veces inútil para solucionar problemas.

Revisó los sistemas de vigilancia de su Nautilus. Todo estaba en orden excepto una sombra que había dado un par de vueltas a la manzana. Se acercó con el zoom, una vez llevaba capucha, la otra vez una gorra, distintas chaquetas, distintos zapatos. Sin embargo había algo idéntico en su forma de moverse. Bueno, no seamos paranoicos, de momento. Se asomó directamente a la ventana, para observar y también para despejarse. Había sido un largo día. Ver juntos al ministro y al vicepresidente ejecutivo del banco le había saturado. Por separado podía aislarlos en su cabeza, componiendo un escenario distinto para cada uno que los sacaba de contexto y los humanizaba. Pero estar con los dos a la vez era como jugar al ajedrez con una máquina, no había instinto ni azar.

Iluminada por viejos faroles, la calle parecía pertenecer a una ciudad más pequeña, menos caótica. Un perro ladraba esperando en la puerta de un bar a su amo. Un viento suave, casi una brisa, rozaba la cara y las manos del Irlandés y hacía temblar las hojas de los árboles. Repasó la conversación que había cambiado su estado de ánimo. Orden del día: nuevas alianzas en marcha. El sistema de teléfonos sombra dejaba de ser necesario. Y los servicios del Irlandés, también. Lo que él llamaba su división de hackers de Mysore pasaría a ser dirigida por otra persona. El sistema de teléfonos sombra lo habían eliminado ya, sin consultarle. «Hemos llegado a un acuerdo, no necesitamos exigir lo que podemos pedir amablemente, puesto que ahora hay un clima de entendimiento y colaboración.»

Orden del día, por tanto: borrado, reescritura y formateo de la memoria del Irlandés. Una de cal y otra de arena, amenaza, premio y otra amenaza, no obstante. En cuanto a la confidencialidad, no les cabía duda de que sería respetada. Seguirían ofreciéndole algún trabajo especial, de tanto en tanto, bien remunerado. Cuidarían de él. Por supuesto, esperaban que les entregase el mando sin guardarse nada, al fin y al cabo se conocían de antiguo. Al responder, el Irlandés había fingido un despecho sordo, contenido, que estaba lejos de sentir. Llevaba meses sintiendo en cambio hartazgo y cansancio. Habría pagado por que le relevaran y al tomar ellos la iniciativa de alguna forma quedaban en deuda, mejor que mejor. Esa figura. Esta vez llevaba la cabeza descubierta. Casi no le vio moverse, era un hombre de unos treinta y pocos, se había apoyado en el respaldo de un banco, esperaba. De golpe se levantó con prisa, los mismos andares, estaba seguro, y desapareció justo bajo su portal. Ese tipo ha aprovechado la entrada de alguien para meterse en mi edificio. Volvió adentro y activó las cámaras del interior del portal. El individuo no había cogido el ascensor, subía despacio por las escaleras. De pronto el Irlandés se echó a reír. No es un enviado del banco ni del ministro. Viene para proteger al chico. No tenía sentido que enviasen a alguien para amedrentarle ahora. En cambio, faltaban apenas diez minutos para que llegase el chico y ni siquiera se había ocupado en pensar qué querría ahora. Ya no te necesitan, chico, esto se acabó.

Decidió servirse el tercer whisky, le preguntaría al chico si quería beber con él.

Un minuto antes de lo convenido, el chico llamó a la puerta. El Irlandés le abrió y se dio la vuelta, hablándole ya de espaldas camino del sofá.

—Cierra y ponte cómodo, ¿quieres tomar algo?

El chico pensó en no cerrar del todo por si Curto quería entrar, pero la puerta, muy pesada y con algún sistema de cierre automático, avanzó sola los últimos centímetros. Cuando el chico llegó al sofá encontró al Irlandés sentado en un sillón, el cuerpo demasiado relajado, cada uno de sus brazos sobre los brazos del sillón, las piernas estiradas, la espalda doblada como si se hubiera escurrido un poco; sujetaba un vaso en la mano izquierda, los ojos le brillaban.

—No, gracias —dijo el chico.

—Tú verás. ¿Qué se te ofrece entonces?

—Quiero que hagamos un trato. No necesito dinero, ni nada. Quiero que me taches de tu lista de colaboradores, que busquéis a otro tipo para mantener el sistema. Tienes que jurármelo, tienes que inventar algo con tus jefes.

—No quieres estar pillado, ¿no?

—Eso es, exacto.

—Muy exacto, sí. Sólo que todos estamos pillados. Un coñazo, ya ves. Siempre hay un tipo que nos sujeta por el jersey y dice: tú la llevas.

—Puede que todos tengamos que jugar. Pero no en el mismo sitio. Yo dejo este sitio.

—Ya, ¿tú crees que puedes elegir? Bah, no contestes. ¿Qué tienes para mí entonces, y para mis jefes? ¿Por qué iban a tolerarlo?

—Tengo algo para ti si me juras que quedará entre nosotros. Tienes que ser tú quien me liberes.

El Irlandés se incorporó y apuró el whisky.

—Estoy esperando —dijo.

—Tengo una puerta trasera. Una entrada en vuestro sistema. No quiero usarla. Quiero que sepas que la tengo y que si me pasa algo otros la tienen también.

—Qué bonito. ¿Seguro que no quieres una copa?

El Irlandés se levantó y volvió a llenar su vaso.

—No, no quiero —oyó decir al chico.

Volvió junto al sillón y sin sentarse dijo:

—No tienes nada, chaval. Nada. ¿Sabes por qué no tienes nada? Porque ya no hay sistema de teléfonos sombra. No lo necesitan. Misión cumplida, lograron lo que querían y cerraron el quiosco. Tu llave secreta se ha quedado sin puerta y sin casa.

El chico veía su disco con dos tintas de rotulador, vio su esfuerzo, tantas y tantas noches hasta conseguir la secuencia necesaria para evitar los sistemas de seguridad, estaba orgulloso de lo que había logrado y ahora se volvía completamente inútil. Se fijó por vez primera en el suelo del apartamento, muy liso, pintado de color granate como si fuera una pared. Sus zapatillas blancas parecían más sucias allí recortadas.

—Entonces, ¿me dejarás en paz? —dijo sin mirar al Irlandés.

—Yo sí. Ellos supongo que también, pero no te lo aseguro. Aquí todos estamos pillados, ya te lo he dicho.

El Irlandés se sentó de nuevo, otra vez las piernas estiradas, el cuerpo casi tumbado; la mano derecha sujetaba la copa mientras la izquierda daba leves golpeteos en el brazo del sillón, siguiendo el ritmo:

—«Whatever you need, whatever you use, whatever you win, whatever you lose...».

—¿Sabes que han matado al abogado? —dijo el chico.

El Irlandés calló. Inclinó la cabeza hacia el chico, y aún medio tumbado preguntó:

—¿Quiénes? ¿Los míos?

—No, o sí. Un pirado. Un loco que iba por libre. Quería matar a una amiga del abogado y él la cubrió.

—Entonces no han sido los míos. Demasiado rebuscado. Además, no sacaban nada matándole.

—Yo sí creo que han sido los tuyos. No tus jefes sino tu bando. Gente hecha polvo que va a lo suyo. Pagáis con cualquiera lo que os ha pasado.

—«Nosotros», qué plural tan lejano. ¿Y qué crees que me han hecho a mí?

—Está en la red. Tenías un hijo, se murió pronto.

—Pero eso no fue culpa de nadie. Estaba escrito.

—¿También estaba escrito que te convirtieras en un sicario?

—En esta vida conviene ser precisos. Un sicario es un asesino a sueldo. Yo soy un apoderado, tengo poderes de otras personas para proceder en su nombre. No digo que no sean cosas parecidas, pero no es lo mismo.

—¿Estaba escrito que lo fueras?

—Supongo. Por eso estamos aquí.

—Hay gente que reacciona de otra manera. Podrías haberte hecho filántropo o lo que sea.

—También soy filántropo, lo habrás visto en internet. ¿No dijo Balzac: «Detrás de cada filántropo hay varios crímenes»? Lo dijo de otra forma, pero vale igual.

—¿También estaba escrito que mataran al abogado?

—Probablemente.

—¿Y por qué te levantas cada mañana?

—Porque está escrito que no puedo no levantarme, hasta que un día esté escrito que ya no pueda levantarme más.

—Es muy cómodo ser fatalista.

—No creas. Imagina que vivir consiste en averiguar lo que tienes que hacer, no en elegirlo.

—Pero lo harás de todos modos.

—Bueno, digamos que hay un porcentaje aleatorio de conciencia. Puedes ser un vendido a secas, o serlo y al mismo tiempo saber que lo eres.

—¿Eso qué cambia?

—Por ejemplo, yo sé que hay un amigo tuyo en este edificio. ¿Cambia algo que yo lo sepa?

—¿Nos estás amenazando?

—No, por Dios. Estoy bebido. Y siento que mataran al abogado.

—Gracias. Ahora tengo que irme.

El chico se levantó.

—A lo mejor hay encrucijadas —dijo el Irlandés puesto de pie, con la voz menos gangosa y el cuerpo recto, firme—. Un punto donde la partícula no tiene asignada su trayectoria.

—A lo mejor —dijo el chico.

El Irlandés le tendió la mano y el chico la estrechó.

—En otro universo... —dijo.

—... nos habríamos llevado bien —terminó el Irlandés mientras abría la puerta.

Eran casi las doce cuando el «hola» en minúsculas se recortó sobre la pantalla. La vicepresidenta había encendido el portátil a las once y había escrito su saludo sin recibir respuesta. Había estado vagando por la casa, había salido a la terraza e intentado leer, entrando de nuevo cada cierto tiempo para asomarse a la pantalla por si llegaba la flecha. Ahora casi se emocionó al ver las cuatro letras y el puntero moviéndose a su albedrío.

—hola.

—Ha pasado algo.

—sí.

—¿A ti también?

—hablamos de ti.

—Mañana miércoles dejaré oficialmente de ser vicepresidenta. El jueves habrá una despedida pública y kaput, todo acabado.

—¿por qué?

—La política es el escenario donde se libran batallas que vienen de otros lugares. Nuestra batalla la han ganado otros. No sé si al mismo tiempo que mi cese o un poco después, se anunciarán los nuevos planes para las cajas.

Amaya y el chico se miraron. La conversación no seguía ninguno de los cauces que habían previsto. Estaban dentro del coche, en una calle solitaria entre dos colegios mayores. Hasta ese momento había tecleado el chico, ahora Amaya le relevó.

—¿qué vas a hacer?

—¿Todavía esperas que haga algo? —Las manos de la vicepresidenta temblaron un poco. Yo esperaba que lo esperases, quiso añadir, pero se contuvo.

—claro que lo espero.

—No hay mucho que hacer.

—siempre hay algo que hacer.

—¿Contarlo? No creas que no lo he pensado. Pero de qué serviría.

—prueba.

—Ni siquiera sabría qué contar. Además, si lo hago, si hablo sin retórica, me interrumpirán. Me quitarán la palabra.

—no creo que puedan, si hay periodistas en la sala.

—Claro que pueden.

Amaya preguntó al chico: «¿Podríamos emitirlo en streaming si tuviéramos una persona acreditada?». El chico asintió.

—yo puedo encargarme. tengo amigos acreditados. bastará con que uno monte una emisión en streaming mientras otro te graba por si acaso. no podrán cortarlo, porque al mismo tiempo se estará emitiendo en la red.

—Pero montar eso debe de llevar tiempo.

Amaya miró al chico y él negó con la cabeza.

—no. se puede hacer muy rápido.

La vicepresidenta apartó la mirada de la pantalla y la llevó hacia un jarrón pequeño de cristal donde había puesto un ramo de narcisos blancos, seguramente el último de la temporada. Pensó en el día en que había llamado a su sobrino para preguntarle qué tendría que hacer si quisiera borrar la flecha de su vida, eliminarla. Poco a poco había dejado de hablar de ese asunto con Max, él se daba cuenta y tampoco le preguntaba. Se dijo que ahora su petición sería exactamente la contraria: qué debo hacer para que la flecha no se vaya nunca, y sabía que ambas preguntas eran igual de inmaduras. Recordó que había tenido que ser su sobrino de veintidós años quien se lo hiciera ver. Estoy mirando las flores porque no quiero mirar el teclado, porque advierto algo en tu pulso, en la prisa por encontrar un procedimiento, algo que me hace pensar en despedidas.

—Hablaré entonces —escribió la vicepresidenta.

—te estaré mirando —contestó la flecha.

Julia se levantó. Quería preguntar: «¿... Y luego?». Lo deseaba con todas sus fuerzas, pero a la vez pensaba en esa intervención pública y se daba cuenta de que no se había decidido aún. Puedo olvidar todo esto ahora mismo, es como un sueño, nada me asegura que esté pasando. Puedo llegar el jueves a la sala de prensa y dirigir unas palabras emotivas a los periodistas en un nuevo ejercicio de serenidad. Si escribo «¿Y luego?», si intento concertar una cita con la flecha o simplemente le pregunto si cuando yo deje de ser vicepresidenta va a seguir conmigo, entonces sí estaría sellando un pacto, comprometiéndome de algún modo. No estoy segura, flecha. Aún no sé lo que haré.

—¿Mañan...? —empezó a teclear despacio.

Amaya preguntó al chico: «¿El jueves y se lo decimos?», Crisma asintió.

—lo siento —se adelantó la flecha—, mañana no puedo venir. el jueves, después de tu despedida.

—De acuerdo —escribió la vicepresidenta.

La flecha saludó y luego se quedó quieta. Frente al coche de Amaya, los árboles se recortaban con un morado oscuro, un tanto tenebroso, sobre el negro. Daba miedo pero al mismo tiempo el ánimo se atemperaba al ver esa oscuridad viviente, troncos en los que apoyarse, un mundo al otro lado, donde termina el alumbrado y empieza el bosque, lo salvaje, la otra orilla.

El miércoles la vicepresidenta llamó a Luciano para preguntar por la salud de Julia, y le contó que dentro de una hora el presidente anunciaría su destitución. Luciano se ofreció a ir a verla, pero ella le pidió que siguiera con Julia. Hoy tengo tanto trabajo, y esta noche necesitaré un poco de soledad, mañana hablamos. Se reunió con el jefe de gabinete del presidente y estuvieron cerrando asuntos, acordando relevos. Ernesto le proponía seguir una semana más después de que se hubiera dado a conocer la noticia, pero la vicepresidenta pidió irse antes. Aunque, por supuesto, estaría disponible para traspasos, explicaciones, etcétera, deseaba despedirse al día siguiente. Una ceremonia discreta, convocar a los periodistas que habían estado dando noticia de sus comparecencias todos esos años y despedirse con ellos y a través de ellos. Ernesto había asentido con lentitud, como sopesando hasta qué punto podía negarse y concluyendo que hasta ningún punto, negarle eso desencadenaría toda suerte de comentarios y rumores que la propia Julia podría alentar y no sin motivo. Media hora más tarde la vicepresidenta se reunió con su equipo, habló con emoción y más tranquilidad de la imaginada. Pasó la tarde respondiendo llamadas, ordenando papeles, recibiendo a algunas personas a quienes se sentía especialmente unida. Encargó a Mercedes la convocatoria de los periodistas y no quiso mirar la lista ni hacer suposiciones sobre quién tendría relación con la flecha. Quizá no fuera un periodista sino un cámara. Quizá no fuera un vínculo directo sino sólo con un conocido que a su vez conociera a otra persona. Aquel día salió del edificio a la misma hora que todo el mundo, no quiso transmitir ninguna sensación de melancolía, de capitán que necesita despedirse de su propio barco. Porque el barco no era suyo. Y porque la procesión iba por dentro.

Pasó la noche casi en vela. Ensayó a mano, con un rotulador sobre un viejo cuaderno, varios caminos, formas distintas de despedirse, pero al ir a pasarlas a limpio la ausencia de todo movimiento de la flecha que no fuera causado por ella la llenaba de una pesadumbre desproporcionada. Hasta ahora nunca me habías dicho «no puedo venir», y parecía que no venías sino que estabas aquí, o que podías llevar nuestra conexión a cualquier parte. Parecía que cuando no estabas era porque habías decidido cerrar la comunicación, por elección y no por un «no puedo» que me habla de impedimentos o fragilidad, o de ambas cosas. A las dos intentó dormir, y puso el despertador a las seis, pues aún no había decidido lo que diría. Quizá durmió fragmentos de diez o quince minutos, ella tenía la impresión de que había ido siguiendo cada minuto en el reloj.

A las cinco y media, cansada pero muy despierta, decidió levantarse. Atisbó el portátil desde la puerta, esperando aún detectar un ruido, una actividad irregular, pero el ordenador dormía completamente apagado. No hacía nada de frío y sin embargo estiró el pijama como cuando de niña quería evitar que el abrigo le comiera la manga. Las mangas eran demasiado cortas y a duras penas llegaba a sujetarlas, de manera que no podría esconder las manos. Ya no lo necesito. Se dio una ducha, se vistió como si se tratara de un día cualquiera, con una ropa que se había puesto varias veces y que quizá se seguiría poniendo. Luego llevó una taza de café alta con asa a la mesa, sacó de nuevo el cuaderno y comenzó a escribir. Terminó a las ocho menos cuarto. No tenía tiempo para pasarlo al ordenador, así que arrancó las dos hojas, las dobló en cuatro y las guardó en el bolsillo de la chaqueta.

Cuando la ya ex vicepresidenta entró en la sala de prensa, no cabía un alma. Reconocía las caras de siempre, pero quizá esa mañana estaban todas, y también todo su equipo, y parte del personal no tan cercano. Avanzó entre las cámaras de vídeo y los fotógrafos, vio en varios asientos a personas con un portátil seguramente conectado y se sintió abrigada. Esta vez, a diferencia de muchas otras, no la acompañaba ningún ministro, ninguna autoridad española o extranjera. Subió al atril, sacó sus dos hojas dobladas y miró a la concurrencia durante unos segundos. Luego empezó a leer, si bien se sabía el texto casi de memoria.

—Hoy, como cada día, os hablo porque soy, o he sido hasta hace unas horas, representante de la llamada voluntad popular. Dicen que los cambios tecnológicos, la red, contribuyen a que desaparezca la intimidad, pero más bien parece que es lo íntimo lo que gana terreno y es lo público lo que empieza a desaparecer. Es más fácil conocer los temores y gustos, las manías y sueños de un político que los verdaderos antecedentes y consecuencias de las decisiones públicas que toma. Incluso la inflación de transparencia que han supuesto los cables de Wikileaks se diría destinada a refrendar esta idea de que lo político es un acto privado donde las concesiones parecen personales. No entiendo por público el espacio de los focos y la cinta de inaugurar, sino aquel donde el respeto tiene su origen.

La vicepresidenta recorrió la sala con la mirada mientras por dentro se representaba el movimiento ligero de la flecha. Llevó luego los ojos al papel en busca de un refugio momentáneo, y continuó:

—En una conversación pública, entre el emisor y el receptor hay otra presencia, pero no de control y censura (nada más íntimo que la censura), sino la del esfuerzo que hace la vida por vivir. Esto que ahora voy a decirles quiero que sea palabra pública y también reconocimiento de que a menudo mis comparecencias fueron sólo intimidad volcada, loor de transacciones.

Mientras bebía agua empezó a notar un revuelo leve en algunos asientos.

—Una vicepresidenta, como cualquier otro representante si no es ingenuo, y no muchos lo son, se pregunta a menudo cuánto vale en política el factor humano. Sabe que poco. Muy poco. ¿Debe una palabra como «traición» ser usada en política? ¿Traicionó Felipe González a los votantes que le habían dado un poder con mandato al usarlo para revertir, precisamente, las cláusulas del mandato y hacer lo contrario de lo que se le había pedido? ¿O fue González un instrumento, un hombre de paja a bordo de un tren que no puede salirse de las vías a no ser que descarrile y empiece un sistema distinto? ¿No es revelador que el único gesto verdaderamente significativo de un político occidental, el único momento en que parece mostrarse como individuo que se atiene a unos principios y no fluye en la corriente, sea la dimisión? ¿No dice esto que el rechazo sería el único espacio para el factor humano en nuestras democracias?

Alguien entraba por el pasillo y se acuclillaba junto a su jefe de gabinete, otra persona se dirigía a un cámara. La vicepresidenta tomó aire y sintió cómo al soltarlo su voz cobraba resonancia y firmeza.

—¿Estoy yo traicionando al presidente, que me ha concedido una despedida íntima, al procurar convertirla en pública? Pero ¿no es el presidente la voluntad popular, pública, y no estoy hablando yo aquí y ahora por haberlo sido? Por otro lado,

¿qué quiere decir yo, hasta qué punto puede mi factor humano tomar esta decisión? ¿No será tal vez el agotamiento de un sistema que está destrozando todo cuanto edificamos en común lo que habla ahora a través de mí?

Fuera de la Moncloa habían comenzado las llamadas de teléfono, los twits y los avisos. Luciano y Julia subieron el volumen de la televisión del hospital para que la enferma de al lado también pudiera oírlo. En la guarida de Curto apenas cabían: Helga y la vikinga, el chico, Amaya, todos se ocupaban de mantener las conexiones en streaming gracias a los dos cámaras y la periodista de la organización con quienes Amaya se había puesto de acuerdo. En el sanatorio de pájaros se oían las carcajadas crecientes del Irlandés.

—Puede que ustedes esperen ahora una teoría de la conspiración, querrán que les revele quién movió los hilos, quiénes son los responsables. Sin embargo, están a la vista. Soñamos con la conspiración porque implicaría la existencia de un orden, y eso nos calma. Gentes que piensan a largo plazo, gentes que estudian y se organizan, proyectan y actúan. Esas gentes existen, desde luego; el dinero acumulado facilita la organización. Pero no están unidas. Nuestra política hoy es forcejeo, no hay otra palabra más noble para definirla, ni más misteriosa. Fuerzas que intentan vencer resistencias, y lo hacen las más de las veces de forma grosera, sin respetar las reglas, pues, si nadie las cree, ¿quién las va a defender? Forcejean más y hieren más y vencen los que más han acumulado, cuanto más forcejean y vencen, más acumulan y más siguen teniendo. Desde el otro lado hay pequeños avances, escarceos que no logran dar un vuelco a la situación.

Al final de la frase notó que fallaba el micrófono. La vicepresidenta lo golpeó con los dedos, miró hacia la cabina de sonido y volvió a probarlo sin éxito.

Despacio, fijando sólo la mirada en el suelo, salió de detrás del atril. Mejor así, las palmas de las manos a la vista, el cuerpo erguido sin nada delante. Aclaró la garganta, elevó cuanto pudo la voz:

—Mi cese ha sido fruto de un forcejeo que les voy a contar, pero no se engañen, no hay misterio ninguno, el motivo podría haber sido cualquier otro. Haber perdido esta batalla no me dignifica más, y desde luego, no me disculpa de nada. Durante un tiempo el presidente se planteó la nacionalización, real, no parcial ni temporal, de las cajas. Yo me ocupé con otras personas de ese proyecto y hemos perdido. Como saben, se acaba de anunciar una privatización parcial de las cajas con fondos públicos que tendrá lugar a lo largo de cinco años. No les oculto que para obtener esa victoria se han ejercido presiones miserables, y en la medida de lo que sé, que no es todo ni es quizá un sesenta por ciento, ha habido golpes bajos, juego sucio, violencia. Hay, dijo alguien, una diferencia entre creerte, incluso estar en la obligación de creerte, tus razones, e imaginar que te las crees. Este gobierno sólo imagina que las cree, cuando lo imagina; a veces sólo hay cinismo. Ya nadie ignora que el bienestar general tal como lo hemos conocido es imposible de sostener. Pero continuar con el expolio de lo común mientras aumenta el control de la ciudadanía y se recorta su capacidad de decidir no debe ser la única opción, no puede serlo. Es nuestro país, el espacio temporal de nuestras vidas, es nuestro derecho a organizar un bienestar distinto y compartirlo.

—Ha vuelto el sonido —dijo alguien del público.

La vicepresidenta miró hacia el micrófono pero siguió ahí.

—Casi he terminado —dijo—. Habrá quien piense que si he roto la apariencia con estas pocas palabras es por rencor, o porque ya me voy. Pudiera ser. Como me dijeron una vez, «cada uno en su terminal». En la mía, más que rencor lo que hay es remordimiento. En cuanto a la vicepresidenta, se ha ido. Ya no les represento, ya mi voz y mis actos son como los suyos; junto a ustedes espero no ser cobarde ahora, y trabajar.

Tras dos días de titulares y cierto revuelo mediático, el discurso de la vicepresidenta cayó en el olvido. El proceso de reconversión de las cajas en bancos continuó. El sistema integrado de interceptación telefónica se mantuvo operativo para un número elevado de comunicaciones, detectándose, en algunas terminales, movimientos no previstos de pequeña magnitud. Y seguimos errando en esas nieblas.

AGRADECIMIENTOS

Sin los conocimientos de código, redes y hardware de Juan Carlos Borrás, sin las conversaciones con Luis Molina, Carlos Sánchez-Almeida, Sofía García Hortelano, César de Vicente, Santiago Alba, Fernando Cembranos, Alberto Montero, Roberto Enríquez, Miguel Fortea y Mariano Vázquez, y sin los cafés con Pilar, Ángeles, Miguel y Fernando, no existiría esta historia.